禾處覓飯香

1

文創風
1283

途圖 著

目錄

序文

途圖

近期待在嶺南，日日陰雨綿綿，總讓人覺得渾身濕漉漉的，心情不美，胃口自然欠佳。

每到此時，就想念起老家的熱湯粉，濃郁鮮辣的湯汁、裹著雪白的米粉，熱騰騰地放在面前，馬上能吊起食慾。

爽滑的米粉吸進口中，還未開始咀嚼，便能品出極佳的葷香味，再喝下一口久熬慢煮的鮮肉湯，身心的疲憊便能消去大半。

只可惜眼前並無湯粉，曾經為我做這道美食的長輩，也再見不到了。

人生好似一場旅程，時而晴朗，時而狂風大作、風雨交加。有些人再好，終究只能陪我們一段，這條路，終究要一個人去走。

有時候，味蕾比記憶更念舊，嚐到某種熟悉的味道時，能在一瞬間將我們帶回當初的情景，所以，我一直對某些滋味有難捨的情結。

在這個故事裡，美食也成為連接親情、愛情與友情的紐帶，共享酸甜苦辣，能讓我們讀懂彼此、互相珍惜。

希望每個看到這套書的人，都食之有味、愛人相隨。

第一章　幼時婚約

臨州三月，春意正濃。

燕子飛過岸邊的楊柳，牽起柳枝條條擺盪，漾起繾綣的春意後，也未停留，逕自飛向一處民宅。牠撲騰著翅膀，落在飛翹的簷角之上，又叫了兩聲，彷彿看起了蘇府的熱鬧。

蘇府張燈結綵，處處透著喜慶。鮮紅的綢緞從月洞門後一直延伸到長廊盡頭，上面掛滿裝飾，紅燈籠都換成染了金粉的樣式，夜裡點起燈來，便能亮如白晝。

丫鬟、小廝們正忙碌著，有的在貼雙喜字，有的在擦桌椅板凳，有的則在清點庫房，他們臉上洋溢著笑容，都盼著迎接一場喜事。

「左邊高一點……對，再高一點！唉呀，右邊又低了，再抬一抬！」丫鬟青梅指揮小廝掛正了牌匾，一轉頭，卻發現身邊的人不見了。

青梅自言自語道：「小姐方才不是還在這兒嗎？怎麼一轉眼人就不見了……」

小廝掛好牌匾，從梯子上下來，笑道：「方才青梅姊姊在忙的時候，小姐往後廚的方向去了。」

青梅一聽，小聲嘀咕道：「這都什麼時候了，小姐怎麼還惦記著吃的？我去看看。」

說罷，便匆匆地去了後廚。

下人都在前廳與偏廳忙活，後廚所在的院子反而清淨，青梅邁入院子，便聞到一股濃郁的肉香味。

走進伙房，裡面空無一人，唯有灶臺上的一口大鍋正冒著泡——肉香味便是由此散發出來的。

青梅呼喚道：「小姐，您在哪兒啊？」

話音落下，就見灶臺後有人抬頭，露出一雙清靈的杏眼。「青梅？」

青梅微驚，連忙奔了過去，繞過長長的灶案，才見到了她的小姐——

蘇心禾正蹲在地上，面前放著一捧柴火，她盯著火候，一點一點加柴，就是為了讓鐵鍋受熱更均勻。

青梅快步過去扶起蘇心禾，道：「小姐，外面為了您的婚事忙得很，您怎麼還在這兒燒火呀？這點小事交給我們做不就行了？」

蘇心禾笑盈盈道：「掌握火候可不是件容易的事，我還是親力親為更好。」

青梅一雙柳葉眉微攏，苦口婆心勸道：「小姐，再過兩日侯府的人便要到了，您與其在這兒熬肉醬，不如去清點一下嫁妝？」

「嫁妝單子妳昨日不是對過了？」蘇心禾將最後一點柴火加進灶膛，又拿起乾淨的布巾擦了擦手，道：「妳辦事向來讓人放心，只是有一點可別忘了。」

青梅以為自家小姐終於要認真對待婚姻大事了，連忙問道：「哪一點？」

蘇心禾道：「從臨州北上入京，快則七、八天，慢則十日有餘，我之前列的零嘴，妳可都買齊了？」

青梅哭笑不得地說道：「小姐放心，您的零嘴早就備齊了，奴婢一點都沒忘。」

「那就好。」蘇心禾一本正經道：「萬一不夠吃也無妨，沿途總會走走停停，到時說不定還能遇上一些美食，也是美事一樁。」

青梅見蘇心禾心心念念只有吃，忍不住扶額嘆氣。

蘇心禾早就習慣她這愁眉苦臉的操心模樣，也不以為意，自顧自地轉過身去，揭開鍋蓋——

鍋裡正燉著一鍋棕紅色肉醬，肉末經過漫長的熬煮，已與醬汁融為一體，蓋子一揭，積蓄已久的香味，直衝面門而來，饒是心情焦急的青梅，也不由得嚥了嚥口水。

蘇心禾挑眼看她。「嚐嚐？」

青梅方才還在思考如何讓小姐離開伙房，但看到這肉醬之後，便覺得品嚐之後再勸，也未嘗不可。

見青梅忙不迭地點頭，蘇心禾便舀起一點肉醬放到碗裡遞給她。

青梅瞧著肉醬，焦慮都拋到九霄雲外了，她用筷子挑起一點，放入口中——

濃濃的葷香瞬間點亮了青梅的味覺，從鹹到鮮，不過片刻，滋味從舌尖流入胃腹，喚醒了腹中饞蟲。

蘇心禾盯著青梅的神色，問：「如何？」

青梅正要開口，肚子卻「咕嚕」兩聲，搶先回答了。

她一臉窘意，不好意思地笑了起來。「小姐的手藝，自然是沒得挑。」

蘇心禾也挑起肉醬嚐了嚐，道：「再熬半炷香的工夫，滋味更好，這肉醬裡加了不少江南獨有的香料，也不知入京後還能不能買齊。」

青梅聽了這話，才壓下的焦慮又湧了上來——

小姐如今在府中還能照自己的心意過日子，嫁入京城的平南侯府後，只怕不能這般自在了……這平南侯世子也真是的，要娶小姐為世子妃，卻不親自來迎，這算什麼道理?!

這些話，她雖然未宣之於口，卻被蘇心禾聽得清清楚楚。

蘇心禾前世是個小有名氣的美食部落客，穿越到宣朝時不過三歲，因為是個不折不扣的吃貨，所以七歲起便主動跟著名廚父親蘇志學習掌廚。

後來，蘇心禾驚訝地發現，只要有人吃了自己烹飪的食物，她便能聽見對方的心聲。

蘇心禾當然不敢把這秘密告訴旁人，聽到青梅的擔憂，也只能安慰道：「侯府總不會短了咱們的吃穿，只管過好自己的日子就行了，明白嗎？」

聽了這話，青梅心中鬱結解開了幾分。「嗯，小姐到哪裡，青梅就到哪裡，不會讓旁人欺負小姐的！」

蘇心禾笑了笑。「好了，妳去忙吧。」

青梅聽話地轉身離去，可才走出幾步，她又忍不住回過頭，看了灶上的鐵鍋一眼。

蘇心禾有些好笑地說道：「別著急，這肉醬是做了帶在路上吃的。」

青梅鬧了個大紅臉。「奴婢、奴婢去清點聘禮！」

說完便一溜煙地跑了。

蘇心禾拿起大圓勺輕輕攪動熱騰騰的肉醬，肉香縈繞在伙房中久久不散，歷經漫長的熬煮後，留下的都是精華。

大圓勺一勾便舀起一大勺肉醬，蘇心禾將肉醬倒進罐子裡，一來一回，共填滿了三個罐子。

最後，她小心翼翼地將罐子封好，準備帶回雲苑。

「禾兒。」

蘇心禾才走到雲苑門口，便聽見一聲呼喚，她回過頭，就見自己的父親立在廊上，正笑著同她招手。

將罐子交給青梅之後，蘇心禾快步向蘇志走去。「爹今日怎麼這麼早就回來了？」

蘇志笑著捋了捋鬍鬚道：「女兒都要出嫁了，當爹的哪能日日待在酒樓？」

一旁的管家石叔也忍不住笑道：「是啊，小姐，如今老爺整日都想著您的婚事，恨不得親自送您上京城呢！」

此話一出，蘇志的神情微微一滯，道：「禾兒，妳跟爹過來。」

蘇心禾聽話地點點頭，隨蘇志進了書房。

這間書房很不一般，收藏的大多是歷代烹飪秘笈與各地的美食方子，蘇心禾小時候最喜歡待在這裡，只要在書裡看到感興趣的食物，便立即去伙房試驗，蘇志本就是廚子出身，所以對蘇心禾行庖廚之事十分支持。

然而兩年前，收到平南侯府的婚書後，蘇志便犯了難。

平南侯掌管宣朝三分之一的兵馬，地位之顯赫可想而知，平南侯世子李承允更是年少成名、人中翹楚，堂堂侯府，為何會對一位廚子的女兒下聘？

這得從十四年前的一樁舊事說起。

十四年前，大宣與邑南交戰，平南侯領兵路過臨州時，中了邑南的埋伏，上萬名士兵被圍困在城中。戰事膠著，糧草又逐漸消耗殆盡，無奈之下，平南侯李儼開始在城中徵糧。

起初，當地官府跟百姓還有餘糧能供給軍隊，但半個月之後，城中便鬧起了飢荒。

平南侯身經百戰，知道這樣下去只有兩種選擇——

一，等待王軍馳援，但王軍當時被北邊的韃族拖住了，從北到南趕過來少說得十日，到了那時，城中定然餓殍遍地，慘不忍睹。

二，打開城門繳械投降，可平南軍是大宣的脊梁，若是脊梁被斷，大宣何以為繼？

平南侯進退維谷，幾乎愁得一夜白了頭。就在窮途末路時，一名男子前來求見，稱自己有辦法解臨州之困——此人正是蘇志。

蘇志雖然是個廚子，卻頗有經商頭腦，他不但開了一家酒樓，還做起了米糧生意。兩軍交戰之時，他恰好有一大批米糧運至城外，因為害怕被敵軍搶奪，負責送米糧的鏢局便躲藏了起來。

城門封閉，蘇志與鏢局斷了聯繫，多日之後才收到鏢局的飛鴿傳書，得知米糧就在城外，距離他們不過半日的腳程。

當真是天無絕人之路，平南侯當下便差人護送蘇志出城取糧。經過一番周密的部署，一隊將士掩護蘇志殺出重圍，將軍韓忠帶著蘇志邊跑邊躲，足足兩日過去，確定甩掉了邑南的騎兵，才抵達約定地點取糧。

取糧後的下一個難題，便是要在敵人的眼皮子底下送糧食入城。於是平南侯在城內，韓忠將軍在城外，兩人上演了一齣聲東擊西，才讓蘇志瞧準了時機，指揮士兵們將糧食送入臨州城。

靠著這批米糧，平南軍又強撐了一段時日，終於等到援軍。援軍與平南軍內外夾擊邑南，重創其主力軍，這才為大宣贏得多年安寧。

然而，蘇志外出取糧那幾日，他三歲的女兒突發重病。

他的髮妻早逝，家中唯有一個婆子與兩個小丫鬟，婆子起初不知這病厲害，只以為孩子是餓得狠了才哭鬧，因而延誤救治的時機，待蘇志返家，年僅三歲的蘇心禾已經病得不省人事了。

蘇志急得在城中遍訪名醫，但大夫們診察過孩子的情況後，都說藥石罔效，只能聽天由命。

平南侯敬重蘇志的為人，得知此事之後，心中愧疚不已，不僅派遣軍隊的醫官幫忙診療，還承諾蘇心禾若能好起來，定要與蘇志結為姻親，好好補償他們。

蘇志那時消沈至極，每日只顧著照料女兒，並未將此事放在心上。

那段時間，蘇心禾好幾次閉氣不出，連蘇志都以為她挺不過去了，可某夜過後，她卻奇蹟般地好了起來。

事後，蘇志細細思量起婚約一事，權當是平南侯在安慰自己，不能當真。畢竟平南侯府乃鐘鳴鼎食之家，自己就算對平南軍有功，也不過是一介布衣，如何能與平南侯府攀親家？

臨城一役過後，城中百姓得知蘇志獻糧的事蹟，對他讚不絕口、大表支持，蘇志的生意便越做越大，成為臨州數一數二的富戶。

這些年以來，蘇志將姻親之約拋諸腦後，可是他萬萬沒想到，蘇心禾一及笄，平南侯府竟然送了婚書來。

蘇志感嘆平南侯重諾之餘，也為這樁婚事憂心。

臨州與京城相距千里，將女兒嫁到人生地不熟的地方便罷，偏偏還要嫁給平南侯世子——李承允。

蘇志一顆心跟明鏡似的，李承允雖好，與蘇心禾的身分相差卻太過懸殊，這樁親事恐怕會惹來嫉妒與非議。他就這麼一個寶貝女兒，寧願讓她嫁得尋常些，也比入了侯府受委屈強。

此時，蘇志坐在案前，手邊的一盞茶晾涼了都沒喝，只低聲問道：「禾兒，妳老實告訴爹，到底想不想嫁入侯府？」

不用讀心術，蘇心禾也明白蘇志為何有此一問。

平南侯此舉原是好心，對蘇家而言卻是不小的壓力。

接到婚書之初，蘇志也想過要上京拜見平南侯，婉拒這門婚事，但平南侯卻一直在外征戰，待婚期接近，反而不好提了。

換言之，若他真的拒絕了平南侯，還有誰敢娶蘇心禾？

蘇志面上不顯，內心卻始終忐忑不安，唯恐自己親手將女兒推進火坑。

不過蘇心禾的心態卻好得多，她淡笑著道：「爹不必擔心，只要是正經的好人家，能顧全一日三餐便成，其餘的事我不關心，也不在意。」

在這男尊女卑的時代，她沒期盼過獲得平等的感情，過好自己的日子才是最重要的，誰有空管那些臭男人怎麼想？

蘇志見蘇心禾神色從容，放心了幾分，道：「爹原本還怕妳陷於後宅之爭，沒想到妳如此豁達……也好，平南侯雖然有些嚴厲，但是位真英雄，妳入了侯府若遇上不平之事，他定不會袖手旁觀。

「若妳在侯府過得艱難，不要害怕，想法子讓人送信，爹豁出性命不要，也會將妳接回來。咱們蘇家雖然比不得平南侯府，但靠那些酒樓跟鋪子，也能衣食無憂一輩子！」

蘇心禾聽得感動。「爹放心，我一定會好好照顧自己的。」

聞言，蘇志愛憐地撫了撫女兒的頭。「想當初，妳才那麼大一丁點大，三歲的時候還差點……其實，爹總覺得妳性子變了不少，三歲之前特別靦覥，不肯輕易開口叫人，可病好了以後卻活潑愛笑，開朗多了。爹有時候甚至會想，妳到底是不是禾兒……」

蘇心禾一聽，心中微微一驚。

她明白蘇志是個寵愛女兒的慈父，實在不忍心告訴他，他的親生女兒三歲時便去了另一個世界，自己是在陰錯陽差下穿越到原主的身體裡，與他成為父女。

前世，蘇心禾的父母早早離婚，她自幼隨爺爺奶奶長大，很早便學會自己做飯，無論什麼時候、去到哪裡，都有辦法填飽肚子。

到了這一世，是蘇志對她無條件的信任與寵愛，讓她感受到了家的溫暖。

蘇心禾內心有些掙扎，也許該在離開之前告訴他實情的，於是她啟唇道：「爹，其實我不是……」

誰知蘇志卻擺了擺手道：「罷了，禾兒別說了。」

蘇心禾一愣。「爹？」

只見蘇志寵溺地看著蘇心禾，道：「這世上緣分何其玄妙，妳既然來到這裡，便是上天的安排，就是我的女兒。」

蘇心禾眼眶微紅，道：「爹，女兒不會讓您失望的。」

聽到這話，蘇志笑得慈祥。「好孩子，這兩日侯府的人就要來了，早些收拾好東西吧。」

蘇心禾乖巧應聲。

昨夜的雨下得極大，到了黎明之際才逐漸停下，雨水沿著樹葉的脈絡徐徐下滑，悄無聲息地滴入泥土裡。

本是一個靜謐的早晨，蘇心禾卻被一陣猛烈的敲門聲吵醒。

「小姐——小姐！」青梅在臥房外不停地叩門，聲音聽起來十萬火急。

蘇心禾一場好夢被擾，秀眸惺忪地坐起身來，蹙眉道：「一大早的，發生什麼事了？」

青梅連忙道：「小姐，平南侯府的人到了！」

蘇心禾披衣起床，穿上絲履走過去開門。「到了便到了，先找個地方安置他們便是，有什麼好大驚小怪的？」

青梅一時不知從何說起，只道：「小姐去看看就明白了！」

蘇心禾見她神色有異，便快速收拾妥當，隨青梅走出雲苑。

到了外院，蘇心禾也不見來人的蹤影，便問：「他們人在哪兒？」

青梅道：「還在大門外面站著，奴婢讓他們進來，他們卻不肯……」

蘇心禾覺得奇怪，只得加快步伐往大門走去。

大門敞開，管家石叔立在一旁，緊張得連大氣也不敢出，一見蘇心禾過來，彷彿看到救星，趕忙迎了上來。「小姐，您可來了！今日一早老爺便有事出去了，誰知道老爺前腳剛走，平南侯府的人後腳便到了，一個個凶神惡煞的，說什麼都要先見到小姐……」

蘇心禾聽了個大概，上前幾步邁出蘇府大門，抬起眼簾瞧了過去——

黑壓壓的三排士兵列在蘇府門口，他們身材高大，穿著鐵色甲冑，眸光凌厲、殺氣逼人，將並不寬敞的街道堵了個水洩不通。

知道內情的，便清楚他們是來迎親；不知道內情的，還以為蘇家犯了什麼大案，要被抓走了。

蘇心禾穩步上前，問道：「請問哪位管事？」

一位身材魁梧的男子出列，看起來約莫二十多歲，生得一張四方臉，膚色因常年行軍黝黑至極。

男子一手扶刀，濃眉緊皺道：「在下吳桐，乃是平南侯世子麾下副將。」

蘇心禾點了點頭，道：「原來是吳副將。」

吳桐神情嚴肅，說起話來一板一眼，聲如洪鐘。「在下奉侯爺之命，前來臨州迎蘇小姐入京，但大雨難行，故而比預計時間晚了半日。」

說著，吳桐忽然卸下身上的長刀，跪地將刀呈到蘇心禾面前。「還請小姐責罰！」

此話一出，士兵們齊聲應和，請罰之聲如雷貫耳，饒是蘇心禾性子淡定，都驚得怔住了。

第二章 低調離鄉

蘇心禾垂眸看去，只見吳桐與士兵們的靴子滿是泥濘，只怕已經在冰冷的雨水中泡了許久。

她道：「吳副將言重了，天雨難行，晚到半日也是難免，諸位一路辛苦，不如先進來休息片刻吧。」

不料吳桐卻跪著不動，只道：「蘇小姐不罰我等已經是寬厚，我等無顏入府，在門口候著便是，待回京之後，吳桐將自行向世子爺請罪。」

蘇心禾望著吳桐，只見他面色鄭重、薄唇緊抿，一看便是個認死理的性子。傳聞平南軍治軍甚嚴，看來並非虛言。

想了想，蘇心禾道：「近日府中事忙，收拾好的箱子都還未裝車。既然諸位心中過意不去，不如入府幫忙搬運行裝，如何？」

吳桐聽了，低吼一聲道：「得令！」

見狀，石叔連忙領著吳桐等人進入府內。

所謂「搬運行裝」，不過是蘇心禾隨口一說，誰料吳桐等人只花了片刻的工夫，便將十幾個沈甸甸的大木箱全搬到馬車上，速度之快，令人咂舌。

吳桐辦完事，立即前來覆命。「蘇小姐，木箱已經全部齊備，請問現在能否啟程出發？」

蘇心禾剛從外院回來，椅子都還沒坐熱，聽了這話，差點被茶水嗆到了，她定了定神才道：「吳副將，目前離婚期還早，為何這麼急著出發？」

吳桐吐出四個字。「雨大難行。」

當真是惜字如金。蘇心禾道：「我知道吳副將急著回京覆命，但眼下時日尚早，且我尚未與家人告別，可否明日再啟程？」

吳桐掙扎了一瞬，終究點了頭，但隨即開口道：「還有一事需請蘇小姐配合。」

蘇心禾問：「什麼事？」

「臨州距京城甚遠，雖然我等會誓死護衛小姐，但唯恐歹徒趁虛而入，故而這一路還是隱藏身分為好。」吳桐說完，糾結了一下，又沈聲道：「還請蘇小姐莫要以婚嫁之禮出行。」

「什麼?!」蘇心禾還沒說話，青梅便瞪大了眼。「花轎與禮樂都要免了？」

為了能風風光光地送蘇心禾出嫁，她可是籌備了一個多月啊！

吳桐面不改色地答道：「是。」

青梅雖然有些害怕這冷面煞神，但此刻怒氣卻占了上風。「成親可是一輩子一次的大事，我們小姐遠嫁京城，世子爺不來迎便罷了，若是連一路的婚嫁之禮也免了，成何體統？你們這哪是娶新婦，分明是綁架！」

吳桐甚少與女子爭執，一時之間有些侷促，臉驀地漲紅了，解釋道：「姑娘誤會了，此舉並非怠慢，而是……」

「好了。」蘇心禾站起身來，笑道：「吳副將不必解釋，我相信你這麼打算自有道理。青梅，按照吳副將說的做。」

青梅別無他法，只得瞪吳桐一眼。

吳桐裝作什麼都沒看到，躬身告退。

青梅實在氣不過，小聲嘟囔道：「小姐，他們這般行事，不是欺負人嗎？」

蘇心禾卻說道：「要走那麼多日，每天吹吹打打也吵得慌，不如聽他們的，彼此都方便。」

青梅嘆了一口氣。「小姐是覺得這樣更方便覓食吧？」

蘇心禾輕咳了一下，道：「我可沒這麼說，這是吳副將提出來的。對了，將士們方才忙完，妳為他們安排些吃食吧，就以咱們臨州的特色菜式招待。」

青梅心想，那些人跟著吳桐那樣的榆木疙瘩，只怕沒什麼好日子過，便點了點頭。

士兵們搬完了箱子，便整齊地立在廊下等候差遣。

胡勇悄悄用胳膊頂了頂右邊的路猛，道：「你聽說了嗎？世子爺為何會娶這蘇小姐？」

路猛人如其名，生得高大威猛，聽到這話，便橫了他一眼，道：「世子爺的婚事，也是你我能置喙的？」

胡勇臉頰瘦、嘴巴尖，外號「狐狸」，是個機靈八卦的主兒，見路猛不搭理自己，便尋左邊的金大栓說話。「栓子，你呢？」

金大栓搖搖頭道：「我只知道這婚事是侯爺定下的。」

胡勇嘿嘿一笑，低聲道：「我知道為什麼！」

金大栓是個老實人，一聽胡勇這麼說，不由得生出了好奇心。「到底是怎麼回事？」

這話正中胡勇的下懷，他神神秘秘地說道：「聽說是因為蘇老爺在臨州一戰中，為了幫侯爺湊糧食，差點導致女兒病死，侯爺可憐蘇小姐，便定了這門親事。」

路猛不說話，但也悄悄地豎起耳朵聽。

金大栓「喔」了一聲，道：「原來如此！我娘說，娶媳婦要門當戶對，可世子爺竟要娶這蘇小姐做世子妃，我本來就覺得奇怪了。」

胡勇連連點頭道：「蘇家雖然看起來不差，但離侯府還是遠了些，要不是有這份情義在，只怕世子爺早就娶京城的高門貴女為妻了！」

「何止是高門貴女。」路猛冷不防地插起話來。「以世子爺的才能，就是公主也娶得！照我說，這蘇家說不定是挾恩以報，侯爺才勉強答應的，聽聞這位蘇小姐不愛詩書，只愛庖廚，比那山野村姑好得了多少?!」

路猛一向崇拜李承允，總覺得商賈之家的女兒配不上高高在上的平南侯世子。

「挾恩以報倒是不至於，咱們侯爺也不會任人拿捏。」胡勇故作深沈地摸了摸下巴，道：「那蘇小姐雖然出身不高，但好歹是個美人兒，比京城那些目中無人的世家小姐們好看多了！」

「好看有什麼用？」金大栓皺了皺眉，道：「我娘說了，娶妻當娶賢……」

「你娘你娘！」胡勇忍不住嘟囔。「你都幾歲了，還什麼都要聽你娘的！」

「嚷嚷些什麼?!」吳桐忽然一聲喝斥，嚇得眾人渾身一僵，連忙閉嘴站好。

吳桐冷冷掃了他們一眼，道：「別以為離開軍營便沒軍法了，若再造次，絕不輕饒！」

三人面色一凜，異口同聲道：「是！」

「吳副將，」此時青梅走入中庭，對吳桐福了個身，不冷不熱道：「小姐在花廳備了飯食，請諸位過去用餐。」

吳桐剛想拒絕，可見青梅一臉不悅，不自覺地將話嚥了下去，沈聲道：「有勞青梅姑娘帶路。」

蘇府的花廳不小，吳桐帶來的三十多人分成三桌坐下。

青梅剛剛讓到一旁，蘇心禾便進來了。

眾人見到蘇心禾，正想起身行禮，卻被她制止了，她笑著說道：「諸位遠道而來、冒雨前行，實在是辛苦了，我們略備酒菜以表心意，還望各位盡興。」

說罷，丫鬟們便端著菜餚魚貫而入，士兵們見到擺在桌上的料理，不禁倒吸一口氣，胡勇更是沒忍住，誇張地「哇」了一聲。

一盤豐潤醬紅的東坡肉泛著油光，頃刻間便吸引了所有士兵的目光，除了東坡肉以外，還有油燜春筍、清湯魚丸等，但凡叫得出名字的臨州特色菜，基本都擺上桌了。

吳桐領兵甚嚴，一路上又餐風露宿，士兵們都瘦了一圈，此時看到一桌子美味佳餚，全都兩眼放光，就等吳桐發話。

見到豐盛的佳餚，吳桐先是微微愣了一下，隨即道：「多謝蘇小姐美意，但侯爺常言『君子不重口腹之欲』，對邊關將士而言更是如此，不可為美食所迷，不可為美色所惑，更不可被權勢所俘。」

蘇心禾眼角抽了抽，忍不住道：「吳副將所言有理，但不過是一頓飯而已，應當不會墮了平南軍的威名吧？」

「這……」

吳桐正想反駁，蘇心禾卻道：「東坡肉涼了就不好吃了，諸位開動吧。」

士兵們對滿桌美味料理垂涎已久，一聽到這話，再也顧不得吳桐的意見，迫不及待地挾起菜，吳桐看看自己這桌，再看看隔壁兩桌，只能恨鐵不成鋼地搖了搖頭。

「侯爺教誨，在下不敢忘，這佳餚雖好，但在下無福消受，只取饅頭充飢即可。」

說罷，吳桐拿起了手邊一個大饅頭，狠狠咬了一口，以示忠心。

蘇心禾哭笑不得，只能隨他去了。

胡勇早就瞅準那盤東坡肉，他眼明手快地扒拉了兩大塊到自己碗裡，張口一吸，濃郁的醬汁瞬間入侵唇舌，又香又鮮，激得他「唔唔」點頭。

路猛嫌棄地看了他一眼，道：「你是餓了八輩子的鬼嗎？沒見過吃一塊肉吃到臉變形的！」

胡勇顧著吃肉，懶得與他爭執，只含糊不清道：「你自己試試不就知道了？」

路猛輕輕哼了一聲，拿起筷子伸向裝了東坡肉的盤子，上面卻只剩兩塊肉了，目光轉了一圈，才發現這桌幾乎人人都在大口吃肉。

挾起一塊東坡肉，路猛將肉放進嘴裡輕輕一咬，肉皮隨著牙齒抖動，醬汁徐徐滲出，落到口腔裡，讓他頓時呆住了。

肉皮之下，肥肉瘦肉參半，肥肉入口即化，絲毫不膩，瘦肉則存著三分勁道，越嚼越有滋味。

路猛細細品味著東坡肉，一塊吃完，再想去挾時，盤子已經空了！

他緊急搜索起最後那塊東坡肉，發現肉已經進了金大栓碗裡。

因為是最後一塊肉，金大栓捨不得吃太快，只小心翼翼地咬下一小口，配一大口白飯吞下，再謹慎地咬下一小口肉，接著扒飯，如此循環反覆三個回合，一碗白飯便見了底。

然而金大栓還不過癮，他見東坡肉的盤子雖然空了，但上頭仍有沈底的醬汁，便伸手要去拿盤子，不料盤子的另一邊卻被路猛壓住了。

金大栓雖然是個老實人，脾氣卻有些倔。「這是我先拿到的！」

路猛梗著脖子道：「我只吃了一塊肉，這醬汁當歸我！」

金大栓道：「你不是不吃嗎？」

路猛道：「我什麼時候說過不吃?!」

兩人一手壓著盤子的一邊，誰也不肯放手。

胡勇眼珠子一轉，乾脆站起身來，將自己那半碗飯直接倒進醬汁裡。

金大栓與路猛兩個人頓時同仇敵愾，全對著胡勇怒目相視。

胡勇乾笑兩聲，道：「都是兄弟，何必為了一口吃的傷了和氣呢？」

金大栓氣鼓鼓道：「誰跟你是兄弟?!」

路猛也道：「噎不死你！」

搶食東坡肉敗下陣後，路猛跟金大栓便將注意力轉向其他料理。

路猛挾起一片油燜春筍塞進嘴裡，這道菜取的是春筍上最嫩的部分，過水之後，用質地上好的葷油翻炒，葷香與素味結合，造就了這一道爽口小菜，恰好解了方才吃東坡肉的膩味。

吃了一口後，路猛便趁人不備，多撈了幾片春筍放到自己碗中，同樣的錯誤，可不能再犯第二次。

金大栓還沈浸在錯失東坡肉的懊惱裡，他舀起一勺魚丸湯倒入碗裡，白白嫩嫩的丸子便浮了起來。

他不禁好奇地問道：「這是什麼丸子?怎麼是白色的？」

青梅恰好聽見了，答道：「這東西是魚丸，是用魚肉做的。」

「魚肉還能做丸子？」金大栓十分驚訝。他自幼在北方長大，那裡不興吃魚，更難得見到魚丸這玩意兒。

金大栓本人也不太愛吃魚，因吃魚要吐刺，太過麻煩，一個不小心還可能卡住喉嚨，哪有吃雞肉或豬肉方便。

早知道這丸子是用魚肉做的，金大栓就不會舀了，可東西都到了碗裡，也不好浪費，於是他便用筷子挾起一顆不太規則的魚丸，硬著頭皮咬下。

咬了一小口，這丸子裡的汁水便溢了出來。起初味道極淡，然而魚丸被嚼碎後，鮮味便在舌頭上迸發。

這魚丸居然沒刺?!金大栓不敢相信地盯著筷子上的半顆魚丸看了又看，最終一口氣全送進嘴裡。

魚丸的肉質細嫩柔滑，不同於東坡肉的強勢，而是如細雨般無聲地為金大栓帶來了咀嚼的滿足感，一顆魚丸下去，再配上一口熱騰騰的湯，美極了！

蘇心禾笑盈盈地看著眾人吃喝，士兵們狼吞虎嚥的樣子，簡直像極了現代的吃播。

東坡肉是蘇心禾親手做的，她見三桌的肉迅速被掃光，高興得很，對一名資深吃貨來說，餵食別人也是一件值得驕傲的事。

瞧眾人如風捲殘雲般清光桌上的菜餚，蘇心禾立即讓青梅加菜，還囑咐道：「記得把我醃的酸蘿蔔也拿來，給大家解一解膩。」

青梅應聲而去，很快便抱來一個大罈子。

這大罈子裡的酸蘿蔔是前不久醃的，如今正是品嚐的好時候。

青梅揭開蓋子，一股酸味便引得不少人側目看來，她取出幾條酸蘿蔔，當著眾人的面切開，那水靈靈的蘿蔔片片臥倒在盤子裡，晶瑩剔透。

有了前面的菜當作鋪墊，酸蘿蔔一上場，自然也被襲捲而空。

與此同時，蘇心禾腦中響起了士兵們此起彼伏的心聲——

路猛折服道：這蘇小姐雖然出身不怎麼樣，可沒想到廚藝還有兩下子，高門大戶的小姐也不一定好，還不如會做菜來得賢慧，希望她嫁入侯府之後，能讓世子爺一飽口福……

金大栓嘆道：剛剛的東坡肉沒搶到，真是可惜！沒想到蘇小姐的菜做得比我娘還好，也不知道娘曉得我這麼想以後會不會生氣？

蘇心禾嘴角抽了抽，還沒緩過來，又聽到了胡勇的心聲——

蘇小姐真是人美廚藝高！還好有她在，不然又要跟著吳副將吃白饅頭了，也不知這樣的飯還能吃幾頓，唉……

聽罷，蘇心禾下意識地看向吳桐。

吳桐依舊沈著臉，面前的饅頭已消耗了半盤，白水也續了一壺。

眾人酒足飯飽，紛紛起身告辭，先後返回蘇心禾為他們安排的住處。

蘇心禾不願約束他們太多，簡單打過招呼後，也離開了花廳。

就在即將邁出廳門時，她的腦海中傳來一道沈悶的聲音——

只吃一片酸蘿蔔，應當……不打緊吧？總覺得有些對不起侯爺跟世子爺的栽培……

蘇心禾眼皮一跳，轉過頭去看，卻見花廳之中只剩吳桐一人。

平南軍的將士們用完飯後，蘇志也得到消息回來了。

他聽說蘇心禾已經安頓好了將士們，便將她拉到一旁，小聲問道：「聽說他們全都凶神惡煞的，可還好說話？有沒有欺負妳？」

想起那些士兵的心聲，蘇心禾道：「他們雖然看起來嚴肅，但人還不錯。」

蘇志這才放下心來。「禾兒，按照規矩，我們蘇家應當派人送親，但我想了許久，臨州的親眷裡，只怕沒有合適的。」

按照宣朝的傳統，父母不能送親，只能從叔伯舅父或兄弟當中選人，送親之人不但要談吐得體、落落大方，還要能撐起女方家族的顏面、鎮住送親的場子，自然不好找。

蘇志說著，從懷中掏出一封信，道：「妳姨母早年嫁到京城，夫家在當地生意做得很大，之前我修書一封跟妳姨母提起送親之事，她已經回信應了，待妳入京之後，記得上門拜會，屆時他們會以娘家人的身分為妳送親。」

其實，在蘇心禾的娘過世後，蘇家便與馮家鮮少往來，只有逢年過節時會以書信跟禮品問候一二。蘇心禾知道父親的為人，他向來不給人添麻煩，若不是為了她成親時體面，萬萬不會求人。

蘇心禾心中感慨，道：「爹，其實不必這麼麻煩的……」

「傻孩子，妳不懂。」蘇志認真道：「得讓人知道妳在京城有依靠，才不敢輕易欺負妳！爹能為妳做的只有這麼多了，往後的路，妳要自己走。」

蘇心禾知道蘇志疼愛她，便重重點了點頭，道：「爹放心，女兒一到京城，就去拜會姨母一家。」

翌日一早，蘇心禾便收拾妥當，帶著青梅踏出門庭。

吳桐已經等在門外，他一見蘇心禾過來，便讓人將馬車趕了過來。

由於吳桐的交代，蘇家不敢敲鑼打鼓地送走蘇心禾，只能趁天不亮時離開。

一想到這裡，蘇志便替女兒心酸，蘇心禾看出他的心思，笑著安慰道：「正好省了請樂伎的錢，爹就別愁眉不展了。」

蘇志聽了這俏皮話，沒能繃住，笑了起來。「禾兒，路上小心，記得要聽吳副將的安排，萬萬不可任性妄為。」

見蘇心禾點頭，蘇志又對吳桐道：「吳副將，老夫就這麼一個女兒，平日慣壞了，還請路上多多照應，在此謝過吳副將了！」

說罷，蘇志躬身一揖。

吳桐連忙捧起他的手道：「蘇小姐即將成為世子妃，蘇老爺這麼說折煞在下了，蘇老爺放心，只要在下活著，一定平安護送蘇小姐到京城。」

見他表情誠懇，蘇志含笑點頭。「那便有勞吳副將了，時候已經不早，趁著天還沒亮，快走吧。」

話一說出口，他的眼眶就紅了。

第三章　大快朵頤

蘇心禾也跟著鼻子發酸，道：「爹，女兒走了，您一定要好好照顧自己，日後一有機會，女兒就會回來看您。」

說完，蘇心禾跪下來，恭敬一拜。「女兒叩謝爹的養育之恩，願爹福壽綿延、松鶴長春！」

蘇志不忍地撇過頭，道：「好……快去吧。」

馬車撥開晨曦的薄霧，一點一點駛出蘇府門前的街道，直到馬車轉過路口，看不見了，蘇志還靜靜站在門口，捨不得離去。

一路上走得平穩，不到半日就已經出了臨州，蘇心禾的離愁別緒還未持續多久，便被肚子的叫聲打斷了。

蘇心禾忍不住撩起車簾，問：「吳副將，什麼時候入下一座城？」

吳桐驅馬而來，答道：「天黑之前可以入城。」

蘇心禾頓了一頓，問道：「那午飯怎麼辦？」

吳桐瞧了蘇心禾一眼，道：「蘇小姐這麼快就餓了？」

聽了這話，蘇心禾莫名生出一種羞恥感，但她仍然一本正經道：「將士們一路南下到了臨州，又馬不停蹄地送我上京，實在讓我有些過意不去，這才想讓大家休息一會兒。」

吳桐沈默了片刻後，道：「等翻過這座山，我們便找個地方休整吧。」

蘇心禾眉眼一彎。「好。」

車隊翻過山頭之後，吳桐果然讓車隊停了下來，原地休息。

馬車坐久了，身子有些僵，蘇心禾帶青梅下車伸展筋骨，恰好這裡有一片豐美的草坪，茂盛的灌木前方還有幾塊大石頭，可供人暫坐。

吳桐下令分發乾糧，胡勇與金大栓便領了這樁差事，兩人清點好乾糧後，先來到蘇心禾面前。

胡勇滿臉堆笑。「蘇小姐，此處前不著村、後不著店，只能委屈您先吃點乾糧了。」

蘇心禾道了聲謝，雙手接過乾糧，低頭一瞧，這乾糧黃裡發灰，摸起來也硬邦邦的，她懷著忐忑的心情咬了一口，差點連牙都磕掉了。

她忍著牙疼，問：「這是什麼？」

胡勇笑著答道：「這是糗，咱們在外行軍，開伙不便，所以大多吃這個。」

蘇心禾這才想起來，古代乾糧種類不多，多數百姓出遠門的時候，都會將米或麵炒熟，風乾後帶在身上，趕路餓了的時候，便一口乾糧一口水地簡單應付。

盯著手中的糗，蘇心禾心道：這東西若是再大一點，扔出去只怕能砸死人。

環顧四周，她發現士兵們都在吃這硬邦邦的乾糧，神色如常。

蘇心禾放下手中的乾糧，對青梅道：「之前讓妳備的春餅有多少？」

青梅想了想，道：「約莫三十多個，當時想著要吃好些天，故而多備了些，就放在馬車後面的食盒裡，小姐想吃？」
蘇心禾點頭。
片刻後，青梅便拎著裝春餅的食盒過來，蘇心禾分層攤開食盒，直接放到大石頭上，對眾人道：「諸位，乾糧沒吃完的，可以留著下次吃，我備了些新鮮的春餅，要是感興趣的話，可以嚐嚐。」
此話一出，大夥兒面面相覷。要是能選擇，誰願意吃這石頭一般的乾糧呢？士兵們看了吳桐一眼，卻見他坐著沒動，只一口接一口、面無表情地吃著乾糧，這麼一來，即便他們再想吃春餅，也不敢過去拿。
蘇心禾自然看出了他們的顧慮，也不點破，只拿起一個春餅，用手指撥了撥上端，春餅便裂成了一個手掌大的口袋。
接下來，蘇心禾打開放著肉醬的罐子，用木勺挑起一勺肉醬塞進春餅中，又往裡放了些炒好的馬鈴薯絲跟豆芽，薄薄的春餅口袋，瞬間變得鼓鼓的。
塞好了春餅，蘇心禾便站起身來，往吳桐的方向走去。
吳桐見她過來，立即起身。「蘇小姐可有什麼吩咐？」
蘇心禾笑盈盈地將春餅遞給他，道：「吳副將，吃個春餅吧。」
吳桐似是有些意外，片刻之後，才硬聲道：「多謝蘇小姐，不必了。」
蘇心禾的手卻沒收回，只低聲道：「吳副將若不吃，便沒人敢吃，這春餅放久了會壞，若浪費了，豈不可惜？」

兩人僵持了一會兒，吳桐見拗不過蘇心禾，才伸手接過她手中的春餅。「那在下就不客氣了。」

蘇心禾一笑。「這才對嘛。」

吳桐拿著胖乎乎的春餅，不知道如何下口，思索了片刻，竟用手捏緊了春餅口袋，一股腦兒地塞進嘴裡。

春餅的麵皮透著淡淡的麥香，肉醬被口腔一擠，瞬間爆開，脆嫩的馬鈴薯絲與清爽的豆芽被咬得發出脆響，滋味豐富且獨特。

這一口吃得意外滿足，吳桐不禁有些驚訝——原來外帶的食物也能做得如此美味？

蘇心禾見方才還說不吃的吳桐竟一口將春餅吞下，不由得目瞪口呆。

其他士兵本來就躍躍欲試，見吳桐都吃了，便三三兩兩地走上前問道：「青梅姑娘，還有春餅嗎？」

青梅見狀，主動開始分發春餅，還笑盈盈道：「一人一個，多了沒有！」

士兵們都學蘇心禾往春餅裡塞餡，蘇心禾又想起之前備下的鹹菜與滷豆干，便拿了出來。

眾人依照自己的喜好將春餅塞得鼓鼓的，有些人跟吳桐一樣一大口咬下，有些人卻捨不得，連馬鈴薯絲都要根根數著吃。

蘇心禾拿起最後兩個春餅，分了一個給青梅，說道：「坐下吃。」

青梅起初不肯，蘇心禾便將她拉到自己身邊坐下，道：「到了京城後，妳便是我最親近的人了，可不許見外。」

說著，還將最後一點肉醬倒入青梅的春餅裡。

青梅捧著春餅張嘴咬了一口，肉醬裡有鹹鮮的肉末，與綿軟的春餅互相配合，口感十足，她頓時吃得瞇起了眼睛。

小姐對我真好……嗚嗚嗚，若是天天都有春餅吃就好了！

蘇心禾笑道：「這春餅不難做，妳若是喜歡的話，到了京城我再教妳。這裡面能放的東西可多了，若是有烤鴨、燻肉之類的，就更好了。」

待士兵們吃完春餅，蘇心禾的腦袋裡又湧入一堆感嘆——

這春餅可太好吃了，沒想到蘇小姐居然拿自己的吃食分給我們，可見是把我們當自己人看啊！

啊啊啊，蘇小姐真是菩薩心腸，這一路定要好好保護她！

也不知晚飯還有沒有春餅吃，那食盒都見底了……

對蘇心禾來說，讀取這些訊息是一大樂事，她還特地瞧了吳桐一眼。

吳桐雖然吃了春餅，卻依舊繃著一張方塊臉，看不出情緒，只在心底暗道：若這樣吃回京城，只怕軍心都渙散了，不過，春餅著實比乾糧強多了……

一行人休整完畢，便重新上路。

興許是中午這頓便食吃得滿意，士兵們連腳程都快了許多，馬車也駕得穩穩當當，蘇心禾得以在車裡美美地睡了個覺。

傍晚時分，車隊便進入南州城。南州雖然與臨州離得不遠，但飲食習慣卻截然不同。臨州菜的特點是味清、脆爽，崇尚鮮嫩、甜美，烹飪技法上，以炒、炸、燴、溜等見長；南州菜則以燉、燜、煨等著稱，味道甜鹹適中，講究原汁原味，濃而不膩為佳。

吳桐為人謹慎，已提前遣斥候到南州踩點，然而待他們入城後，斥候卻道：「吳副將，南州城地方不大，要找一間能住下所有人的客棧實屬不易，唯有主街上的悅來客棧大些，您看……」

「主街？」吳桐擰起了眉。主街上人來人往、魚龍混雜，會不會太過引人注意了？

斥候點頭道：「不錯，主街上不僅酒樓與食肆林立，還有許多攤販，若我們這樣入街，只怕樹大招風。」

蘇心禾聽到斥候的稟報，心底激動不已，這不就是美食街嗎？於是她連忙撩起車簾，對吳桐道：「吳副將，天色不早了，若是沒有更合適的地方，不如先去主街將客棧訂下來吧？」

吳桐仍有些猶疑。「可是……」

蘇心禾道：「我知道吳副將擔心我們一行人被盯上，那麼乾脆散開，分批住進客棧不就行了？」

若是沒帶著蘇心禾，吳桐可能連城都不入，隨便找間廟便安頓下來了，可是隊伍上有一位未來的世子妃，實在不好怠慢，只得答應她。

進入客棧後，還來不及收拾行裝，蘇心禾便拉著青梅出了房門，可兩人還未下樓，便被隔壁房的吳桐攔住去路。

他面無表情地問道：「這麼晚了，蘇小姐想去哪兒？」

蘇心禾秀眉微挑。「吳副將，我備的糧食已經吃完了，既然入了城，可否容我去購些新的？」

吳桐本能地就要拒絕，可一想到自己的兵把人家的餅全吃完了，有些繃不住臉面，只能道：「外面人多，為避免小姐遇到危險，還是由在下代勞吧，您想要什麼？」

蘇心禾也不客氣，直截了當道：「也好。我方才打聽過了，南州城最出色的食肆是一品閣，我想買些鹽水鴨帶在路上吃，最好是肥瘦適中、肉皮兼優的那種，不用太多，三、四隻就好。

「他們的清蒸蟹粉獅子頭也不錯，但這個時節的蟹粉不算太好，得問問他們的蟹粉是哪裡來的、新不新鮮，若是新鮮，便打包兩份回來。還有雞汁煮干絲，要同廚子說，不可煮得太軟爛，不然帶回來的時候可能無法吃了……」

吳桐懵了。

半個時辰後，一品閣迎來一桌極其古怪的客人。

少女神情雀躍地指著菜牌，將店裡的特色菜點了個遍，而她身旁的男子卻一臉煞氣，臉色黑如鍋底。

「差不多就這些了。」蘇心禾放下菜牌，道：「若還不夠，晚些再加。」

小二見她點了一大桌子菜，頓時樂得眉開眼笑，忙道：「好咧！小姐稍等，很快就上菜！」

吳桐僵著臉道：「蘇小姐，有些話，在下不知當講不當講。」

蘇心禾氣定神閒地喝了口茶，道：「吳副將是覺得我點菜太多，過於奢侈了？」

吳桐頓了頓，道：「侯爺治軍甚嚴，侯府也杜絕奢靡之風，在下自知身分卑微，沒資格說蘇小姐什麼，但還是好心提醒一句，蘇小姐入了侯府之後，收斂些好。」

「說完了？」蘇心禾淡定地瞧著他道。

吳桐不知她會不會因此而記恨自己，只得硬著頭皮道：「是。」

只見蘇心禾對一旁的青梅、胡勇、金大栓道：「馬上就上菜了，你們還不坐下？」

三人皆是一愣。

蘇心禾笑道：「難得來南州一次，當然要嚐嚐這裡的美食，但一個人吃有什麼意思？我方才點菜時便算了你們的分，一會兒上菜後不必客氣。」

青梅是她的貼身丫鬟，當場便聽話地就座，但胡勇跟金大栓卻面面相覷——他們豈敢與未來的世子妃同桌？

吳桐聽了這話，有些疑惑地看著蘇心禾，他明明覺得不合規矩，但又莫名動容。

在軍營之中，侯爺跟世子爺便是與將士們共食，準世子妃此舉……不也是異曲同工？

吳桐抿了抿唇，站起身來道：「方才是在下誤會蘇小姐了，還望恕罪。」

他這人雖然執拗，卻能明辨是非，有錯就改。

蘇心禾一貫沒什麼氣性，隨意擺了擺手，笑道：「無妨，我知道吳副將常年待在軍營中，習慣吃苦。依我之見，將士們戍守邊疆、保家衛國，就是為了讓百姓們過好日子，而你們拿命換來的好日子，自己卻不敢過，這是什麼道理？

「照我說，將士們回來，就該稍微享受一下人生，並不是所有人都會因此變得貪生怕死、目無軍紀，因為只有嘗過人間煙火，體會過親人與愛人的溫暖眷戀，才能真正生出對家、對國的守護之心，不是嗎？」

吳桐怔住了。

他自幼便受平南侯教導，又為世子爺所用，一直嚴苛地要求自我，又擔心自己做得不好，於是處處謹慎小心，在身上加了許多無形的枷鎖。

但是，真能透過這些枷鎖判定忠奸嗎？

吳桐沈下心來，細細思量蘇心禾的話，內心彷彿開啟了另一番天地。

他的面色緩和了幾分，朝仍站著的胡勇與金大栓道：「還不坐下，難道要等蘇小姐再開一次口？」

胡勇跟金大栓一聽，頓時忐忑地坐在吳桐身旁，金大栓緊張地搓著雙手，胡勇則殷勤地為眾人添茶，青梅笑他笨手笨腳，把茶壺接了過去。

就在此時，小二呈上第一道菜。「這是鹽水鴨，請諸位貴客品嚐！」

小二聲音高亢，又拖著長長的尾音，讓氣氛活絡不少。

鹽水鴨被切成若干塊，一塊壓一塊地擺放在盤子裡，看起來十分整齊。

金大栓與胡勇的目光齊齊向鹽水鴨掃去——這聞名遐邇的鹽水鴨外表十分普通，鴨肉呈淺黃色，看不到任何佐料或醬汁，也沒有額外的裝飾，簡單說，就是兩個字：樸素。

胡勇忍不住道：「這當真是鹽水鴨？不是說『不食鴨肉，不出南州』嗎？看起來跟咱們軍營裡的水煮鴨子沒什麼區別嘛……」

金大栓問：「小二，這鹽水鴨沒蘸料嗎？」

小二眼珠子一轉，道：「幾位一看便知是外地來的，咱們的鹽水鴨不沾醬料吃，若是加了其他料，還會破壞它的風味呢！」

蘇心禾道：「食有百態，你們別看它平凡無奇，其實這道菜的關鍵，便是給鴨肉去腥。做之前必須醃製大半個時辰，放上鹽、花椒等，之後還要泡一段時間的鹽水，才能取出洗淨。

「最後將水燒開，放入鴨肉、醋、蔥節、生薑、八角等多種材料，置於大火上煮開，再翻身燜上一輪，待鴨肉變得又酥又硬，才能起鍋，冷卻後，方能切塊食用。這道料理看起來簡單，可廚子做出來的味道卻相差甚遠，聽說一品閣的鹽水鴨，是南州最有名的。」

說到這裡，眾人已經迫不及待地拿起筷子，但見蘇心禾與吳桐沒動筷，便不敢挾菜。

蘇心禾催促道：「吳副將先嚐嚐？」

吳桐聽罷，一改之前的作風，率先挾起一塊鴨肉，放到自己的碗碟中。

眾人見他動筷，這才搶起了鹽水鴨。

只見吳桐緩緩地挾起鴨肉，放到嘴裡，輕輕一咬——

鴨肉涼而不冰，帶著一股獨有的葷糯之香，這香沒太多侵略性，十分平和地沁入口腔，細細咀嚼之後，鹹香的滋味才蔓延開來，與他以往吃過的鴨肉很不同。

蘇心禾見他不語，便問道：「如何？」

吳桐雖然率先吃了鴨肉，但態度還是有些拘謹，只道：「甚好。」

蘇心禾卻道：「更好的還在後面呢！」

話音剛落，小二那獨特的腔調又響了起來。「清蒸蟹粉獅子頭來了！」

幾個人本來還在品嚐鹽水鴨，一聽到小二的聲音便看了過去，只見小二端著一個大盤子過來，小心翼翼地放到桌上，盤子上還蓋了個碗蓋，有幾分神秘。

小二見眾人都盯著自己，不禁有些得意地說道：「這清蒸蟹粉獅子頭可是我們一品閣的名菜，諸位瞧好了！」

說完，他便將碗蓋揭開——

盤子中央只放了一個蟹粉獅子頭，但足足有一個成年男人的拳頭那麼大，外表呈好看的肉粉色，看起來很誘人。

青梅訝異道：「這也太大了吧！」

小二笑咪咪地說道：「姑娘只怕沒見過更大的吧？若是您中秋過來，咱們還有『獅子頭之王』，足足有一個蹴鞠那麼大呢！」

眾人聽得瞠目結舌。

緊接著，小二不知從哪裡變出了一把小刀，道：「小的這就為諸位貴客分食獅子頭！」

小二是個熟手，一刀下去便將獅子頭劃開一個口子，帶著顆粒感的肉丸隨著他切的動作微微抖了抖，胡勇與金大栓看著看著便嚥了口水。

細心地將獅子頭分成五份後，小二道：「請諸位品嚐。」

說完，他便笑著退下了。

青梅道：「小姐，沒想到這一品閣招式還挺多的！」

蘇心禾笑了笑，道：「烹飪向來講究色、香、味俱全，但我卻覺得『趣』也很重要，他們特地將獅子頭做得這麼大，又讓小二當著我們的面來分，便是為了引人注意，讓其他食客都能看見，心生興趣。」

青梅目光轉了轉，發現果然有不少食客在看他們。

胡勇忍不住搓了搓手，道：「蘇小姐先請！」

要等蘇小姐動筷子，才能輪到他們呀！

蘇心禾笑了起來，道：「不必客氣，大家一起吧！」

胡勇跟金大栓等的就是這句話，他們拿起筷子，不約而同地伸向最大的一塊肉！

第四章　狐假虎威

有了上次被胡勇「蓋飯」的經驗，金大栓這次眼明手快地將碗推了過去，用巧勁一撥，最大的肉塊便進了自己碗裡，一雪前恥！

金大栓樂不可支，得意洋洋地看了胡勇一眼。

胡勇不但錯失了最大的肉塊，連第二、三、四塊也錯過了，最後只能挾起最小的一塊，可憐巴巴地塞進嘴裡——

這獅子頭口感鬆軟細膩，卻不失韌勁，豬肉的香、蟹粉的鮮，完美地融為一體，令人一吃難忘。

然而，這麼小的一塊哪夠撫慰胡勇的心？他暗自捶胸頓足，發誓要將奪肉之仇加倍討回來。

蘇心禾仔細地品了品這獅子頭，肥肉不膩、瘦肉不柴，恰當好處。

再看吳桐，他已悶聲不響地就著獅子頭吃完一大碗白飯了。

一個時辰過去，胡勇和金大栓差點吃得扶牆而出，蘇心禾看得好笑，又囑咐小二打包了些能存放的吃食帶走。

回到客棧時夜色已深，吳桐禮貌地告辭。「在下就在隔壁，萬一蘇小姐遇到狀況，可隨時傳喚。」

蘇心禾點點頭，道：「有勞吳副將，早些歇息吧。」

話音落下，青梅便關上門了。

吳桐剛要回房，路猛就快步走來，抱著一隻信鴿道：「吳副將，世子爺來信了。」

聞言，吳桐立即接過信鴿，輕輕擰開鴿腳上的信筒之後，便將信鴿交還給路猛，隨即打開信紙，一目十行地看完了信。

「稍等片刻，我這就去回信。」吳桐說罷便轉身進房。

路猛點了點頭，與胡勇、金大栓三人站在房門口。

瞧胡、金兩人一副微微後仰的樣子，路猛忍不住道：「你們不是跟著吳副將一起保護蘇小姐嗎？怎麼成了這副德行?!」

胡勇嘿嘿一笑，道：「我們隨蘇小姐去一品閣了！」

路猛一愣，不敢置信地問道：「吳副將也去了？」

金大栓這一路上飽嗝不停，點頭道：「是啊，吳副將不但去了，還吃了不少呢！嗝！」

路猛的頭搖得像撥浪鼓。「我不信！吳副將平常就吃饅頭，連鹹菜都不放，怎麼會同你們去吃大魚大肉？」

「不信就算了！」胡勇毫不在乎。「我總覺得吳副將隨和了不少，不但與我們同吃春餅，還讓我們坐下一起用飯，弟兄們的好日子說不定就要來了！」

金大栓忙不迭地附和道：「就是！原以為隨吳副將南下迎親，定是既苦又無聊的差事，沒想到自從見到蘇小姐以後，每日都好吃好喝。欸，你們說，等蘇小姐成了世子妃，咱們能不能也跟著沾光啊？」

胡勇笑他道：「你倒是想得美！」

房間裡，吳桐已經研好墨，卻遲遲下不了筆。

其實來信的不是李承允，而是李承允的另一名副將——青松。他與吳桐是李承允的左右手，缺一不可。

青松在信中詢問路上情況如何，吳桐想了好一會兒，都不知該如何回答。

他曾規劃過各種回京的路線，但萬萬沒想到，他們居然從臨州一路吃到南州，接下來，只怕還會從南州吃到京城……

思量片刻後，吳桐決定實話實說，於是將抵達蘇家後到現在經歷的事，一五一十地寫進信裡。

經過約一炷香的工夫，吳桐便將信遞給路猛，道：「這是給世子爺的回信，記得今晚送出去。」

路猛連忙應是。

胡勇吃飽了就有些睏，不禁打了個哈欠，道：「記得送信啊！我先回去睡了……」

金大栓也有樣學樣，對路猛道：「兄弟，這信可耽誤不得，辛苦了。」

路猛沒吃到美食，又被這兩人揶揄，一時氣得掄起拳頭。「看招！」

胡勇哈哈大笑兩聲，拉著金大栓跑了。

路猛被他們甩下，氣了好一會兒後，才認命地抱著信鴿走了。

江南已是盛春，但千里之外的阡北，依舊漫天風雪。

到了夜晚，北風肆虐，寒風吹著營帳，整個軍營裡都涼颼颼的，守門的士兵們即便穿得再厚，鼻子也凍得發紅，不過在這艱苦的環境下，凍傷已是最不值一提的小事了。

營帳中，爐子裡的炭火燒得作響，卻不能驅走多少寒意，油燈原本暗了下去，又被人點亮，彷彿漫長的黑夜才剛剛開始。

帳中有一塊三尺見方的沙盤，細沙堆砌出山巒起伏的大陸，北邊有一列高聳的山脈，彷彿一道天然的屏障，既是守護，也是禁錮。

有人伸出一隻修長的手，拿起旁邊的小旗子，不偏不倚地插在那山脈之下，說道：「我們如今在這兒。」

說罷，那人又拿手中的扇子指了指最高的山峰，道：「過了騎燕山，便是瓦落的地盤，因為這一帶終年寒冷，所以人煙一向稀少。然而，據探子回報，瓦落從去年起便在阡北附近建鎮、建城，還有不少百姓會藉經商的機會過境，接觸我們阡北的百姓。」

說話的是平南軍的軍師，墨竹先生。他身著一襲灰褐色長袍，看起來約莫四十歲，身形微胖。即便天寒，他手中的扇子依舊搖個不停，含笑看向一旁的年輕男子，問：「世子爺如何看待此事？」

帳中燈火微閃，照亮了李承允的輪廓，他神情冷峻、五官英挺，靜靜注視著眼前的沙盤，道：「騎燕山以北，別說是耕種或畜牧，就算在食物充足的情況下，想在那裡活著都不容易，瓦落數代都放棄經營此處，並非毫無道理，如今突然活動起來，只怕別有所圖。」

墨竹頷首。「不錯，我大宣北境城鎮何其多，若真要發展商貿，也不該選氣候惡劣的地方。」

李承允盯著騎燕山下的小旗子，道：「阡北城前雖然北面有天塹，但南面卻與榮城接壤，榮城過後便是平原地帶，直到京城都暢通無阻。」

兩人對視一眼，很快便明白其中的風險。

此時副將青松入帳，他走到沙盤前，雙手呈上一封信，道：「世子爺，吳桐來信了。」

李承允的心思還在沙盤上，頭也未抬，隨口道：「之前說過，若無什麼異常便不用回稟，你盯著便是，如今可是出了什麼事？」

青松頓了頓，回道：「也算不上出事，就是……」

李承允聽他語氣遲疑，側目道：「就是什麼？」

青松面色一僵，低聲道：「世子爺，您還是自己看吧！」

說完，他將那封信舉得更高了一些。

李承允接過信拆開，就見吳桐在第一頁簡單交代南下的情況，一切都在意料之中，不過待他翻到第二頁，才看了兩行，嘴角就微微抽了一下。

吳桐向來是知無不言、事無鉅細地彙報。信中說，從入了臨州開始，準世子妃便招待他們吃喝，從東坡肉、油燜春筍、清湯魚丸、酸蘿蔔，到春餅、鹽水鴨、巨大的清蒸蟹粉獅子頭……小小一張紙，幾乎寫成了一張菜單。

墨竹見李承允面色古怪，問：「世子爺，蘇家那邊沒事吧？」

李承允若無其事地收起了信紙，道：「沒事。」

青松小心地問道：「世子爺，吳桐在信中詢問是否該按照準世子妃的安排前進，末將當如何回覆？」

相較於婚事，李承允更關心邊關局勢，故而南下接親之事，全交給吳桐與青松打理。

李承允道：「只要不出格，就隨她去吧。」

青松有點意外，但應下後便出去了。

墨竹見李承允心不在焉，不禁打趣道：「新娘子都啟程了，世子爺還不早些回京？」

李承允斂了神色，道：「從阡北回京城，日夜兼程不過四日，時間還早。」

墨竹道：「近期無戰事，世子爺早些回京也無妨，阡北有我，定不讓您操心。」

李承允沈默了片刻之後，道：「不必了，來回八日，成婚一日，九日足矣。」

墨竹笑道：「世子爺的心也太狠了一些。你突然要成婚，本就讓京城一眾貴女呼天搶地了，拜堂後便走，豈不是連世子妃也要傷心了？」

「這婚事是我父親作的主，我雖不願卻也答應了，難道成親之後，還要我陪那蘇小姐日日囿於後宅？」

墨竹搖著扇子，道：「世子爺此言差矣，夫妻之間本……」

「先生，」李承允出聲打斷他。「如今瓦落已在騎燕山以北築巢，與其關心我的婚事，不如好好想想接下來的對策吧。」

墨竹無奈地搖頭。「好好好，算我沒說。」

兩人回到之前的話題上，聊至三更半夜方休。

墨竹離開之後，李承允仍無睡意，便踱步出了營帳。營帳門口的士兵一見到他，立即恭敬行禮。

李承允的目光落在對方握著長矛的手上，只見那手凍得腫如沙包，紅得嚇人。「下值之後，去找軍醫領些凍傷藥。」

士兵一愣，頓時受寵若驚。「多謝世子爺！」

李承允沒再說什麼，只信步離開營帳，向馬廄走去。馬兒最通人性，一見到李承允，便朝主人興奮地跺了跺前蹄。

李承允解開韁繩將烈火牽出來，烈火彷彿知道接下來會發生什麼，腦袋主動蹭上李承允的手，以示親暱。

只見李承允的唇角揚起一絲若有似無的笑意，他輕輕摸了摸烈火，翻身上馬，一夾馬腹，烈火便像離弦的箭一般衝了出去。

不知道過了多久，李承允才讓烈火停了下來。他跳下馬背，輕輕拍了拍烈火的背，道：「去吧。」

烈火彷彿聽懂了一般，踱著輕快的步子，奔到不遠處的湖邊。

阡北周邊地貌貧瘠，少有水草豐美的地方，李承允偶然間發現這處鏡湖，湖邊景色優美、草木茂盛，於是便偶爾帶著烈火來這兒，讓牠飽餐一頓。

李承允立在湖邊，靜靜凝視前方。

廣闊而平靜的湖面上，有彎月倒掛，陣風襲來，水中的月亮被吹得微微顫動，倒影消散片刻後，再度凝聚成形。

岸邊寒風呼嘯、空氣冰冷刺骨，李承允卻覺得這裡比喧囂的京城好太多了。

蘇心禾一行人一路北上，順利地進入京城。吳桐按照侯府的吩咐，親自將蘇心禾主僕送到城郊的一處別苑，其他士兵則先一步去了軍營。

別苑的掌事婆子快步而出，她見到蘇心禾時，先是一愣，隨即才朝她福了福身子，道：「老奴駱氏，見過蘇小姐。」

蘇心禾笑著點了一下頭。「駱嬤嬤好。」

吳桐抬頭看了別苑的牌匾一眼，似是有些意外，但他不便多說什麼，只道：「駱嬤嬤，蘇小姐交給妳了。」

駱嬤嬤知道吳桐是李承允最器重的副將之一，滿臉堆笑地應下。「吳副將放心，老奴一定好好照顧蘇小姐。」

蘇心禾轉過頭認真地看著吳桐，道：「一路上多虧吳副將，我才能順利入京，請吳副將受我一拜。」

說罷，蘇心禾便對吳桐行了個禮。
吳桐詫異極了，忙道：「蘇小姐萬萬不可，這是折煞在下了。」
蘇心禾不在意地笑了笑，鄭重道：「還請吳副將替我向其他護衛的士兵表達謝意。」
青梅順勢拿出一個鼓鼓的布袋遞給吳桐。
吳桐沒接，語氣頓時嚴肅起來。「蘇小姐，這有違軍紀，使不得！」
蘇心禾眨了眨眼，道：「吳副將以為這是什麼？」
這一問，把吳桐給問懵了……所謂表達謝意，除了銀子還能是什麼？
蘇心禾笑著說道：「大家不是喜歡吃春餅嗎？昨日在客棧裡，我向掌櫃的借了一晚上的廚房，與青梅一起做了一些給你們。」
聽了這話，吳桐不禁為自己方才的想法感到羞愧，他連忙從青梅手中接過春餅，道：「蘇小姐放心，在下一定將話與東西都帶到。」
蘇心禾一笑，便帶著青梅隨駱嬤嬤進入別苑。
吳桐怔然地看了手中的春餅一會兒，才轉頭駕馬車前往南郊大營。

這別苑名為「思正苑」，是平南侯府在城郊置的一間兩進兩出宅子。
「小姐，這別苑……好像許久沒住人了。」青梅說著，身子往蘇心禾旁邊縮了縮。
蘇心禾沒說話，繼續隨駱嬤嬤往前走，但一雙眼睛卻無聲地打量起了四周。
從外面看來，這別苑還算體面，可一過了垂花門，便是牆面斑駁、荒草叢生，連抄手遊廊上的燈籠都破破爛爛的。

往裡走，還有一處類似佛堂的地方，裡面黑漆漆的，地上放著幾個供人跪拜用的蒲團，看起來有點陰森。

駱嬤嬤將蘇心禾帶到東廂房門口，笑容與方才相比收斂了幾分，道：「蘇小姐初到京城，本應迎入侯府，但按照咱們宣朝的規矩，男女成婚之前最好不要見面，不然不吉利。」說到這裡，駱嬤嬤唇角的笑意反倒深了些。「只得委屈蘇小姐在這兒待上幾日了。」

蘇心禾見駱嬤嬤人前人後兩張臉，便知對方是想給自己下馬威。

她淡淡笑了，道：「無妨，天黑之前，駱嬤嬤與丫鬟們將這兒打掃乾淨便好。」

駱嬤嬤神情稍稍一頓，佯裝為難道：「蘇小姐有所不知，老奴是姑奶奶身邊的，過一會兒，姑奶奶只怕要午睡起身了，老奴還得趕回去伺候呢！」

在來的路上，蘇心禾便向吳桐打聽過侯府的情況，駱嬤嬤說的「姑奶奶」，便是平南侯李儼的胞妹李芙。

李芙的夫家原本經商，敗落之後，索性全家搬進平南侯府的宅子，靠兄長李儼養著，如今她也幫侯夫人管家。

駱嬤嬤不過是一介下人，都敢對自己如此無禮，明顯是有人撐腰。

蘇心禾活了兩世，平常脾氣雖好，但遇上不平之事，也不會坐以待斃，她氣定神閒地笑了笑，開口道：「這才晌午，駱嬤嬤帶人收拾完院子再回府也來得及，當然了，若是姑奶奶遣人來尋妳，我自然會讓駱嬤嬤先回去。」

駱嬤嬤聽了這番話，本想繼續爭辯，不料蘇心禾歪歪地踉蹌了一下，彷彿要暈倒似的，青梅連忙扶住她，緊張地問道：「小姐，您沒事吧？」

蘇心禾虛弱地搖了搖頭，道：「許是車馬勞頓，讓我有些噁心，坐一會兒，再吃點開胃的東西應該就沒事了……」

青梅一聽，連忙扶著她就近在長廊坐下，蘇心禾順勢靠在一旁的柱子上，咳了兩聲。見狀，青梅立即對駱嬤嬤說道：「駱嬤嬤，煩勞快些，待臥房收拾乾淨了，我就扶小姐進去休息。我家小姐身子嬌弱，房中一點粉塵都不能有，不然便會咳嗽不止，萬一嚴重，只怕會誤了婚儀。」

駱嬤嬤見蘇心禾一副病懨懨的樣子，不知是真是假，但思及對方不日便將成為世子妃，不好得罪得太狠，便勉為其難地扯了扯嘴角，道：「那好，老奴這就去辦。」

蘇心禾輕輕點了點頭。「多謝駱嬤嬤了。」

駱嬤嬤氣悶，卻不好多說什麼，只能對著自己帶來的人大吼道：「愣著幹什麼？還不快動手?!」

下人們嚇得一個激靈，連忙散開，拿起工具打掃去了。

駱嬤嬤今日過來，是想給蘇心禾一點顏色瞧瞧，便沒帶多少人手，如今要快速收拾好院子，自己便得跟著動手，才擦了一會兒桌子，她就累得腰痠背痛了。

一個灑掃丫鬟小聲嘟囔著。「這蘇家小姐可真是厲害，不知道自己什麼出身嗎，居然敢使喚駱嬤嬤！」

另一個清理花圃的丫鬟忍不住接話。「使喚駱嬤嬤算什麼？侯爺提起這樁婚事時，世子爺不是不同意嗎，可最終還是答應了。蘇家雖說是小門小戶，但只要得侯爺青眼，誰為難得了她?!」

「她可真是好命啊！咱們世子爺是天人之姿，又是蓋世英雄，京城裡多少大家閨秀排隊想嫁給他，可他卻偏偏要娶這鄉下來的蘇氏！雖說有幾分姿色，但家世到底差得遠，若換成是我，我也不願意！」

這些話聲音不大，卻一字不落地傳進蘇心禾與青梅的耳朵裡，青梅面色難看，正想去找她們理論，蘇心禾卻拉住她，對她搖搖頭。

事到如今，不論侯府上下態度到底如何，她都要嫁過去了，既然如此，何懼人言？況且，雙方家世懸殊，世子不情願也在情理之中，若他不在意自己，自己又何須把他放在心上？

蘇心禾一向想得開，只覺得沒什麼事比過好自己的日子更重要，因而不怎麼在意旁人的看法。

她一面吃著青梅送來的蜜餞，一面提醒道：「駱嬤嬤與諸位姑娘動作可要快些，別誤了姑奶奶起身的時辰。」

駱嬤嬤許久沒幹過粗活，聞言氣得臉歪，卻只能將怒火都發洩在面前的桌子上，頃刻間便擦得發亮。

丫鬟們也不敢再說些閒言碎語，老老實實地幹活。

第五章　撥弄是非

一個半時辰之後，院子終於有點樣子了，蘇心禾勉為其難地站起身來，在青梅的攙扶下四處轉了轉，露出滿意的笑容，道：「駱嬤嬤辛苦了，若沒什麼別的事，妳便先回府吧。」

駱嬤嬤偷雞不著蝕把米，心中憋著氣，敷衍地行了一禮，就帶著人氣沖沖地離開了。

等她們走出院子，蘇心禾與青梅才笑了起來。

青梅小聲問道：「小姐，咱們這麼做……會不會得罪了駱嬤嬤啊？」

蘇心禾秀眉微挑，道：「人不犯我，我不犯人，若沒有姑奶奶撐腰，一個婆子哪敢如此猖狂？既然姑奶奶來者不善，便不用給她留面子，要知道，一步退，便步步退，讓她知道咱們不是好拿捏的，才會收斂。」

青梅見蘇心禾態度堅定，便點了點頭。「奴婢都聽小姐的！」

蘇心禾一笑，道：「如今她們走了更好，我們還落得自在呢，忙了一日，有些餓了，做飯去吧！」

平南侯府的後花園中百花盛放，爭奇鬥豔、美不勝收。

侯夫人葉朝雲手持一把小巧的剪刀，一手護著盛放的花朵，一手小心地剪去旁邊多餘、腐敗的枝條與壞葉，剪完之後，她便輕輕鬆開花枝，嬌美的花朵依然立在枝頭，豔麗多姿。

「嫂嫂如此喜愛花草，怎麼不讓人採摘一些放到房中，看著也賞心悅目啊！」說話的人是平南侯的妹妹李芙，她陪在葉朝雲身旁，穿著一襲桃紅色春衫，手上的金鐲子粗得很。

葉朝雲淡淡道：「花草歷經四季更迭，逢春日才得重生，實屬不易，且花在枝頭能開月餘，若剪其莖，最多能盛放三日，何必為了一時之快，傷它性命呢？」

李芙聽罷，只能訕笑道：「嫂嫂菩薩心腸，是我思慮不周。」

葉朝雲沒針對這個話題多說什麼，問道：「今日蘇家姑娘入京對吧？情況如何？」

「嫂嫂放心，我已經派身旁最得力的駱嬤嬤去接蘇小姐，定能將一切安排得妥妥當當。」

葉朝雲又問：「人安置在哪裡？」

李芙道：「城郊的思正苑。」

「思正苑？」葉朝雲疑惑地看了她一眼，道：「那裡是府中罰罪思過的地方，為何要將她安置在那裡？」

李芙面露難色道：「嫂嫂不是不知道，我們在京城就三處宅子，除了御賜的平南侯府，便是城北的六和居與城郊的思正苑。六和居去年就用來安置我夫君一家了，蘇小姐不過小住幾日，不好叫他們挪地方。我思前想後，覺得還是思正苑好，既清淨又安全，聽聞蘇小姐只帶了一個丫鬟，那麼大的地方，夠她們住了。」

她一面說，一面打量葉朝雲的神色，又道：「再說了，這蘇小姐不是什麼大戶人家出身，她能嫁給咱們世子爺，那可是八輩子修來的福氣，若一入京，咱們就把她當菩薩似的供著，只怕她會忘記自己的身分，要是因此失了分寸，那可不好，您說呢？」

葉朝雲沒說話，一雙柳葉眉卻微微攏了起來──說起這樁婚事，她確實不滿意。

雖說蘇家對平南軍有恩，可報恩的法子何止一種，為何要因此搭上承允那孩子的終身大事？

不過葉朝雲知道丈夫的性子，一旦決定的事，無論如何他都不會更改。

這樁事就像個疙瘩橫在葉朝雲心裡，每每想起都有些不平，故而在李芙主動請纓要安頓蘇心禾時，她想都沒想就答應了。

兩人正說著話，就見駱嬤嬤過來了，她由丫鬟扶著，走路一瘸一拐。

她那灰頭土臉的樣子，把李芙嚇了一跳。「駱嬤嬤，不是讓妳去接蘇小姐嗎？妳怎麼變成這樣了？」

葉朝雲聞言，淡淡瞥了駱嬤嬤一眼。

駱嬤嬤見兩位主子的目光都落到自己身上，便委屈巴巴地開口道：「夫人，老奴有負您的囑託，沒伺候好蘇小姐，還請您責罰！」

此話一出，李芙立刻問道：「到底怎麼回事？」

駱嬤嬤一臉憋屈，卻不說話，一旁的丫鬟便道：「今日我們奉命去思正苑迎接蘇小姐，原本高高興興地將她安頓到東廂房，蘇小姐卻嫌別苑破舊粗陋。駱嬤嬤請她先委屈一日，回來再與主子商量，可蘇小姐卻不依不饒，非要讓我們將思正苑裡裡外外仔細收拾一遍再走。

今日過去的人不多，奴婢幾個年輕，多幹點活便罷，可憐駱嬤嬤年紀這麼大了，還要爬上房梁打掃……結果摔了下來。」

李芙與駱嬤嬤交換了一個眼神，便開口道：「怎麼這麼不小心？有沒有摔傷？」

駱嬤嬤連忙道：「多謝夫人關心，老奴不過受了些輕傷，只是打掃過後，也不見蘇小姐滿意，若蘇小姐因此心生怨懟，那就是老奴的過錯了！」

李芙不禁憤慨道：「這蘇小姐出身不高，脾氣倒是不小啊！嫂嫂，您看這該如何是好？」

葉朝雲反問道：「妳覺得呢？」

李芙眼珠子轉了轉，說道：「依我看，這蘇氏就是出身鄉野，沒人好好管教過，不如遣幾個府中的婆子教一教她規矩，讓她明白侯府可不是蘇家，由不得她任性妄為。」

葉朝雲凝神想了一會兒，道：「也好。」

李芙一聽，頓時喜出望外，便對駱嬤嬤道：「既然如此，那妳便……」

「等等。」葉朝雲出聲打斷她。「駱嬤嬤不是傷了腰？先去休養幾天吧。蔣嬤嬤？」

蔣嬤嬤一聽，隨即上前兩步。她雖然有些年紀，卻姿態端莊，相較於其他下人，算是氣質極好。「夫人有何吩咐？」

葉朝雲道：「明日妳帶著紅菱過去，教教蘇氏侯府的規矩。」

蔣嬤嬤福身應下。「是，老奴這就去安排。」

葉朝雲在花園中站了許久，有些累了，便同李芙告別，逕自返回住處。

待葉朝雲一走，李芙的笑臉便瞬間收斂，她瞥了駱嬤嬤一眼，道：「不是讓妳暗地裡給她點顏色瞧瞧嗎？怎麼將自己弄成了這副模樣？」

駱嬤嬤嘆氣，只得將今日發生的一切一五一十地告訴李芙。

「那蘇小姐看起來柔弱，實際上可不好惹。她畢竟是將來的世子妃，老奴哪敢真的得罪她呢？」

李芙冷哼一聲，道：「世子妃的位置是不是她的還不一定呢！我早就同兄長說了，這門親事要不得，可他這人就是死腦筋，放著好好的蕊兒不要，非要去報什麼恩?!」

夫家沒落，致使李芙一心想攀門好親事，她想扶丈夫羅為的姪女羅蕊兒登上世子妃之位，卻被兄長李儼嚴詞拒絕了。

駱嬤嬤說道：「夫人，您不是不知道侯爺的性子，他一貫重諾，既然當年開了口，又怎麼會反悔？解鈴還須繫鈴人，距離婚儀不是還有一段日子嗎？只要蘇氏吃了虧，說不定就會知難而退了。」

李芙笑道：「蔣嬤嬤可是訓誡過宮中貴人的，讓她去教訓一個鄉下來的丫頭，豈不是易如反掌？等著明日的好戲吧！」

翌日一大早，一輛馬車便離開平南侯府，向城郊駛去。

「嬤嬤，等會兒咱們見了那蘇小姐，該如何開場才好呢？」

紅菱是葉朝雲最信任的丫鬟，也是蔣嬤嬤一手帶出來的徒弟，她向來聰慧機敏，此時提起這個話題，無非是因為情況特殊。現在蘇心禾雖然身分低微，日後卻可能當上侯府主母，前來教她規矩，分寸不好拿捏。

蔣嬤嬤在宮裡待過，見過不少大場面，只道：「蘇小姐既然要嫁給世子爺，言行舉止自然要當得起世子妃的身分，至於如何開場……見機行事。」

紅菱點了點頭道：「是。」

沒多久，馬車便抵達思正苑門口。紅菱扶著蔣嬤嬤下了馬車，兩人拾階而上，同門口的小廝打招呼。

小廝知道蔣嬤嬤在侯府下人之中頗有地位，便恭謹地問道：「蔣嬤嬤，要不要小的先去為您通傳一聲？」

蔣嬤嬤手一抬。「不必，我與紅菱直接進去就好。」

小廝聽罷，不敢多言，留守在外面。

蔣嬤嬤與紅菱繞過抄手遊廊，便到了東廂房附近，卻見房門緊緊關著，也不知裡面有沒有人。

兩人正在思量，就聽見側面的小廚房裡傳出了動靜。

蔣嬤嬤與紅菱對視一眼，不約而同地朝小廚房的方向走去，然而還未走到門口，便聞到一股若有似無的香味。

鍋蓋被熱氣往上頂，一起一伏，發出令人期待的悶響；一縷清香從鍋蓋的縫隙中竄出，縈繞在小廚房裡。

蔣嬤嬤與紅菱望向了小廚房，就見到蘇心禾側身對著門，正綁著襻膊幹活，她一隻手扶著雪白的蓮藕，一隻手則握著筷子，神色認真地挾糯米往藕孔裡塞。

蘇心禾的動作不徐不疾、從容不迫，幾乎沒有糯米從藕孔裡漏出來，一看便知十分熟練。

青梅坐在一旁洗碗，洗到一半就舉起碗來對著光看，蹙眉道：「小姐，這兒的碗碟好久沒人用過了，怎麼洗都洗不乾淨……」

蘇心禾道：「那就燒些熱水泡一會兒再洗。」

青梅點點頭，又嘆了口氣，道：「小姐，本以為這一路還算順利，到了京城能過點輕鬆的日子，可這個地方連茶壺都漏水，碗碟還有豁口……奴婢今早問了小廝才知道，這裡是侯府用來罰罪人的，您又沒做錯什麼，好端端的，為何被安排在這兒？」

蘇心禾的心思依舊放在蓮藕與糯米上，道：「既來之則安之，不住在這兒，哪能買到這麼新鮮的蓮藕，跟質地飽滿的糯米？」

她向來對吃的感興趣，此處雖簡陋了些，但總比到處都有人盯著的侯府自在。

青梅見蘇心禾沈迷於做料理的模樣，知道多說無用，便道：「那奴婢先燒壺水，若是這碗再洗不乾淨，只怕咱們的朝食便要用手拿了！」

說著，青梅端著木盆站起身，卻發現門口多了兩個人。

她微微一驚。「兩位是？」

蘇心禾聞聲轉過頭去，頓時令蔣嬤嬤與紅菱一怔——好一雙清靈的眉眼。

蔣嬤嬤凝眸看去，只覺得蘇家小姐生得雪膚花貌，瓊鼻小巧精緻，唇不點絳而紅，實在是不可多得的美人兒。

她不知在宮裡見過多少妃嬪，仍為蘇心禾的美貌所驚豔，不過她迅速斂了斂神，上前一步，不緊不慢地開口道：「老奴姓蔣，旁邊是紅菱，我們都是在侯夫人身邊伺候的，今日奉侯夫人之命，特來探望蘇小姐。」

說完，兩人同時向她行禮。

蘇心禾見蔣嬤嬤言談得體、態度不卑不亢，便知不是普通人，她放下手中的物品，道：「我也不是什麼主子，蔣嬤嬤與紅菱不必如此客氣。」

蔣嬤嬤點了一下頭，見她手上襻膊沒解，不禁問：「蘇小姐這是在忙什麼？」

她語氣偏冷，臉上也沒什麼表情，尋常姑娘見了她，可能會被這股氣勢所懾，不敢亂說話，可蘇心禾卻笑著答道：「今晨與青梅去周邊逛了逛，發現有個集市，便買了些食材回來，打算做一道家鄉菜。」

蔣嬤嬤疑惑道：「蘇小姐自己做？」

若日日行庖廚之事，可不是大家閨秀該有的樣子。

蘇心禾點頭。「不錯，這便是我們的朝食。」

蔣嬤嬤有些試探地問道：「思正苑裡的廚娘呢？」

蘇心禾還未開口，青梅便忍不住回道：「蔣嬤嬤，思正苑不僅沒有廚娘，連個好一點的碗都沒有呢！」

蔣嬤嬤與紅菱對視了一眼，皆十分詫異。

昨日姑奶奶不是說都安排好了嗎？怎麼連吃個東西都要人家動手做？虧這蘇家小姐還能自己下廚，若是換成別家閨秀，只怕早就哭鼻子了！

蔣嬤嬤的目光審視著蘇心禾，彷彿在辨認此話的真假。

蘇心禾不想糾結昨日之事，便道：「沒廚娘也沒關係，我在家時就很喜歡下廚，能照顧自己，只是，不知兩位今日過來，可是侯夫人有什麼吩咐？」

其實蘇心禾清楚得很，若是侯夫人關心她，昨日便會遣人過來，如今待駱嬤嬤回去之後才派人來，只怕是聽到了什麼不好的風聲。

然而，蘇心禾的心態向來不錯，她雖不惹事，卻也不怕事。

蔣嬤嬤身為侯府老人，自然知道姑奶奶怠慢了蘇心禾，但又不能說主子的不是，只得緩一緩語氣，道：「侯夫人讓老奴來看一看蘇小姐住得是否習慣，順便……提前教一教蘇小姐侯府的規矩。」

「教規矩？」

蘇心禾忽然想起前世電視劇中的各種閨訓嬤嬤，後背不禁有些發涼，但轉念一想，自己定然逃不過這一關，還不如正面迎擊。

她轉頭看了看鍋子，擺出乖巧的笑容，對蔣嬤嬤道：「蔣嬤嬤，學規矩當然重要，但是我與青梅折騰一早上了，還沒吃上東西……能不能先讓我填飽肚子，再學規矩？」

蘇心禾本就長得討人喜歡，又不過十七歲，一撒起嬌來，便讓蔣嬤嬤想起自己的孫女。

蔣嬤嬤不好讓蘇心禾餓著肚子學規矩，就答應了她的要求。「那好，老奴與紅菱就在一旁等蘇小姐。」

蘇心禾應了聲好，便從灶臺邊上拿起一塊乾淨的布巾，捏著鍋蓋揭開，熱氣猛然竄出，兩截燉好的糯米藕頓時呈現在眼前。

這糯米藕在入鍋時便放了不少紅棗與紅糖塊，經過熬煮後，染上誘人的紅棕色，糖汁也滲進糯米，整截糯米藕看起來相當粉嫩可愛。

蘇心禾小心翼翼地將約莫四寸長的糯米藕擺到盤子中，青梅順勢遞上擦乾淨的小刀，蘇心禾接過小刀後，便劃下第一刀。

一片糯米藕不情願地與藕身分離，每個藕孔都被糯米塞滿，呼之欲出，蘇心禾連忙讓這片糯米藕臥倒，再繼續切後面的糯米藕。

糯米藕被切成一片又一片，即便藕斷絲連，蘇心禾也有自己的韻律與節奏，先是俐落下刀，再溫柔抽回，循環往復之下，很快便切好了一盤整齊的糯米藕。

一旁的紅菱見了，不免低聲道：「嬤嬤，這蘇小姐的刀工還挺不錯的呢……」

然而，蔣嬤嬤的眉頭卻緊緊皺著。

好好的糯米，為何非要塞進蓮藕裡吃？難不成是江南獨有的吃法？

蘇心禾做菜時極為專注，沒注意到兩人神情的變化，她切完糯米藕，將新做的放進去燉，便讓青梅拿來在臨州釀製的桂花蜜。

這桂花蜜用一個罐子密封，每回都是用不沾水的勺子輕輕舀出來，這次也不例外。

蘇心禾舀起一勺桂花蜜，從左到右均勻地淋在糯米藕上，原本樸實無華的糯米藕，一下子亮了起來，泛出誘人的光澤。

然而蘇心禾還嫌不夠，她盛來一碗紅糖水，澆到左邊一半的桂花糯米藕上，於是左邊呈更深的絳紅色，右邊則是紅中帶著幾分金色——是桂花蜜的功勞。

見料理大功告成，蘇心禾開心不已，忙道：「碗洗好了沒有？」

青梅盯著這盤桂花糯米藕好一會兒了，此時才想起來忘了燒水泡碗。

蘇心禾哭笑不得，只得讓她去拿幾雙洗好的筷子來，碗就不用了。

青梅一走，蘇心禾不經意地轉過頭，這才發現蔣嬤嬤與紅菱正目不轉睛地盯著自己，蔣嬤嬤一臉嚴肅，彷彿在思索什麼，而紅菱一雙眼睛卻睜得大大的，帶著三分探究。

「小姐，筷子來了！」青梅興高采烈地將筷子送了過來。

蘇心禾心頭微動，接過筷子後直接呈到蔣嬤嬤與紅菱面前，道：「若兩位不嫌棄的話，不妨嚐一嚐我們江南的桂花糯米藕吧？」

蔣嬤嬤稍稍怔了一瞬，依然一副冷淡的模樣。「不必了，蘇小姐自己用吧。」

紅菱偷偷瞧了蔣嬤嬤一眼，見她仍繃著臉，便不敢吭聲。

蘇心禾不以為意，依舊將筷子塞到她們手上，說道：「這桂花糯米藕做得太多，我與青梅吃不完，浪費了多可惜！蔣嬤嬤與紅菱幫我們分擔吧，早些吃完，我也能早點開始學規矩，是不是？」

說話時，蘇心禾的大眼睛眨呀眨，盈盈笑意讓人毫無抵抗力。

紅菱早就對這桂花糯米藕垂涎三尺了，她不禁輕嚥口水，試探地問道：「嬤嬤，要不……咱們試試？」

愛徒都開口了，蔣嬤嬤也不好老是板著臉，只能勉為其難點了點頭，說道：「既然如此，那老奴便恭敬不如從命了。」

蘇心禾眉眼輕彎。「好。」

第六章　舉止有度

由於思正苑沒像樣的小碗，蘇心禾索性讓青梅將兩盤桂花糯米藕都放到桌上，又親自引蔣嬤嬤入座。

蔣嬤嬤擺手推辭。「蘇小姐，與您同食本就不合規矩了，怎麼還能同坐呢？」

蘇心禾笑道：「這兒不是侯府，我如今只是蘇家女，並非世子妃，蔣嬤嬤是長輩，自然應該上座。」

這話說得既誠懇又妥帖，蔣嬤嬤難得露出笑意。「那……老奴就僭越了。」

眾人坐定後，距離比之前拉進了不少，蘇心禾請蔣嬤嬤先用，蔣嬤嬤拗不過她，只得先挾起一塊糯米藕。

糯米藕雖然已經切片，但被挾起時依然牽起了細細的藕絲，蔣嬤嬤動作優雅地轉了轉手腕，便將桂花糯米藕挾走了。

她以袖掩口，徐徐嚐了一口，而這小小一口，便讓蔣嬤嬤愣住了。

藕片軟糯、糯米甜蜜，裹挾著桂花的清香，一點一點滲透到舌尖上，打開了她沈寂已久的味覺。

蔣嬤嬤不可思議地看著眼前的桂花糯米藕。她因為上了年紀，牙口不好，平時只能吃些軟爛的，時常覺得索然無味，但今日這道桂花糯米藕，卻再次啟動了她對食物的渴望。

她沒說話，只是安靜地吃著糯米藕，認真品味其中的美妙。

紅菱就不同了，她到底是個十幾歲的姑娘，辦事再沈穩老練，也與其他的小姑娘一樣，嘴饞得很。

蔣嬤嬤才吃了一口，她便已吃了兩片下肚了。

紅菱忍不住說道：「這桂花糯米藕，奴婢還是第一次吃呢……當真是又甜又軟，美味極了！」

青梅不由自主地感到驕傲，將盤子往紅菱面前推了推。「紅菱姊姊喜歡便多吃一些，今日青梅也學會了，以後可以做給妳吃！」

「真的？」紅菱先是雙眸一亮，隨即遲疑道：「會不會太麻煩了？」

青梅性子爽朗，笑道：「這有何難？包在我身上！」

紅菱唇角微微上揚，心想青梅還挺懂事的，便笑著說道：「好，以後妳入了侯府，若有什麼不懂的，儘管來問我！」

蘇心禾見兩個姑娘熟悉起來，頗為高興，此時她的腦海裡突然傳來一些心聲——

連青梅這個小丫頭都能學會？可見桂花糯米藕不難做，但糯米是怎麼放進去的？這桂花蜜的味道也與京城的不同，不會是臨州出的吧？若是能做給孫女吃，孫女定然歡喜……

蘇心禾瞧了蔣嬤嬤一眼，只見她面無表情，沈默地吃著桂花糯米藕，於是她狀似不經意地說道：「這桂花糯米藕看起來複雜，其實做起來簡單。」

紅菱一聽便問：「怎麼做呢？」

蔣嬤嬤雖然沒說話，但也默默湊近了些。

蘇心禾道：「選取新鮮的蓮藕洗淨削皮，切下兩端，方便塞糯米。糯米最好提前浸泡兩個時辰，這樣做出來的桂花糯米藕更加香軟。糯米泡好後，便用小勺將糯米一點一點塞進藕孔——這一步就需要些耐心了，必要的時候，可以用筷子將裡面的糯米壓緊，確保藕孔沒有空心。」

紅菱聽得似懂非懂，蔣嬤嬤卻冷不防問道：「那蓮藕兩端的糯米會不會灑出來？」

蘇心禾答道：「蔣嬤嬤提到了關鍵點，蓮藕兩端的藕節切下來後不能扔，得與蓮藕拼在一起，插上木籤固定住，類似小小的蓋子。」

說著，她指了指最邊邊的一小塊蓮藕。

蔣嬤嬤若有所思道：「原來如此。」

蘇心禾又道：「桂花糯米藕在燉煮之前還需要放些紅棗跟紅糖，我稍後寫給妳們，妳們照著買便是。」

聽到這兒，蔣嬤嬤終於展露笑顏。「那便多謝蘇小姐了。」

蘇心禾一笑。「小事而已，不足掛齒，咱們快些將桂花糯米藕吃完，開始學規矩吧！」

蔣嬤嬤含笑點頭。

蘇心禾下廚時都穿得隨意，要上蔣嬤嬤的課時，她便特地換了一身清雅的綠色裙衫。

蔣嬤嬤看得眼前一亮，見蘇心禾款款走來，步履端莊、姿態優雅，她便跳過站、走、坐、臥的訓練環節，直接與她講起侯府的規矩。

蘇心禾聽得認真，遇到重要的內容，還主動提筆記下來，蔣嬤嬤見她如此好學，便多說了幾句。「侯爺白手起家，靠一把寶劍打天下，才有了今日的家業，所以對待家人也十分嚴格，吃喝嫖賭之事，侯府一律禁止。

「咱們侯夫人是當朝太傅之女，當年以詩才名動京城，來提親的王公貴族幾乎踏破門檻，最終是陛下親自賜婚，才成就了這樁親事。」

蘇心禾笑道：「自古以來，英雄配美人都能成就一段佳話。」

蔣嬤嬤一直伺候葉朝雲，憶起當年，也不禁有些感慨，她繼續道：「侯爺一共有四個孩子，大公子李信常年隨侯爺駐守南疆，二公子，也就是咱們世子爺，帶兵駐守北疆，三公子與大小姐是一對龍鳳胎，如今不過十六歲，還在唸書。」

蘇心禾凝神聆聽，待蔣嬤嬤停下，她才問道：「蔣嬤嬤方才說世子在家中排行第二？」

下面的話她雖沒問出口，蔣嬤嬤卻聽懂了她的意思，低聲答道：「不錯，大公子是庶長子。」

蘇心禾表情微凝。

大宣以「男主外，女主內」為大規，尤其是高門大戶，更注重讓嫡妻掌家。大戶人家的男子在娶嫡妻之前，可能有通房丫鬟或妾室，但在嫡子女出生前就有庶子女的情況極少。

平南侯行事不是十分嚴謹嗎？怎麼會做出這種事？

儘管蘇心禾有些疑惑，卻未多言，只道：「多謝蔣嬤嬤提醒，我記下了。」

蘇心禾思量之時，蔣嬤嬤也在偷偷觀察她。

這姑娘實在是機敏，透過寥寥數語便抓到重點，最難得的是，她心中有數，卻未表露出來，更不過分窺探他人私事，懂分寸得很。

蔣嬤嬤已經打心眼裡喜歡上蘇心禾，便又對她說了好些在侯府中要注意的事項，蘇心禾聽得連連點頭，一旁的青梅也十分投入，生怕錯過什麼重要的內容，就連為蔣嬤嬤添茶，都是小跑著去的。

一下午過得飛快，轉眼間便到了傍晚，蔣嬤嬤與紅菱該回侯府了。

蘇心禾寫了兩張食譜遞到她們手上，笑道：「這是桂花糯米藕的作法、食材與用料，兩位可以試試，如果有什麼不明白的地方，隨時可以問我。」

說著，她拿出一罐桂花蜜遞給蔣嬤嬤。「這桂花蜜是我用春日的桂花熬製的，用來淋糯米藕正好，蔣嬤嬤若是不嫌棄，便帶回去嚐嚐吧！」

蔣嬤嬤連忙推辭。「使不得！這是蘇小姐不遠千里帶來的，如此珍貴，怎能給老奴？」

蘇心禾笑道：「桂花蜜不難做，吃完了再釀便是，這罐子一打開就能用，省得妳們再費一遍工夫。」

蔣嬤嬤只得收下。「蘇小姐當真周到。」

她是葉朝雲身邊的紅人，平常巴結她的人不在少數，但沒一個像蘇心禾這般誠懇樸實的，一罐親手釀的桂花蜜，這得花多大的心思啊！

蔣嬤嬤抱著罐子，心中暗暗決定，一定要幫助蘇心禾成為眾人認可的世子妃！

蘇心禾親自將蔣嬤嬤與紅菱送到大門口，見馬車遠去，才轉身往回走。

回到房中，蘇心禾整理起今日的筆記，青梅則嘿嘿笑道：「小姐，蔣嬤嬤早上一張臉拉得好長，沒想到才過了一下午，居然捨得對我們笑了！尤其是得了桂花蜜的時候，那表情簡直能用『慈愛』兩個字形容！」

蘇心禾瞧了她一眼，道：「妳可知這世上哪種情分最容易讓人覺得親近？」

青梅好奇地問道：「是什麼情分？」

蘇心禾輕點青梅的腦門，笑道：「自然是『一起吃過飯』啦！」

蔣嬤嬤與紅菱回到侯府時天色已黑，兩人逕自進入正院。

葉朝雲用完了晚膳，正坐在油燈前練字，見到她們，便出聲問道：「怎麼這麼晚才回來？」

蔣嬤嬤與紅菱對視一眼，自然不敢說她們花時間品嚐桂花糯米藕，只道：「蘇小姐好學多問，故而回得遲了些。」

聽到這話，葉朝雲才放下手中的毛筆，淡聲問道：「妳們覺得蘇氏如何？」

她雖然不滿意這樁婚事，但總要接受現實，說不關心是不可能的。

蔣嬤嬤道：「依老奴看，蘇小姐不但知書達禮、進退有度，還精通庖廚之事，並非像駱嬤嬤說的那般粗俗不堪。」

葉朝雲蛾眉輕擰，似是有些不敢置信。「紅菱，妳覺得呢？」

紅菱回程肚子餓得咕嚕叫，還在回味桂花糯米藕的滋味，這會兒腦子裡盡是蘇心禾的好，便道：「蘇小姐為人和善，對待下人也沒什麼架子，還親自做吃食給我們呢！」

「做吃食?!」葉朝雲更疑惑了。「那邊沒下人嗎？為何要自己動手做？」

蔣嬤嬤回道：「夫人有所不知，駱嬤嬤昨日便撤走了所有丫鬟，只留下兩名看門小廝，所以蘇小姐與她的丫鬟凡事都要親力親為。」

葉朝雲出身世家，自小錦衣玉食，完全無法想像沒人伺候的日子，不禁道：「小姑昨日不是說她只是讓蘇氏住得差些嗎？怎麼連下人都撤走了？」

蔣嬤嬤垂眸道：「這些老奴便不得而知了，只不過……那思正苑當真是有些破舊，連一副像樣的碗筷都沒有，實在是……」

她沒繼續說下去，葉朝雲卻已經明白過來了。

思量了一瞬，葉朝雲便開口。「紅菱。」

紅菱立即上前。「夫人有何吩咐？」

「傳話給元西閣，告訴姑奶奶，在婚儀舉行之前，她的人都不必去思正苑了。」

紅菱福身，乖巧道：「是，奴婢這就去。」

葉朝雲又道：「蔣嬤嬤，明日妳帶些人去思正苑，將那地方好好修整一番，看看有什麼缺的，添置齊全。」

蔣嬤嬤點了點頭，沈聲道：「老奴遵命。夫人……侯爺是不是快回來了？」

一提起平南侯，葉朝雲的神情一頓，隨即道：「是，後日便入京。記得將入門用的艾條、火盆等物品備好；如今天氣雖然還有些涼，但侯爺一貫只蓋薄被，明日便拿出來晾曬一番；還有後院的……」

「還有後院的酒。」蔣嬤嬤淺笑著接過葉朝雲的話頭，道：「夫人對侯爺用心，每次侯爺回來都會事無鉅細地交代，老奴都記得。」

葉朝雲表情舒展了幾分，溫言笑道：「那便好，妳去準備吧。」

蔣嬤嬤應聲退下。

葉朝雲獨自坐在房中，拿起黃曆翻了翻——距離婚儀，已經不足五日了。

翌日清晨，蘇心禾好夢正酣，便被青梅搖醒了。「小姐……小姐快醒醒！蔣嬤嬤跟紅菱姊姊來了！」

蘇心禾睜開了睡意朦朧的雙眼。「不是還沒到學規矩的時辰嗎？她們怎麼這麼早就來了？」

青梅神情雀躍地說道：「奴婢也不知道，但她們帶了不少人過來，還抬了幾口箱子進門，您快去看看吧！」

蘇心禾有些意外，連忙起身穿衣，迅速收拾一番出了門。

只見庭院裡橫七豎八地放著不少箱子，小廝們還兩人一組，繼續抬箱子進來。

蘇心禾不禁瞪大了眼——這哪是幾口箱子，分明是搬家！

蔣嬤嬤一見到蘇心禾，便快步走來。「蘇小姐這麼早就起來了？莫不是老奴張羅收拾，吵著您了？」

蘇心禾搖搖頭，道：「不是……蔣嬤嬤這是做什麼？」

蔣嬤嬤笑意溫和地說：「侯夫人聽說思正苑有些簡陋，擔心怠慢了蘇小姐，故而讓老奴過來拾掇拾掇。」

蘇心禾環顧四周，發現有人趴在梯子上替換掉了色的紅燈籠，還有人在擦拭石柱，就連對面書房的門都被打開，送了新的書架進去。

紅菱帶著兩名小廝，扛著一張精緻的梳妝檯穩步走來。「蘇小姐，這梳妝檯放您的臥房中可好？」

蘇心禾點點頭道：「好，多謝。」

不到一個時辰，原本破落的思正苑煥然一新，青梅受寵若驚道：「這……這還是同一個地方嗎？」

紅菱笑著說：「傻丫頭，這才像個樣子！」

事到如今，蘇心禾還有什麼不明白的？她走到蔣嬤嬤面前，福了福身，道：「今日之事謝過蔣嬤嬤，這份恩情，我會記在心裡的。」

蔣嬤嬤見蘇心禾如此聰慧，露出讚賞的眼光，道：「老奴做這些都是應該的，如今侯府上下已備好婚儀諸事，只盼著世子爺回來迎蘇小姐入門呢。」

蘇心禾淺笑道：「蔣嬤嬤打趣我了。」

蔣嬤嬤又想起一事，道：「對了，明日侯爺便要入京，屆時街上必定熱鬧非凡，若是蘇小姐感興趣，可以去看一看。」

蘇心禾從未見過軍隊入城，便應了下來。

第二天，蘇心禾早早便起床，拉著青梅前往京城主街，本以為她們已經夠早了，可入街之時，卻發現街道兩旁已是人山人海。

蘇心禾與青梅好不容易擠到人群中，卻只能站在最後一排。

青梅踮起腳尖也看不到前面，忍不住小聲嘀咕道：「這麼多人都來看平南侯入城嗎？」

一旁賣餅的大爺聽了，笑著應聲。「誰不知道平南侯是咱們大宣的英雄，英雄回京，自然要夾道歡迎了！不過，妳們這些小姑娘定是來看世子爺的吧？」

蘇心禾一愣，解釋道：「不是……」

大爺笑道：「小姑娘不必害羞，世子爺哪次入城不引得萬人空巷？沒關係，想看就大大方方看，瞧瞧對面！」

蘇心禾順著大爺所指的方向看去，就見對面的街道上，第一排站的幾乎都是年輕女子，她們全都打扮得花枝招展，有人拿著香囊，還有人捧了鮮花，皆翹首盼望。

見狀，蘇心禾秀眉微挑。這場面跟前世粉絲接機的情形也差不多了。

就在此時，不知誰嚷了一句。「來了、來了！」

眾人紛紛側頭看去，只見街道盡頭出現一面玄色大旗，旗幟迎風而展，金色的圖騰一覽無遺。

蘇心禾凝神看去，只覺得那圖騰像極了一隻仰頭的猛虎。她忽然想起父親曾經說過，平南軍是大宣的守護神，如林中猛虎一般，只要出兵，便會讓敵人聞風喪膽。

號角響起，士兵列陣。平南軍步伐穩健地向城中前行，腳步聲如雷動，軍容凜然，沙場歸來的鐵血之氣，頓時讓繁華的京城黯然失色，令人肅然起敬。

平南侯李儼在民間威望頗高，所到之處都有熱烈的歡呼聲，待李儼騎馬靠近街道中段時，蘇心禾才看清了他的面容。

他騎在馬上，身姿矯健、氣度沈穩，自始至終神情嚴肅，無論百姓們如何熱情呼喊，他最多輕輕點頭。

所謂不怒自威，便是如此。

待平南侯騎馬路過之後，其餘將軍與副將們也行到街中，青梅見其中一名男子生得英朗俊逸，又緊隨平南侯之後，連忙問賣餅的大爺。「那位是世子爺嗎？」

大爺伸長脖子去看，仔細辨認過後才回道：「那位是侯府的大公子，不過世子爺到現在還沒出現，可見未隨平南侯一起入城，想看他的姑娘們可以散開！」

隔壁捏麵人攤子的大娘為了看世子爺入京，連生意都沒做了，見世子爺沒來，有些不高興地說：「侯爺入城怎麼只帶了大公子，不帶世子爺呢？難不成大公子比世子爺還重要？」

大爺笑道：「這妳就不懂了，如今平南軍一分為二，一部分跟著侯爺與大公子駐守南疆，還有一部分跟著世子爺鎮守北疆，想必是兩批人馬入京沒趕到一起，所以只有大公子回來了。」

聞言，大娘撇了撇嘴，嘀咕道：「北邊的瓦落不是厲害得很嗎？將嫡子派到那麼危險的地方，卻讓庶長子跟著自己，這不是偏心？」

大爺橫她一眼，道：「妳懂什麼？說不定這麼做是為了磨鍊世子爺呢！」

「還磨鍊呢！之前多少將領有去無回？」大娘不認同地說：「說不定就是侯爺喜愛妾室，連帶重用庶長子、輕慢嫡子！」

「唉呀，妳這婦人，懶得與妳多說！」大爺擺了擺手，結束這個話題。

言者無意，聽者卻有心，蘇心禾目送平南軍離開街道，便轉身對青梅說：「走吧。」

青梅問：「小姐，我們要回思正苑嗎？」

蘇心禾點了點頭，道：「先返回思正苑，再去一個重要的地方。」

第七章　父子不睦

蘇心禾帶著青梅回思正苑後，花了半日時間認真做了幾道糕點，仔細地裝入食盒、放進食籃，便乘馬車出了門。

車夫看著蘇心禾給的地址一邊走一邊找，最終在城北的一條民巷入口停了下來。

下了馬車，青梅打量起四周，發現此處道路寬闊，卻未見到太多民宅牌匾，不禁問道：「小姐，傅夫人當真住在這巷子裡嗎？」

蘇心禾的母親馮氏有一位親姊姊，名為馮玉蓮，多年前嫁入京城傅家，傅家經商有道，在京城站穩了腳跟。

傅家的位址是馮玉蓮親自給的，按理說應該不會錯。

於是蘇心禾走到街邊，隨意找了個賣胭脂水粉的小攤子，問道：「大哥，請問平豐巷的傅家怎麼走？」

小販抬起頭來看了她一眼，道：「您是找那個做生意的傅家？」

蘇心禾頷首道：「不錯。」

小販抬手指向對面的巷子，道：「那條巷子左右各有一大片房屋，看見了嗎？」

蘇心禾點頭。「看見了。」

小販回道：「那全是傅家的。」

蘇心禾與青梅詫異地對視一眼。姨母還說堪堪在京城站穩了腳跟，分明是買下一條街啊！

謝過小販之後，蘇心禾沿著平豐巷往裡走，沒過多久，便見到一個氣勢恢宏的金柱大門，門口有兩尊石獅，看起來派頭十足，金絲楠木雕的牌匾上，用金漆提了「傅宅」兩個大字，連看門的司閽都穿得很體面。

蘇家在臨州是數一數二的富戶，不過江南一帶的富商都講究雅致內斂，並不顯山露水，和蘇家相比，傅家高調多了。

主僕兩人拾階而上，將信物交給看門的司閽，司閽禮貌地讓她們在門外稍候，隨即進去通報。

蘇心禾與青梅沒等多久，便被管家親自領進門。

馮玉蓮已在正廳坐定，見蘇心禾進來，連忙對她招手。「禾兒，快坐到姨母身邊來！」

蘇心禾聽話地走了過去，表妹傅文萱也挨著她坐下，態度看來十分親暱。

請過安之後，蘇心禾便讓青梅將食籃呈到馮玉蓮面前。

「我想姨母在京城待久了，可能會懷念家鄉的味道，便動手做了些江南的點心，不知合不合您的胃口。」

說著，蘇心禾打開食籃與食盒，暗紅木紋的食盒中，整齊地擺著三種點心，分別是荷花酥、艾草青糰與梅花糕。

馮玉蓮一瞧，不禁問道：「這真的是妳親手做的？」

蘇心禾點頭笑道：「是，這三款點心，大部分是用江南帶來的食材做的，姨母跟萱兒要嚐嚐看嗎？」

馮玉蓮頓時笑逐顏開道：「好！」

青梅立即上前為她們分食。

馮玉蓮看著荷花酥，只見外面層疊的花瓣呈粉色，裡面的芯卻是淡淡的黃色，看起來有如真正的荷花，栩栩如生。

她伸手拿起一個荷花酥，徐徐放入口中——外皮有著兩分韌勁，稍微一用力便咬了下來，酥軟中帶了點黏度，清甜卻不膩味。

「好吃！比我府上的廚子做得好多了！」馮玉蓮無限感慨。這可是她出嫁之前最常吃的點心了。

蘇心禾指向旁邊的艾草青糰，道：「姨母再嚐嚐這個？」

馮玉蓮點點頭，吃完荷花酥後又用筷子挾起一個艾草青糰。

這青糰色澤翠綠，塞得圓滾滾的，散發出艾葉的清香。

馮玉蓮細細咬了一口青糰，發現裡面夾著紅豆餡，甜蜜溫軟的紅豆，配上清新的艾葉，形成一股獨特的風味。

吃到這裡，馮玉蓮再也忍不住，「嗚」的一聲哭了起來。

蘇心禾微微一驚。「姨母？」

馮玉蓮連忙擺了擺手道：「我沒事。從前在家時，妳外祖母的艾葉青糰做得最好，妳母親也把法子學去，可我不愛下廚，只喜歡學算帳跟經商……待妳外祖母與母親離世，我便再也沒吃過合心意的艾葉青糰了。」

蘇心禾將手帕遞給她，道：「姨母若是喜歡，以後我常給您做了送來。」

「好。」馮玉蓮收住眼淚，笑著應了，再看旁邊的傅文萱，已經吃得滿嘴點心渣了，卻還停不下來，她不禁道：「瞧瞧妳的樣子，讓妳表姊看笑話！」

傅文萱咧嘴一笑，道：「娘，這梅花糕裡有小小的元宵，還有脆嫩的松子、甜甜的豆沙，好吃極了，表姊的手可真巧啊！」

此時馮玉蓮突然意識到了什麼，連忙放下筷子，拉過蘇心禾的手細瞧，十指纖纖、修長好看，馮玉蓮卻「哇」的一聲哭了出來。「禾兒，妳這孩子實在過得太苦了！」

見蘇心禾一臉疑惑，馮玉蓮說道：「妳娘為了生妳弄垮身子，沒多久就去了，妳三歲時又險些丟了性命，姨母實在憂心。這些年來，妳姨父的生意太忙，我也走不開，沒能多去看妳，妳可別怪姨母……」

想起當年，馮玉蓮又紅了眼眶。

「怎麼會呢？」蘇心禾安慰道：「每逢年節，我總會收到姨母的書信與禮物，感激都來不及了，怎麼會怪您？」

馮玉蓮聽了這話，頓時舒坦許多，道：「那就好。」

話音落下，便見下人來報。「夫人，大公子回來了。」

馮玉蓮連忙將眼淚擦乾，道：「快讓他進來！」

片刻之後，只見一高瘦的年輕男子從外面信步而來，他眉目疏朗、斯文俊秀，一襲長衫毫無皺褶，入廳之後，先向馮玉蓮作了一揖。「娘。」

馮玉蓮點點頭，對蘇心禾道：「禾兒，這是妳文斌表哥。」

不等蘇心禾開口，傅文斌便轉過身來朝她一笑。「心禾表妹好，抱歉，今日一直在店裡忙著，得到母親的消息才趕回來，故而晚了些。」

傅文斌舉止溫和卻不失幹練，說起話來也親切有禮，讓人如沐春風。

蘇心禾站起來福身行禮。「見過表哥。」

傅文斌連忙虛扶了她一把，道：「過幾日表妹便要嫁入侯府，這禮我可當不起，表妹莫要折煞我了。」

說著，傅文斌便讓蘇心禾落坐，自己也找了個位置坐下。「表妹可知侯府那邊婚儀籌備得如何了？」

蘇心禾搖搖頭道：「不知，但侯府派人送了不少婚儀要用的物品來。」

傅文斌頷首道：「送親之事，娘已經同我說過了，我會將一切安排好，妳安心等著嫁入侯府便是。」

馮玉蓮也道：「我們本來想讓妳從傅家出嫁，但沒想到侯府已經將妳安頓妥當，臨時挪地方不吉利，所以到時候文斌會去妳的住處送親。這幾年妳姨父在北疆那邊開拓據點，京城的生意便都交給文斌了，他做事穩妥得很，妳且放心。」

蘇心禾起身對兩人鄭重道謝，馮玉蓮卻不肯領受。「都是一家人，不必這麼客氣，妳能嫁入侯府，姨母也為妳高興，但高門大戶規矩多，日後若是想出門透透氣，便來姨母這兒，把傅宅當成自己的娘家，記住了嗎？」

這話令蘇心禾感動不已，含笑應道：「多謝姨母，我記下了。」

馬車裡，青梅瞧著堆成山的禮物，忍不住道：「小姐，傅夫人對您真的太好了。」

蘇心禾笑了笑。「是啊，聽爹說，其實姨母早些年苦過一段日子，後來夫家的生意才慢慢好起來。姨夫在外奔波，她在家坐鎮打理，雖然聚少離多，卻琴瑟和鳴，十分恩愛。」

青梅道：「小姐馬上就要嫁入侯府了，也會跟世子爺恩恩愛愛的！」

蘇心禾卻搖了搖頭。「在這個時代，多得是盲婚啞嫁，能遇上一位正人君子、後宅安寧，已是難得，哪還能期盼兩情相悅呢？」

青梅聽罷，問道：「那在別的時代，難道不是父母之命、媒妁之言嗎？」

蘇心禾怔了怔，笑道：「是啊……就算現在沒有，以後也會有，每個人都會更加自由，能選擇自己想要的日子。」

青梅聽得似懂非懂，蘇心禾卻沒再說什麼，只隨手撩起車簾，向外看去——

宣朝沒有宵禁，到了夜晚，小攤子與小販們便傾巢而出，琳琅滿目的商品與吃食擺滿了大半個街道，行人熙熙攘攘、絡繹不絕，攤販的叫賣聲、夜遊百姓的交談聲、酒樓與食肆中的觥籌交錯聲，都讓繁華的京城充滿了煙火氣。

蘇心禾看了一會兒，便放下車簾。

待馬車駛出巷子之時，恰好與一人一馬擦肩而過。

正在奔馳的馬兒，一入夜市便被主人拉住韁繩，緩下腳步，牠不耐地跺了跺腳，似乎嫌走得太慢，然而主人卻不肯放鬆韁繩，牠只得慢慢穿過街道，避讓往來的行人。

街邊有個五、六歲的孩子，正被父親抱著，站在捏麵人的小攤子前排隊，見有人騎馬過來，便好奇地看了過去，他揮舞著小手道：「爹，你看那馬兒，牠的尾巴好像一團火呀！」

孩子的爹望去，果真見到一匹高頭大馬由遠及近，路過他們身邊，逕自離去。他有些詫異地說：「這馬兒倒是奇了，身體是棕黑色，尾巴卻是深紅色，一甩尾來，當真像一團火呢。」

「在哪兒？」捏麵人大娘連忙從小攤子探出了頭來，順著馬兒離開的方向看去，頓時大喜道：「那不是平南侯世子的愛馬『烈火』嗎！難不成方才經過的那位就是世子爺?!」

「世子爺?!」孩兒的爹瞪大了眼。那位騎馬的公子戴著頭盔，又蒙著面，並未以全貌示人，但那英挺的身姿卻讓人印象深刻，確實有可能是平南侯世子。

大娘扼腕頓足道：「早知道剛剛就不捏麵人了！」

李承允回到平南侯府時，已經過了暮食的時辰。

他才將烈火的韁繩遞給下人，就見蔣嬤嬤迎了上來，她笑著福身，道：「世子爺一路辛苦了，侯爺與夫人還在花廳等您一起用飯呢。」

李承允眸色微凝，道：「他們……現在還在花廳？」

他返京這一路算不上順利，故而比原定的時間晚了一日。

蔣嬤嬤笑著說：「是啊，既然是家宴，自然要等世子爺回來一起用。」

李承允點了點頭。「知道了，我這就過去。」

說罷，他便將佩劍卸下，交給小廝後，隨即前往花廳。

侯府花廳內，八仙桌上擺著滿滿的菜餚，還未動過，卻已經涼透了，而平南侯李儼的臉色，比這桌菜還要冷。

葉朝雲坐在他身旁，面容淡漠，亦不言語。

侯府大小姐李惜惜端正地坐在位置上，一雙眼睛卻沒閒著，一會兒瞧瞧爹的臉色，一會兒打量娘的動作，又時不時瞟向桌上的菜餚，來回幾次之後，頓時有點洩氣。

早知道要等這麼久，還不如在自己院子裡吃了。

趁父母沒注意，李承韜伸出手肘頂了頂他的雙胞胎妹妹，小聲道：「李惜惜……」

李惜惜瞄了他一眼。「做什麼？」

只見李承韜一臉關切地說：「妳是不是餓了？」

李惜惜聽罷，壓低了聲音道：「能不餓嗎？都等了一個時辰了，二哥還沒回來……你也餓了？」

「我不餓。」李承韜笑得一臉得意。「我過來之前，特地吃了碗湯餅。」

李惜惜不禁翻了個白眼，不想理他了。

不過李承韜不死心，又拉了拉李惜惜的衣角，道：「我同妳打個賭，若妳贏了，我請妳去京城福來閣吃一頓；若我贏了，妳請我去吃，怎麼樣？」

聞言，李惜惜問道：「賭什麼？」

李承韜嘿嘿一笑，道：「我打賭，今夜就算二哥回來，我們也吃不上這頓飯。」

聽他這麼說，李惜惜蹙起了眉。「怎麼可能？不是有人送信來，說二哥很快就到家了嗎？」

李承韜眉一挑，道：「怎麼樣，我就問妳敢不敢賭？」

輕哼一聲後，李惜惜說道：「賭就賭，誰怕誰？」

「咳。」

李儼這麼輕輕一咳，讓李承韜與李惜惜瞬間坐直了身子，恍若方才什麼事都沒發生。

坐在一旁的庶長子李信，則是面色如常地為李儼跟葉朝雲添茶。

腳步聲逐漸接近，李儼緩緩抬起頭，李承允恰好出現在門口，父子倆對視一瞬，又不約而同地移開視線。

李承允信步走了過來，對父母作了一揖，道：「見過父親、母親。」

見李儼毫無反應，即便葉朝雲想說些什麼，也只是淡淡地點了一下頭。

氣氛比剛才更加凝滯了，李儼將手中的茶杯重重地放到桌上，冷聲問道：「還知道回來？」

花廳中安靜得很，幾乎落針可聞，李承允靜立在原地，一句話都不說。

站在他身邊的副將青松連忙道：「侯爺有所不知，我們返京的路上有人跟蹤，入京之前被世子爺發現是瓦落的奸細，為了抓捕他們，這才晚了一日……」

李儼黑著臉道：「這麼說來，他們是一路跟到京城了才被發現？如此粗心大意，日後如何守得住北疆？」

原本李承允的神情稱得上平靜，此時臉色卻明顯沈了下來，他冷聲道：「父親教訓得是，我這就回房面壁思過。」

李儼氣得一拍桌子。「你這是什麼態度?!」

眾人為之一驚，嚇得連大氣都不敢出。

青松急道：「請侯爺息怒，世子爺今日還……」

李承允抬手打斷他，望向李儼道：「父親覺得我該是什麼態度？若面壁思過還不能令您滿意，我去祠堂罰跪便是。」

說罷，李承允便轉身要走。

「你！」李儼氣得站起身來。「你以為自己翅膀硬了，便能無法無天?!」

葉朝雲連忙站起來走過去拉住李承允，道：「承允，別與你父親頂嘴了……」

李信也開口道：「父親別生氣了，承允一路上沒少折騰，還是先用飯再說吧。」

但見李儼哼了一聲，道：「你看看他那個樣子！全家人都坐在這兒等他，一回來便張牙舞爪，哪有一點為人子女的樣子？」

李承允薄唇微抿，他看了自己的母親一眼，沈聲道：「母親，抱歉讓您久等了，但我這般不成器，只怕父親看了也厭煩，我還是不打擾你們共享天倫了。」

葉朝雲蹙眉。「承允！」

李儼聽了這話，心頭更是添了一把火，道：「不吃就讓他走！」

縱然葉朝雲再不捨，也只能放開李承允。

盼了許久終於等到一家人齊聚，誰知李承允匆匆回來，又無聲消失在夜色裡，葉朝雲極度失落，靜靜地回到座位上，臉色難看至極。

李儼沈默了片刻，道：「罷了，我們吃。」

「侯爺，」葉朝雲神色冷漠地開口。「我身子有些不適，想回房休息一會兒，就先告退了。」

說罷，她便站起身來，朝李儼略一福身，離開了花廳。

李儼一時無語，嘆了口氣，再度放下筷子。

他沒動筷，其他人自然也不敢，李惜惜側目輕瞪了李承韜一眼，彷彿在說：你是早就料到會這樣，所以才與我打賭？

李承韜長眉微挑，嘴角一咧，暗道：福來閣這頓，妳是跑不了了！

兩人早就習慣李儼與李承允之間的爭執，並未往心裡去，不過關於這個賭約，李惜惜還想再掙扎一下，便道：「父親，您今日忙了一天，已經累了，還是吃點東西吧？」

李儼卻搖搖頭道：「算了，我也沒什麼胃口，這菜都涼了，讓人撤了吧，不必在這兒拘著了，你們各回各的地方用飯。」

說完，他也起身離開。

李信瞧見李儼走出了花廳，立即跟了上去。
很快的，花廳中只剩下李承韜與李惜惜兩個人。
見眾人都走了，李承韜一臉開心地說道：「李惜惜，願賭服輸，擇期不如撞日，趁福來閣還沒關門，我們現在就走？」
李惜惜橫他一眼，道：「誰說我輸了?!」
說罷，她便端起碗筷挾起了一塊肉，直接塞進嘴裡。
李承韜目瞪口呆。「李惜惜！人都走光了，妳這分明是耍賴！」
好不容易將肉嚥下去，李惜惜將碗筷擱到桌上，道：「我們賭的是能不能吃上這頓飯，如今我吃上了，所以輸的是你！走，去福來閣！」
李承韜雙手抱胸坐著不動，斬釘截鐵道：「不去！」
誰知李惜惜卻一把奪過他腰間的錢袋。「你不去就不去，我自己去！」
李承韜為之氣結，頓時跳了起來。「李惜惜，妳別跑！」

葉朝雲回房後怔然坐了許久，見李儼一直沒過來，便起身披衣，去了靜非閣。
靜非閣是李承允的住處，庭院中有一處寬廣的空地，是用來習武的，對側的房間亮著燈，那便是他的書房。
葉朝雲要進書房時，正好看見青松拿著什麼東西出來，他見到葉朝雲，似乎有些意外，下意識地將手背在身後，上前行禮。「見過夫人。」

第八章　敲打提醒

青松跟吳桐一樣，不但是平南軍的副將，也是平南侯府的家將，自幼便養在府中，故而也視葉朝雲為主母。

葉朝雲看了他一眼，問：「手裡拿著什麼？」

青松微微避開葉朝雲的目光，道：「世子爺覺得書房有些灰塵，便讓小的找些白布來擦……」

葉朝雲伸出手道：「拿來讓我看看。」

青松表情微僵，正想著如何逃走，卻聽見背後傳來開門聲，李承允背著光，面色有些發白，道：「母親，這麼晚過來，有什麼事嗎？」

葉朝雲斂了斂神，道：「也沒什麼事，過來看看你。」

李承允點了一下頭，便讓到一旁。「母親請進。」

葉朝雲不好再多問青松什麼，只得先進門，李承允遞給青松一個眼神，青松立即帶著東西離開了。

李承允扶葉朝雲落坐，葉朝雲看著兒子，認真問道：「承允，你老實告訴母親，這一路上，有沒有遇到什麼危險？」

李承允眸色微凝，淡聲道：「沒有。」

「當真沒有？」葉朝雲追問道。

李承允依然堅持原本的答案。「嗯，一切都好。」

葉朝雲見他回得乾脆，才稍稍放下心來，道：「承允，青松說的奸細，是怎麼回事？」

李承允道：「是在入京前兩日發現的，起初尚不能確定，後來我特地選了一條不常見的小道回京，他們卻一直跟著，這才確認有異。本想一網打盡，沒想到他們在京城附近有人接應，除了為首之人伏誅，其他幾人不是服毒身亡，就是逃走了。」

葉朝雲擔心起來。「那你有沒有受傷？」

李承允不假思索道：「沒受傷，還請母親放心。」

葉朝雲點點頭，低聲道：「那就好……既然如此，你剛剛怎麼不同你父親解釋清楚？」

李承允笑道：「母親覺得父親會聽我解釋嗎？無論怎麼解釋，父親都會覺得是我無能。」

「承允……」葉朝雲秀眉微蹙。「你父親也是一片苦心。」

李承允卻道：「我明白，是我達不到父親的要求罷了。如今大哥跟在他身旁，總比我在的時候強。」

一提起李信，葉朝雲一顆心便沈了沈。

她是太傅之女，先帝賜婚讓她嫁給李儼，兩人雖算不上如膠似漆，卻也舉案齊眉。

婚後第二年，葉朝雲生下李承允，李承允既是嫡子，又是長子，李儼便上奏請求先帝將他封為世子，那段日子，是他們夫妻感情最親密的時候。

後來，李儼帶兵南征，差點在臨州遇難，葉朝雲揪心地等了他一年，好不容易等到他得勝回朝，他卻帶回一個年約七歲的男孩。

他稱這男孩是自己的外室所生，因外室突然病逝，不得已才帶了回來。

那一刻，對葉朝雲來說，簡直是晴天霹靂。

李信比李承允大一歲，也就是說，兩人剛剛成婚之時，李儼在外面便有了孩子。

此後，葉朝雲日日以淚洗面，可不管她怎麼哭鬧，李儼都不肯將李信送走。

心灰意冷之下，葉朝雲只得接受李信，好在這孩子算是聽話，並未給她惹過太多麻煩。

相較於葉朝雲儘量公平地對待孩子，李儼待李信卻比對李承允有耐心得多，著實令她內心難以平復。

李承允見母親不說話，猜到她在想什麼，便說道：「這些事母親就不必操心了，還是早點休息吧。」

葉朝雲點點頭，正要起身，卻又想起一件事，道：「對了，蘇家小姐已經抵達京城，再過一、兩日你們就要完婚了，這可是一輩子一次的喜事，暫時不要再與你父親起衝突，明白嗎？」

李承允安靜了片刻後，回道：「是，我知道了。」

葉朝雲離開後，青松才進了書房。「世子爺，帶血的紗布已經處理掉了，方才差點就被侯夫人瞧見，好險！不過，您的傷可不輕，當真不告訴她嗎？」

李承允道：「告訴母親也無濟於事，徒惹她傷心。」

青松摸著下巴思索了一番，道：「可是，末將覺得您瞞不了幾日了。」

李承允問道：「這話怎麼說？」

青松手握成拳放到唇邊輕咳了一下，道：「那個，洞房花燭夜……」

書房燈火跳動，照亮了李承允的面龐，也映出他的尷尬。

他坐在案前，凝神思索了一會兒，才道：「吳桐可回來了？」

青松算了算時辰，道：「應該快到了。」

李承允微微頷首道：「等他回來，讓他來見我。」

「是。」青松應聲退下。

李承允隨手拿起一本桌上的兵書，正要翻開來看時，動作卻頓住了。

這本兵書名為《奇兵術》，是他十八歲生辰時父親送的賀禮。雖然這書他已經讀過很多次，但看起來依然很新。

李承允輕輕地摩挲了一下封面，終究沒打開。他起身將書放到書架高處，才收回了手。

此時，吳桐回來了，他與青松一起進門，向李承允見禮。「參見世子爺。」

李承允點了點頭，道：「這裡沒外人，坐吧。」

吳桐與青松依言坐了下來。

李承允本來要開口，可他才看了吳桐一眼，神色就變得有些古怪。

吳桐不禁問道：「世子爺，怎麼了？」

李承允打量著他，道：「你去一趟江南，怎麼胖了這麼多？」

吳桐一愣。

他是個糙漢子，平常很少照鏡子，被李承允這麼一說，便摸了摸自己的臉……好像真的圓了一點。

吳桐瞬間漲紅了臉，覺得有些羞愧。

弟兄們都在前線打仗，他卻從江南一路吃到京城，如何對得起侯爺與世子爺?!

李承允自然不知道吳桐內心有多崩潰，見他不語，便換了個話題。「你在信中說，從臨州北上的路途一切順利，那麼，蘇心禾為人如何？」

吳桐還沈浸在懊惱中，聽到李承允提問才回過神來，道：「蘇小姐她……是個好人。」

「好人？」青松聽了這回答，簡直哭笑不得。「那你說說看，誰是壞人？」

吳桐向來少言寡語，讓他評價一位女子，實在有些為難。「反正大夥兒都是這麼說的。」

李承允又問：「她如今人在哪裡？」

吳桐道：「回世子爺，在思正苑。」

「思正苑？」李承允疑惑道：「為何會住進那邊？」

對平南侯府上下來說，只有犯了錯的人，才會被罰去那裡思過。

吳桐沈默一瞬，道：「送蘇小姐入思正苑那日，末將見到駱嬤嬤了，興許是羅夫人安排的。」

他口中的羅夫人，便是李承允的姑母，李芙。

青松不悅地開口道：「無論如何，蘇小姐都是未來的世子妃，羅夫人如此行事，怕不是為了她姪女吧？她那姪女傾慕世子爺已久，之前被世子爺拒絕了，還嚷嚷著要跳河呢！」

吳桐點了一下頭，算是贊同這話。「蘇小姐是無辜的。」

李承允面色微凜道：「似傑可在府中？」

羅似傑是李芙最疼愛的小兒子，平日遊手好閒，時不時就給侯府闖禍，眾人總要跟在他後面收拾爛攤子，而羅似傑最害怕的人，除了李儼，便是李承允。

青松答道：「在。」

李承允敲了敲桌面，道：「許久沒有考校他的劍法了，讓他過來一趟。」

青松會意，頓時笑逐顏開。「世子爺請稍等，末將這就去請羅公子！」

不到半刻鐘，青松便將羅似傑帶來了。

羅似傑不知今晚去哪兒喝了酒，一張臉紅通通，整個人迷迷糊糊的，直到看見李承允，他才嚇得清醒了幾分，連忙站直身子，結結巴巴道：「二表哥，你、你回來了?!」

李承允正坐在練武場一旁的石桌前，氣定神閒地飲茶，見羅似傑來了，才徐徐放下茶盞，道：「似傑，許久不見了。」

羅似傑對他既敬又怕，連忙道：「是、是……」

李承允道：「我軍務繁忙，沒太多時間關心你，如今劍法練得如何？」

羅似傑忙道：「我、我最近學了一套新劍法，師父誇我有所進步，多謝二表哥關心！」

李承允彷彿聽到什麼有趣的事情，唇角微揚，道：「學了新劍法？甚好，吳桐劍法不俗，就讓他陪你練練吧。」

「練、練劍？」羅似傑指了指夜空中的星星，不敢置信地看著李承允。「現在?!」

「嗯，有什麼問題嗎？」李承允這又涼又淡的語氣，讓羅似傑汗毛倒豎。

羅似傑雖然不願意，但又不敢拒絕，只得磨磨蹭蹭地拿起武器架上的長劍，擺好架勢。

「吳、吳副將，請賜教。」

李承允看了吳桐一眼，吳桐立刻抽出劍來。「羅公子，請。」

羅似傑見吳桐殺氣騰騰，不禁喉間輕嚥，硬著頭皮衝了上去——

吳桐剛才還在懊悔這段日子沒與將士們同甘共苦，接下李承允給的差事之後，便打定主意要好好表現，結果不出五招，就把羅似傑的劍打飛了。

羅似傑抱著自己被震痛的虎口，差點哭出來。這個吳桐，下手也太狠了！

吳桐拱手道：「羅公子，承讓了。」

羅似傑見比武結束，忙道：「二表哥，我學藝不精，還是先回去練一練，改日再向吳副將討教吧？」

李承允卻悠悠道：「依我看，你那師父興許還不如吳桐。吳桐，將你從前練的那套劍法教給他，若是學不會，就別回去了。」

吳桐拱手道：「末將遵命。」

李承允點點頭，站起身來回房去了。

羅似傑瞠目結舌，連忙開口道：「等等，二表哥，我……」

青松卻抬手按住他的肩膀，笑道：「世子爺都是為了您好，等羅公子來日建功立業時，可別忘了世子爺今日對您的鞭策啊！」

羅似傑頓時欲哭無淚。

李承允坐在書房中看書，門外的練武場上，時不時傳來殺豬一般的嚎叫聲，還有吳桐冷冰冰的喝令——

「再來！」

在羅似傑的鬼哭狼嚎持續了一個多時辰之後，李芙終於得到消息，匆匆趕來。她一邁入靜非閣，就見自己的寶貝兒子被吳桐打得滿地找牙。

李芙大吃一驚，連忙奔了過去，扶起鼻青臉腫的羅似傑。

「我可憐的兒啊，你怎麼傷成這個樣子！」李芙掏出手帕，為羅似傑擦了擦滿是塵土的面頰。

羅似傑一見到母親，彷彿見到救星，竟「哇」的一聲哭了出來。「娘！我不想練劍了，嗚嗚嗚……」

李芙瞧兒子哭了，心疼到不行，怒斥道：「你們倆算是什麼東西？誰給你們的膽子，如此對待似傑?!」

吳桐與青松還未開口，書房的門便打開了，李承允出現在門口，徐徐抬起眼簾，面無表情地看著李芙。「姑母，是我讓他們幹的。」

李芙見是李承允，氣焰收斂了幾分，道：「原來承允回來了，你表弟到底做錯了什麼，竟要在半夜這樣折騰他？」

只見李承允淡淡道：「我身為兄長，見似傑的劍法毫無長進，這才想幫幫他，怎麼，姑母覺得我做得不對？」

在平南侯府裡，除了李儼，便是李承允最有話語權，李芙只得道：「自然不是，姑母是擔心你公務繁忙，似傑在這兒太久，會打擾你休息。這孩子不長進，都是我這個當娘的沒教好，我回去定會好好說說他……」

李承允點點頭道：「姑母說得沒錯，依我看，姑母還是多花些心思在自己家裡，多教養教養兒女，好過摻和別人的事，您說呢？」

此話一出，李芙頓時面色一僵。她明顯意識到了什麼，心虛地點點頭，道：「你提醒得是，姑母這就帶似傑回去，近日……我們都不出門了。」

李承允微笑道：「姑母慢走，不送。」

牙一咬，李芙將羅似傑從地上拉了起來。「還不快走！想繼續丟人現眼嗎？」

羅似傑渾身痠疼，又被母親一頓訓斥，連滾帶爬地出去了。

青松見他們母子離開，不禁笑道：「接下來三、五日，只怕羅公子連走路都走不好了，吳桐啊吳桐，沒想到你竟如此不留情面。」

吳桐一板一眼回道：「世子爺沒說要留。」

李承允說道：「好了，時辰不早了，都去休息吧。」

青松與吳桐應下，走出了靜非閣。

李承允靜靜地走到廊下，夜風襲來，吹得他衣袍微擺。

周邊掛滿了鮮紅綢緞，就連窗戶上都貼著雙喜字，臥房中，還擺著等他試穿的新郎衣衫。

婚儀在即，李承允只覺得心情複雜，思緒飄忽。

「好人……」

李承允喃喃一問，回答他的，只有春夜的風聲。

婚禮這一天，馮玉蓮與一雙兒女早早抵達思正苑，傅文斌在外接洽侯府眾人，馮玉蓮與傅文萱則幫青梅為新娘子打扮。

蘇心禾本就生得極美，上妝之後，褪去了幾分少女的稚嫩，更添嬌媚。鮮紅的喜服一上身，襯得她膚白勝雪、顧盼生姿，眾人見了，無不驚嘆。

自從進了房門，馮玉蓮的手帕就沒離過手，她抽抽噎噎道：「禾兒，妳今日便要出嫁了……雖然妳爹備的嫁妝價值不菲，但妳嫁的可不是尋常人家，姨母便自作主張，又給妳添了一份，算是為妳娘盡點心意，到了侯府，也要挺直腰桿做人，咱們不受委屈。」

蘇心禾本想拒絕自家姨母添妝，但若是如此，只怕姨母哭得更慘，於是她點了點頭，道：「多謝姨母，姨母對我的好，我都記在心中。」

馮玉蓮心中歡喜，又從手上拔下一個金鐲子套在蘇心禾手腕上。「不許推辭，一輩子就這麼一回，別人有的，我家禾兒也要有。」

一旁的傅文萱看得羨慕，道：「娘，等我出嫁的時候，也有這麼多好東西嗎？」

馮玉蓮睨了她一眼，道：「妳跟隻皮猴似的，有誰願意娶妳啊？」

傅文萱一聽，忍不住嘟起了嘴。

蘇心禾笑著說道：「若不是青年才俊，如何打動我們萱兒的芳心？等妳出嫁時，表姊替妳添妝。」

「真的?!」傅文萱笑逐顏開。「表姊最好啦！」

侯府的喜娘邁入房中，一見到蘇心禾，便被驚豔得愣在原地，直到禮樂響起，她才回過神來，笑道：「諸位，迎親隊伍已經到啦！」

「這麼早？」蘇心禾有些詫異。「眼下離出發不是還有半刻鐘嗎？」

為了有效運用時間，蘇心禾一面穿衣打扮，一面等下人做朝食，如今朝食還沒送來，就要走了？

喜娘解釋道：「平南侯府辦喜事，不少百姓都出來看熱鬧，世子爺不欲耽誤拜堂的時辰，特地早了半刻鐘來接，新娘子若準備好了，便早些啟程吧！」

蘇心禾忙道：「我還想與姨母多待片刻……」

馮玉蓮打斷她道：「好孩子，我知道妳捨不得姨母，但這是妳大喜的日子，還是早些去吧，別誤了時辰！」

喜娘見長輩發話了，顧不得蘇心禾的猶豫，迅速為她蓋上蓋頭，隨丫鬟們將她簇擁而出。

經過這幾日的用心佈置，思正苑每一處都喜氣洋洋，李承允站在門口，只覺得自己的靈魂彷彿不在身上。

原本他對這樁婚事並無多少期盼，可不知為何，鮮豔的喜服一上身，心情就產生變化，待看到喜娘引著新娘子穿過月洞門，徐徐走來時，一向冷靜的他，竟不自覺地握緊了拳頭。

李承允無聲打量著蘇心禾，不過是弱質纖纖的一個姑娘家，又不是敵人的千軍萬馬，憑什麼讓他緊張？

傅文斌低聲提醒道：「世子爺，表妹已經出來了。」

李承允定了定神，依禮上前。

身為送親人，傅文斌將紅綢的一端遞給李承允，又將另一端遞給蘇心禾。

喜娘高呼啟程，樂班子便又賣力地吹奏起來。

李承允無聲牽著紅綢，引領蘇心禾往前走，蘇心禾蓋著蓋頭，看不清身邊的狀況，只能緊跟著李承允。

出了思正苑的門，上了婚車，蘇心禾才緩緩鬆了口氣。

車簾一放下，青梅便興奮地說道：「小姐，奴婢方才見到世子爺了！」

蘇心禾還沈浸在沒吃朝食的懊惱中，隨口答了句。「如何？有沒有三頭六臂？」

青梅語氣激動。「何止如此！難怪入城那日有那麼多姑娘去看他，世子爺當真是俊朗無雙！」

蘇心禾「喔」了一聲，她只知道自己飢餓無雙。「對我來說，多俊的男子，都比不上一個燒餅來得實在。」

李承允正站在車廂外向青松交代一些事，不經意地聽到車內的對話，眼角明顯抽了一下。

青松見他面色有些古怪，便問道：「世子爺，您怎麼了？」

李承允斂了斂神色，搖頭道：「時辰差不多了，我們走吧。」

第九章　洞房花燭

百姓們得知今日是平南侯世子大婚，紛紛上街湊熱鬧，迎親的隊伍走到哪裡，喜錢與花瓣便撒到哪裡，大家爭先恐後說著吉祥話，盼能多討些彩頭。

李承允騎馬走在最前方，他丰神俊秀、英姿颯爽，惹得姑娘們頻頻側目，有人嘟囔道：「世子爺到底娶了哪家貴女啊？」

「聽說是一名江南女子，她家對平南軍有恩。」

「什麼?!這莫不是祖上燒了高香？」

「新娘子不會是個醜八怪吧？」

「嗚嗚嗚，世子爺為什麼要娶個出身低微的醜八怪？」

「呸！說什麼呢！」捏麵人攤子的大娘啐了一口道：「居然咒世子爺娶醜八怪，妳們安的什麼心?!能被他娶回家的，定然是好姑娘，比妳們這些嚼舌根的強多了！」

一眾姑娘被大娘罵得臉紅，不敢再吭聲。

吉時將至，迎親隊伍順利抵達了平南侯府。

平南侯在朝中地位舉足輕重，這場婚儀，朝堂上有頭有臉的人幾乎都來了。李儼在前面忙著招呼客人，葉朝雲則在後堂接待另外一位尊貴的客人，也是今日的主婚人——長公主歐陽如月。

歐陽如月是宣明帝的親姊姊，曾受教於葉太傅，故而與葉朝雲是手帕交。

葉朝雲笑著說道：「殿下今日過來，真是令咱們侯府蓬蓽生輝。」

「同本宮還這麼客氣？」歐陽如月嗔怪道，她手中團扇輕搖，湊近了些，低聲問道：「見過新婦了沒？」

葉朝雲如實答道：「未曾。」

歐陽如月若有所思地問道：「聽說這姑娘的父親是江南名廚？」

葉朝雲輕聲道：「嗯，家中有不少產業，在臨州算是小有名氣。」

歐陽如月遲疑了片刻後，終究開了口。「本宮也不是說這姑娘不好，但從家世背景上來說，與承允還是差得遠了些，妳這做母親的也願意？」

葉朝雲笑了笑，道：「君子一言，駟馬難追，侯爺既然作了決定，我也不便置喙。」

歐陽如月微微有些惋惜，道：「承允這孩子是本宮看著長大的，本來還想讓他與敏兒……罷了，不說了。」

葉朝雲道：「殿下，兒孫自有兒孫福，縣主定會找到更好的姻緣。」

歐陽如月向來想得開，點頭笑道：「是，且等著吧。」

葉朝雲點點頭，問：「今日怎麼沒見到縣主？」

歐陽如月微微愣了一下，道：「是啊，方才還在門外呢……可能去找惜惜玩了吧，都快十六了，還像個孩子似的。」

兩人正聊著，蔣嬤嬤便進來傳話。「殿下、夫人，吉時已近，侯爺讓老奴請兩位去前廳。」

沒多久，眾人在前廳齊聚，歐陽如月與李儼夫婦坐在一起。

禮官傳唱。「吉時到，迎新人——」

在熱鬧的禮樂聲中，李承允與蘇心禾牽著紅綢並肩而來，從中庭開始，踏著地毯，一步一步走向喜堂。

蘇心禾雖然將婚儀流程熟記於心，此時此刻仍不免有些緊張，她只能透過蓋頭下方的空隙偷瞄李承允的步伐。

李承允彷彿知曉她的不安，走得不疾不徐，恰好是她能跟上的速度。

兩人行到之處皆傳來祝賀聲，李承允沒什麼表情，只淡淡地點頭回禮；蘇心禾則盼望這些繁文縟節早點結束，找機會填一填肚子。

長公主歐陽如月按照儀制唸了一段祝詞，李承允與蘇心禾跪下聆聽，隨後兩人共敬天地，再拜父母。

蘇心禾本就覺得頭上冠戴太重，又餓得頭昏眼花，跪拜完起身時，整個人有些搖晃，李承允眼明手快，一把托住她的胳膊，她才堪堪站穩。

回過神以後，蘇心禾連忙示意李承允鬆手，兩人都沒出聲，繼續按照禮官的指引行事。

在眾人的恭賀聲中，蘇心禾與李承允完成夫妻對拜之禮，禮官揚聲道：「禮成！送入洞房——」

蘇心禾終於如願到了新房，本想好好放鬆一番，卻沒想到在新房裡守著的人也不少。

除了青梅以外還有喜娘，以及一列靜非閣的丫鬟們，為首的丫鬟名為白梨，是靜非閣的掌事，她上前福了福身，恭謹道：「世子妃辛苦了，還請稍事休息，待世子爺歸來，便能喝合巹酒了。」

蘇心禾心中「咯噔」一聲。照這意思，若是李承允不回來，她便要一直坐在床邊等著？想想也是，哪有新郎沒回來，新娘子便一個人吃吃喝喝的道理？蘇心禾這會兒餓得前胸貼後背，後悔沒帶些吃食上婚車。

儘管不太情願，蘇心禾還是很沒出息地朝白梨點了點頭。她可不想第一天來侯府，就暴露自己是吃貨這個事實。

蘇心禾就這麼無聊地坐在床邊，明明新房離外院很遠，但她彷彿聽得見推杯換盞的聲音，還聞到一股誘人的香味，不禁猜想起侯府的喜宴會有什麼菜。

過去蘇心禾幫家中的酒樓承接過喜宴，一般來說，婚宴講究全鬚全尾，故而會有全雞、全鴨、全魚、全鵝等菜式，稍微體面一些的人家，一桌婚宴料理要有二十道菜，才能造就「十全十美」的好寓意。

婚宴料理不但要色、香、味俱全，菜名涵義還要好，例如烤乳豬，意味著好運當頭、萬事順利；清蒸多寶魚，意味著多福多寶；四喜丸子，意味著珠聯璧合；蓮子百合豆沙羹，意味著早生貴子……

蘇心禾默默嘆氣。她沒想過有朝一日會饞自己的婚宴料理，這婚儀流程到底是誰發明的？憑什麼新娘子要在新房裡挨餓，新郎與賓客們卻能在外面大快朵頤？

想起那些豐盛至極的美食，蘇心禾的肚子更餓了。

「恭喜恭喜！」

「百年好合、早生貴子！」

「世子爺與世子妃可要三年抱倆！哈哈哈哈……」

喜宴上，李承允被一片恭賀聲包圍，旁人敬他，他便來者不拒，一杯接一杯地飲，直到他將兩罈酒都喝乾了，吳桐才忍不住出聲道：「世子爺，您喝太多了。」

李承允淡笑了一下，道：「無妨，這樁婚事由不得我作主，難道連喝酒也不行？」

他還要繼續添酒，卻被人伸手按住，李承允抬眸一看，是他父親。

「夠了。」李儼神情嚴肅，道：「清醒些。」

李承允笑了一聲，道：「這熱鬧的婚宴情景，不就是父親想看到的？怎麼，還有哪裡沒遂您的心意？」

聞言，李儼動作一頓，低聲道：「承允，你不是不知道，平南軍占了大宣軍隊的三分之一，樹大招風。如今朝中局勢複雜，不少人都盯著你的婚事，若是與朝中之人結親，很可能成為眾矢之的。」

見李承允默默聽著，李儼繼續說道：「蘇家雖非勛貴之家，家風卻清正，這麼多年來，蘇志從未主動提過婚約一事，足見其人品貴重，他教出來的女兒，自然不會差。」

李承允抬眸直視著李儼的目光，一字一句道：「父親定的這門婚事，一為踐諾，二為侯府，可有哪一點是真的為了我？」

按照李儼的脾氣，怕是要狠狠訓斥李承允一番，但今日賓客眾多，他只得忍下來。「罷了，你認也好，不認也罷，今日一過，蘇氏便是你的髮妻，日子怎麼過，你自己看著辦。」說罷，他轉身離去。

李承允無聲看著父親遠離的背影，示意吳桐添酒，接著端起酒碗一飲而盡。

他自顧自地飲酒，渾然不知有人偷偷觀察他很久了。

「我都瞧見了，世子哥哥這般頹廢，定是不滿這樁婚事！他如此出類拔萃，為何非要娶那種低賤的女子？侯爺到底是怎麼想的，這不是把親生兒子往火坑裡推嗎?!」

說話的不是別人，正是長公主的獨生女，嘉宜縣主曾菲敏。她在後院掐著一朵隨手採來的花，連花瓣跟葉子都扯光了，還不解氣。

李惜惜瞧著她的神色，道：「菲敏，別生氣了，妳今晚幾乎什麼都沒吃，若是母親知道，該怪我招呼不周了。」

「誰要吃世子哥哥的喜酒啊！」曾菲敏扔掉了手中的殘花，道：「氣都氣飽了！我傾慕世子哥哥那麼多年，都沒機會與他靠近，一個鄉下來的村婦，卻能嫁給他做世子妃？我不服！」

「唉，妳不服也沒辦法。」李惜惜與曾菲敏一起長大，算是無話不談，她也覺得自己的二哥娶那蘇氏有些吃虧，可眼下還是得安慰曾菲敏。

「這是我父親決定的，九頭牛都拉不回來，再說了，我二哥的脾氣，妳也不是不知道，他一向不近女色，心中只有家國大事，平常除了看書就是練劍，若不是因為父親強壓，怕是未曾想過成婚。」

「不成婚也比娶了個村婦強！」曾菲敏憤憤道：「早知道我就不矜持了，我本以為再等一等，世子哥哥便會發現我的好，沒想到居然等來了他的婚儀……」

曾菲敏悔不當初，說著說著，竟抹起了眼淚。

李惜惜連忙安撫她道：「唉呀，天涯何處無芳草，放眼京城，比我二哥好的……呃，真的得好好找一找……」

曾菲敏一聽，哭得更大聲了。

李惜惜立刻捂住她的嘴。「姑奶奶！我二哥新婚，妳在這兒嚎啕大哭，萬一被人聽見怎麼辦?!」

曾菲敏飲了幾盅酒，又在氣頭上，便嚷嚷道：「聽見就聽見！說不定世子哥哥見我傷心，就不會娶那個女人了……」

「木已成舟，縣主傷心又有什麼用呢？」

溫和的男子聲音響起，曾菲敏與李惜惜循聲望去，就見廊下立著一人，他身形頎長、眉眼溫潤，薄唇泛著一絲笑意，不是李信又是誰？

李惜惜有些意外地說道：「大哥，你不是在前廳同父親與二哥一起招待賓客嗎？怎麼到這兒來了？」

只見李信笑了笑，道：「今日承允才是主角，我何必在前廳湊熱鬧，本想找個清淨的地方坐坐，沒想到遇上妳們了。」

曾菲敏美目一瞪。「照你的意思，是嫌本縣主吵了？」

李信面不改色，道：「哪裡，今日賓客眾多，我是怕縣主哭腫了眼睛，若被其他人看到，也不知會不會誤會……」

聽了這話，曾菲敏神情不禁一滯。

曾菲敏最在意的有一人一事。一人，是她傾慕多年的平南侯世子李承允；一事，便是她的面子。

她乃堂堂長公主之女，又是宣明帝親封的嘉宜縣主，若是被人知道在平南侯世子的婚宴上哭了，豈不是會淪為他人的笑柄？

曾菲敏冷靜下來，連忙擦了擦眼淚，道：「罷了！惜惜，我們走！」

李惜惜一愣。「去哪兒啊？」

曾菲敏小臉氣鼓鼓的。「去宴席！我要去找世子哥哥問一問，他為什麼要娶那個女人！」

李惜惜一聽，急得連忙攔住她。「妳瘋了?!」

見狀，李信卻不慌不忙道：「縣主此時過去，怕是來不及了。」

曾菲敏瞥了他一眼。「為何？」

李信好整以暇地理了理衣襟，道：「我方才過來時，見他已被人扶著往新房去了。」

時間彷彿停滯了一瞬，曾菲敏又「哇」的一聲哭了出來。

「蘇氏最好是個醜八怪，好讓世子哥哥一輩子都不喜歡她！嗚嗚嗚！」

「哈啾！」蘇心禾好端端地坐著，忽然打了個噴嚏。

青梅連忙上前低聲問道：「小姐，您沒事吧？」

按規矩，新娘子不能說話，於是蘇心禾只能用極小的聲音道：「沒事，就是有點餓了。」

青梅環顧四周，新房裡的人不但沒減少，反而更多了，只得道：「小姐，您再忍忍，等喝完合巹酒，就能進食了。」

聽到這話，蘇心禾心中的小火苗燃了起來。

此時，外間傳來動靜，蘇心禾連忙坐直了身子，接著便聽見喜娘一聲高呼。「新郎回來啦！」

房門大開，在眾人簇擁下，吳桐將李承允扶了進來，喜娘滿臉笑意地迎了上去，定睛一看後，卻傻住了——

李承允整個人靠在吳桐身上，腳步虛浮，眼睛緊緊閉著。

喜娘擔憂道：「世子爺怎麼喝成了這樣？」

吳桐將李承允扶到矮榻上，道：「敬酒的賓客太多，世子爺不勝酒力，醉倒了。」

喜娘急了，道：「合巹酒還沒喝，蓋頭也沒揭呢，大禮未成，你們怎麼也不勸世子少喝點？快，去取醒酒湯來！」

蘇心禾有些受到打擊。就算李承允喝了醒酒湯，沒一個時辰只怕醒不過來，若是如此，她豈不是要餓暈了？

思量片刻後，蘇心禾開口道：「且慢。」

大夥兒一愣，回過頭來看向蘇心禾。

蘇心禾蓋頭未揭，輕聲道：「不必備醒酒湯了。」

喜娘以為蘇心禾不悅，連忙走過來說道：「世子妃莫急，奴婢這就想辦法……」

蘇心禾卻緩緩道：「那些不過是俗禮，我與世子來日方長，不急在一時。世子已經累了一日，我身為妻子，不忍繼續折騰他，你們先出去吧，世子交給我照料便好。」

此話一出，眾人面面相覷。

在大宣，揭蓋頭與喝合巹酒是最重要的婚儀，尋常女子都十分看重，沒想到世子妃竟如此善解人意？

得了世子妃的吩咐，喜娘算是對主家有了交代，便笑盈盈道：「世子妃大度，定能與世子爺相守白頭、兒孫滿堂，那奴婢等就不打擾了。」

說完，她便帶著所有人退了出去，青梅本想留下，也被白梨拉走了。

偌大的新房裡，只剩下蘇心禾與李承允兩人。

聽到門闔上的聲音，蘇心禾毫不猶豫地揭開自己的蓋頭，又順勢取下頭上的鳳冠。這鳳冠太過沈重，戴了一日，壓得她脖子都要斷了。

收拾妥當後，她杏眼微挑，目光投向矮榻上的男子——

李承允側身而臥，看不見長相，蘇心禾懷著好奇，一步一步走近了些。

藉著燈光，蘇心禾看清了他的模樣，不禁微微一怔。

這張臉，幾乎無可挑剔。儘管未睜開雙眼，卻不難想像他到底有多吸引人，那英挺的鼻梁上還有一顆小痣，為這俊朗的面容平添兩分不羈。

蘇心禾盯著李承允看了好一會兒，發自內心地認為自己不虧，只是……

他生得再好看，也比不上吃飯重要啊！

蘇心禾端詳完李承允後便果斷起身，迫不及待地來到桌前。合巹酒還好端端地擺著，桌面上的菜也沒動過，油皮光亮的豉油雞、醬紅肥嫩的琵琶鴨，還有清蒸翹嘴魚、紅棗桂圓、花生蓮子羹等，都是她一個人的了！

火速坐下後，蘇心禾便拿起筷子吃了起來。

豉油雞外皮柔韌，入口鹹香四溢，雞肉既嫩又有嚼勁，一塊下肚之後，仍令人意猶未盡，她又挾起一塊直接送進嘴裡。

琵琶鴨就更誘人了，鴨肉呈醬紅色，肉質看起來很結實，淺嚐一口，肥而不膩、酥脆鮮香，讓她就著鴨肉扒了一大口飯。

挨餓一天的蘇心禾終於得到慰藉，頓時感動得想哭。

此刻，矮榻上的李承允無聲地睜開了眼。他躺的這個位置，恰好能看見蘇心禾的側影。

只見那姑娘紅裙曳地、身姿曼妙，漆黑的長髮已經散開，隨意地披在背後，如絲綢一般光亮，她的神情有些嬌憨，正急不可耐地將食物往嘴裡塞。

瞧那模樣，應該是餓了一日——難道沒人給她送吃食？

李承允一時好奇，忍不住微微抬頭，想看清蘇心禾的面容，誰知她卻猝不及防地轉過臉。

他身子一僵，立即閉上雙眼，彷彿從未醒過。

蘇心禾見李承允仍在睡，思量片刻後，便放下手中的筷子。

她走到拔步床邊，左右環顧後，抱著一床衾被來到矮榻前，小心翼翼地蓋在李承允身上。

確認他沒醒來，她才回到桌邊繼續享用美食。

一炷香的工夫過後，蘇心禾撐得吃不動了，她放下筷子，又瞧了李承允一眼——他依然緊閉雙眸，毫無動靜。

蘇心禾徹底放下心來，簡單漱洗之後，她便到屏風後方換下大紅喜服，再爬上拔步床。

侯府的床榻自然比思正苑的好多了，蘇心禾辛苦了一整日，腦袋才一沾枕頭，眼皮便打起架來，沒多久就進入夢鄉。

片刻之後，矮榻上的人推開衾被，緩緩坐了起來。他默默地走到拔步床邊，輕輕撥開半透的紅帳，往裡瞧了過去。

那姑娘側臥著，纖長的睫毛彷彿兩把小刷子，輕輕覆蓋在眼瞼下方，小巧的瓊鼻下，菱唇紅潤飽滿，精緻好看。

她縮成小小一團地睡在床邊，看起來十分乖巧。

李承允盯著蘇心禾看了一會兒，便鬆開手，任由紅帳落下。他自顧自地走向矮榻，重新躺下。

兩人隔著屏風，各自入夢。

第十章　新婦敬茶

李承允平常起得早，但因為昨夜喝了酒，今日便醒得遲了些。

他睜開雙眼，第一時間坐了起來，側目向屏風後看去，拔步床上的人已經不見了。

李承允起身更衣，收拾妥當後便出了房門，恰逢白梨與青梅站在門口說話，兩人見到李承允，同時福身行禮道：「給世子爺請安。」

李承允淡淡「嗯」了聲，問：「她……世子妃呢？」

白梨答道：「世子妃正在小廚房準備一會兒敬茶要用的點心呢。」

李承允險些忘了，成婚後的第一日，按照規矩，新婚夫妻要一同向父母問安敬茶，於是他快步向小廚房走去。

由於李承允不重口腹之欲，因此靜非閣的小廚房甚少開伙，他幾乎從未來過。

走到窗外，李承允便頓住步伐，往小廚房裡看去——

蘇心禾身著一襲緋色裙衫，端莊又不失活潑，烏黑柔亮的長髮梳成溫婉的流雲髻，不需要刻意打扮，光是那雙清靈的杏眼，便足以讓人過目不忘。

原來，她醒著的時候是這樣的。

李承允想起她昨晚「埋頭苦幹」的樣子，唇角不自覺地勾了勾。

片刻後，他走到小廚房門口，伸手敲了一下門。

蘇心禾聞聲抬眸，見到李承允的一瞬間，她先是愣了愣，隨後放下手中活計，緩步走來。「夫君。」

這聲「夫君」讓李承允怔住了，但他立即回過神來，淡淡問：「在忙什麼？」

蘇心禾道：「今早要去向父親與母親敬茶，我想備些點心一道送去，聊表心意。」

她語氣平和、態度大方，絲毫未提昨夜李承允喝醉一事。

李承允提醒道：「時辰差不多了。」

蘇心禾一笑。「馬上好了，還請夫君到廊下等我。」

李承允點點頭，出了小廚房。

小廚房的門敞著，李承允見蘇心禾俯下身子，將一個個拇指大的糕點放在盤子上，又往上撒了些糖粉，仔細地擺好，才放到食盒中。

蘇心禾是個拎得清的人，夫家就像是她的東家，既來之，便要與他們好好相處。

她拎著食盒出來，對李承允道：「夫君，我們走吧。」

兩人是第一次正式見面，卻沒多少疏離感，倒是讓李承允有些意外，他無聲頷首，與蘇心禾一前一後出了靜非閣。

前廳之中，不只李儼與葉朝雲在，李芙也過來了。

她坐在李儼下首，手裡端著一盞茶，見李承允跟蘇心禾進門，才緩緩放下。

「兒子攜婦，給父親、母親請安。」

說罷，李承允便躬身一揖，蘇心禾也微微福身，低頭行禮。

李儼難得露出一絲笑意，道：「好了，一家人不必如此見外，免禮。」

兩人隨即起身。

葉朝雲抬眸向蘇心禾看去，這姑娘雲鬢花顏、香腮勝雪，她一進門，整個前廳都跟著亮了幾分。

沒想到江南蘇家……能生出這般女兒。

葉朝雲心中對於婚事的不平，終於放下幾分。

李芙也為蘇心禾容貌所驚，心頭冒出的酸澀，讓她不悅地開了口。「靜非閣離前廳也不遠，怎麼來得這般遲？讓長輩等新婦，似乎不合規矩吧？」

蘇心禾知道李芙是在找自己的麻煩，正想著如何應對，就聽李承允說道：「昨夜是我飲酒太多，所以誤了時辰，不關她的事。」

李芙笑了笑，語氣更加怪異。「承允，成婚不到一日，這麼快就向著新婦了？姑母這麼說，也是為了你呀。」

聞言，李承允笑了，道：「不向著我的世子妃，難不成向著姑母？您真是年歲越大，越愛開玩笑了。」

李芙自討沒趣，只得悻悻閉了嘴。

蘇心禾瞧了李承允一眼，沒想到這冰塊臉懟起人來還挺厲害的。

為了緩和氣氛，蘇心禾道：「姑母教訓得是，今日來得晚，是心禾的不是，只不過並非偷懶。在我家鄉有一習俗，新婦過門，要親手為公婆奉上點心，這裡雖然是京城，但心禾仍然想盡一份心意，所以一早便開始做點心，這才來得遲了，還請父親與母親見諒。」

說完，她遞了一個眼神給青梅，青梅便立即將食盒呈了上來。

蔣嬤嬤適時接過食盒，打開蓋子，送到李儼與葉朝雲面前。

葉朝雲往食盒看去，只見裡面擺著十八個圓圓的糕點，表層裹了一層糖粉，底色是白的，上面卻有暗紅色的雲紋，看起來別出心裁。

她不禁問：「這是什麼？」

蘇心禾笑著答道：「母親，這是如意涼糕。」

「如意涼糕？」葉朝雲只聽過如意餅，沒聽過如意涼糕。

蔣嬤嬤適時開口。「夫人，世子妃廚藝了得，既然是她的一番心意，您不妨嚐嚐吧？」

葉朝雲點點頭，拿起一塊如意涼糕遞給李儼。

李儼原本想推辭，但礙於蘇心禾期待的眼神，最終還是接了過去。

葉朝雲又為自己取了一塊如意涼糕，這涼糕摸起來軟中帶硬，不知是蒸的還是烤的，外表平凡無奇，可湊近一聞，卻有一股淡淡的香氣。

她輕輕啟唇，咬下一口如意涼糕，霎時面色一頓。

入口之初，芝麻粉既香濃醇厚，又樸素宜人；咬開之後，糯米的香混合了紅豆沙的甜，不但軟糯Q彈，還密實柔韌。那抹香甜，並不像尋常糕點那般直白，而是一點一點沁入舌尖、滲進喉嚨，吃下一塊，口有餘香，久久不散。

蘇心禾定睛看著葉朝雲，葉朝雲吃完後，瞧了餘下的糕點一眼，猶疑了一瞬，才掏出帕子擦了擦手。

見狀，蘇心禾問道：「母親覺得如何？」

葉朝雲不鹹不淡地點了一下頭，道：「尚可。」

她面色如常，心中卻道：沒想到這丫頭手還挺巧的，這如意涼糕甜而不膩、口感溫潤，比府中廚子送來的朝食強多了。

蘇心禾聽到了，即便雀躍，也不敢表現出來。

李儼的如意涼糕吃完了，他凝視了蘇心禾一會兒，便道：「心禾，妳父親身體可好？」

蘇心禾低聲答道：「父親身體康健，一切安好。」

李儼微微頷首，沈聲道：「當年，臨州一戰多虧妳父親獻策，全城軍民才轉危為安。我與妳父親雖然多年未見，但偶有書信來往，如今妳既已嫁入侯府，便是名正言順的世子妃，日後若遇到什麼難處，儘管告訴我們，不必委屈自己。」

這些話是在告訴侯府上下，蘇心禾是他認可的兒媳，任何人不得為難她。

蘇心禾內心感激，躬身道：「多謝父親，兒媳記下了。」

李儼道：「這點心做得不錯，只是我一向少進甜食，餘下的便留給妳母親了。」

說著，他又對李承允道：「昨夜邊關送了急報來，正好有事要與你商量，隨我去書房吧。」

李承允頷首。「是，父親。」

臨走之前，李承允下意識看了蘇心禾一眼，見她仍老老實實地站著，便沒說什麼，同李儼一起出去了。

葉朝雲起身道：「心禾，陪我去花園走走吧。」

蘇心禾點頭應是，主動上前扶起葉朝雲，李芙本想跟上，葉朝雲卻忽然問道：「似傑可好些了？」

羅似傑被李承允處罰過後，作了一宿的噩夢，不慎從床上跌下，摔傷了胳膊，這幾日都沒去書塾了。

李芙道：「他嚷嚷著胳膊疼，想必還要幾日才能起身……這孩子也是可憐，好端端的成了這副模樣，我看著實在心疼。嫂嫂勸一勸承允吧，自家兄弟，何必如此嚴厲？」

葉朝雲知道李承允罰羅似傑練劍的事，原因倒也不難猜，她淡淡笑了一下，道：「承允的脾氣，妳還不知道？當務之急是讓似傑將傷養好，我那兒有幾盒藥膏，對跌打損傷有奇效，妳找紅菱拿了，帶回去給似傑用吧。」

李芙一聽，頓時展露笑顏道：「多謝嫂嫂。」

葉朝雲朝紅菱使了個眼色，紅菱便上前說道：「還請姑奶奶隨奴婢來。」

李芙惦記著藥膏，匆匆對葉朝雲行了一禮，便隨紅菱走了。

葉朝雲確認她沒跟上來，才帶著蘇心禾往花園走去。

「來京城的這些日子，可還習慣？」

葉朝雲說話總是不冷不熱，教人猜不到她的心思，不過蘇心禾是個自來熟的性子，她從容不迫地答道：「習慣，京城的吃食多樣，比江南更為豐富，兒媳很喜歡。」

瞧了她一眼後，葉朝雲問：「聽蔣嬤嬤說，妳常行庖廚之事？」

蘇心禾頷首道：「是。」

「妳父親捨得妳受苦？」

蘇心禾笑了笑。「庖廚之事並非只有辛苦、沒有收穫，像今日早晨兒媳做了點心送來，若是父親跟母親愛吃，我便心滿意足。」

葉朝雲還算滿意她的答覆，沒再繼續追問，換了個話題。「從今往後，妳就是承允的妻子了，他這人看著面冷，實則待人寬厚，只要妳盡自己的本分，將後院打理好，他不會虧待妳的。」

「是，多謝母親提點。」

一路走到花園深處，葉朝雲有些累了，坐了下來，蘇心禾則很有自覺地立在一旁。

葉朝雲端著茶杯，靜靜打量蘇心禾。這姑娘雖出身不高，模樣倒是生得不錯，也不知承允對她是否滿意。

蘇心禾察覺到葉朝雲的目光，卻只能好好受著，任由她看。

葉朝雲見她算是乖巧，下巴輕點道：「坐吧。」

蘇心禾低聲道：「兒媳站著侍奉母親便好。」

「讓妳坐，妳就坐。」葉朝雲神情雖然淡漠，語氣卻算溫和。

蘇心禾便乖乖地就座。

葉朝雲盯著蘇心禾，猶豫了好一會兒，才徐徐開口問道：「昨夜……承允對妳還好吧？」

蘇心禾眼皮跳了一下，她實在沒想到這位端莊高冷的婆母會問起這個，只得硬著頭皮答道：「好……」

大宣沒有驗收落紅帕這個規矩，讓蘇心禾少了個麻煩，誰知……

葉朝雲若有所思地點點頭，又狀似不經意地問道：「妳瞧見承允的傷了吧？他怎麼樣了？」

蘇心禾茫然地抬起頭——李承允身上有傷?!

她完全沒想到會有這道題目，正思索該如何應對，卻聽見葉朝雲的心聲——

承允這孩子，八成是受了傷又不肯告訴我，只能問一問這丫頭了。

蘇心禾沒看出李承允有狀況，微微有些訝異。

昨夜他們各自安寢，今早才見了第一面，若是實話實話，自然會暴露沒圓房的事實。

蘇心禾瞄了瞄身旁的一大堆丫鬟，她可不想成為眾人茶餘飯後的談論對象。

撒謊說自己瞧見了李承允的傷最省事，但她又不知道他的傷勢到底如何，只怕接不住婆母後面的提問。

蘇心禾腦中思緒飛轉，片刻過後，便緩緩低下頭，小聲道：「母親，兒媳昨夜……緊張得很，沒敢睜眼看夫君。」

此話一出，葉朝雲有些尷尬，丫鬟們則忍不住掩唇笑了起來。
葉朝雲輕咳了一下，眾人才恢復如常。
她見蘇心禾一臉嬌羞，不好繼續問下去，只道：「罷了，承允忙起公務來便不顧自己的身體，妳身為他的妻子，理應好生照顧他才是。記得留意他的傷勢，屆時回稟。」
蘇心禾聽話地點頭道：「是，母親。」
葉朝雲交代完，便道：「我也乏了，妳早些回去吧。」
蘇心禾站起身來行了一禮，便緩步退下。

離開花園，蘇心禾還沒來得及鬆口氣，就差點撞上拐角處的一個人。
她好不容易站穩，李承允那張俊美的臉便映入眼簾。
蘇心禾微微一愣道：「夫君怎麼在這兒？」
李承允淡淡道：「路過。」
蘇心禾「喔」了一聲，問：「我打算回靜非閣，夫君也要回去嗎？」
李承允無聲頷首。
於是兩人順理成章地一同走回靜非閣，青梅則默默跟在後方不遠處，當個隱形人。
李承允靜靜思索著剛才聽到的消息——瓦落派使臣前來大宣。
早前他已得知瓦落在騎燕山以北築鎮，而騎燕山是兩國交接點，若對方在此處屯兵，對大宣便是一大隱患，對方似乎想到了這一點，特地派使臣前來大宣示好。

瓦落狡猾多變，對大宣的態度時好時壞、難以捉摸，按照宣明帝的意思，是要讓他等事態明朗之後，再行北上。如此看來，他得在京城多待一陣子了。

李承允默默想著，步伐不由自主地加快了些。

蘇心禾剛開始還能勉力跟上，可是才走了沒一會兒，便有些吃力了。

她忍不住腹誹道：這人哪像身上有傷？再快一點，只怕都要騰雲駕霧了！

蘇心禾之前便想過，她因父輩之間的約定而嫁入侯府，李承允未必會待見她，按照昨夜的情形來看，十有八九是如此，還是老實過完這幾日，不要惹他厭煩為好，待送走這尊大佛，她便能好好過自己的日子了！

李承允穿過月洞門，發現蘇心禾並未跟上來，這才回過頭——

只見她落到一丈後，手提裙裾，氣喘吁吁地小跑著，微風拂來，吹起她細碎的劉海，露出一片潔白的額頭，那雙好看的杏眼，略帶幽怨地乜了他一眼。

李承允頓住了。他停下腳步，負手而立。

平常他都與青松、吳桐等人在一起，習慣快步而行，完全忽略蘇心禾身量嬌小，可能跟不上自己的情況。

蘇心禾見對方在等自己，眉眼極輕地彎了一下，快步跟了上來。

待她走到李承允身旁，他才重新抬步，速度放慢了不少。

蘇心禾不到十八歲，這兩年雖然長了些個子，但仍然只到李承允的肩膀處，兩人並肩而行時，李承允側目看她，還能看到柔軟的髮頂與纖長捲曲的睫毛，一張巴掌大的小臉因為方才疾走而微微泛紅，恍若春日嬌花，粉嫩可人。

隨李承允走進樹蔭下，蘇心禾抬起頭來，目光放遠，卻見這一條長道都被樹蔭所蔽，下方十分涼爽。

「夫君，這是柏樹嗎？」蘇心禾瞧著頭頂的大樹，有些好奇。

李承允點了點頭道：「是，前朝的時候便在了。」

平南侯府中最多的便是柏樹，如今正值盛春，柏樹枝條茂盛，綠意盎然、亭亭如蓋，一整排看過去，氣勢卓然。

蘇心禾看著蒼翠的柏樹，感嘆道：「柏樹雖好看，卻沒有好吃的果子，終歸是有些可惜。」

「可惜？」李承允有些疑惑。「這些柏樹是百年古樹，意味著剛毅不屈、萬古長青，為何非得結果子？」

蘇心禾卻道：「再剛毅不屈、萬古長青，也能結果子啊！若它的果子好吃，豈不是更容易被人銘記？」

李承允長眉微動——這想法雖然奇怪，聽起來卻有幾分道理。

蘇心禾見李承允沒說話，便道：「夫君可吃過剛從樹上摘下來的果子？」

李承允回道：「行軍打仗時，若軍糧匱乏，也會採野果充飢。」

蘇心禾若有所思。「若是行軍，只怕無法安心享用食物。我在江南時，經常去父親友人的果園，果子都是從樹上摘下來的那一刻最好吃。臨州附近的蘇縣素有『枇杷之鄉』的美稱，摘下後若保存不當，可能一日之內就會腐爛，所以必須即摘即吃……」

想起那香甜多汁的枇杷，蘇心禾臉上滿是懷念。「以後若有機會回去探親，我就帶夫君去吃枇杷。」

李承允聽了這話，無聲看了她一眼。

四目相交，蘇心禾彷彿意識到了什麼，忙道：「江南離京城千里之遠，夫君若公務繁忙，就不必陪我了。」

蘇心禾暗暗後悔自己的口無遮攔，新婚當夜，他連看都沒看她一眼，足見心底抗拒這樁婚事，又怎麼會陪她省親呢？

李承允似乎看出了她的心思，只道：「江南與北疆風貌截然不同，去看看也好，只是我不喜甜食，只能淺嚐輒止了。」

蘇心禾聽罷，唇角微微揚起，含笑點頭。「好。若夫君不喜歡太甜的，到時候可以試試其他果子，我曾想過要種石榴樹，可惜移植了好幾株樹苗，都沒能養活。」

說著，她的表情有些惋惜。

李承允問道：「妳喜歡石榴？」

「是啊。」蘇心禾認真地答道：「石榴色澤豔麗、滋味甜美，最大的不足便是籽太多。不過換個角度想，石榴籽多也有道理，若是這麼好吃還沒有籽，豈不是早就被人吃光了？」

李承允安靜地聽著，時不時地「嗯」一聲。

兩人就這樣有一搭沒一搭地聊著，不知不覺便走回了靜非閣。

第十一章　隱而不宣

李承允如同往常一般去書房處理公務，蘇心禾則回到臥房，與青梅一起整理起嫁妝單子。

蘇志疼愛女兒，為她備了十分豐厚的嫁妝，到了京城後，馮玉蓮又為她添了不少，蘇心禾如今也是個荷包鼓鼓的小富婆了。

清點完嫁妝單子，已經到了傍晚，白梨叩門進來，躬身問道：「世子妃，餐食送來了，可要現在傳膳？」

蘇心禾正好有些餓了，便點點頭道：「好。」

送餐的下人進來，將餐食一道一道擺到案前，小廝一面擺，一面偷瞄珠簾後的蘇心禾，蘇心禾恰好轉過頭來，不經意地撞上小廝的目光，那人連忙低下頭。

蘇心禾只當他對自己好奇，並未怪罪，撩起珠簾走過來，問：「你叫什麼名字？」

送餐的小廝忐忑地答道：「小人廖廣，給世子妃請安。」

蘇心禾點了點頭，又問道：「今日有什麼菜？」

「回世子妃，有蔥油雞、炒羊肚絲、八珍豆腐、炒青菜、涼拌蕨菜、紫蘇粥湯、芙蓉糕……」

總共五菜一湯一點心，還挺豐盛的。

蘇心禾轉頭問白梨。「世子還在書房？」

白梨應聲。「是。」

「那他會過來用飯嗎？」

「世子爺方才遣人過來傳話，讓世子妃不必等他，他忙完了自會傳膳。」白梨說完，小心翼翼地打量了一下蘇心禾的神色，補充道：「世子爺忙起來的時候，可能一日都不傳膳，世子妃莫要介懷。」

蘇心禾瞧著滿桌菜餚，不在意地擺了擺手，道：「世子日理萬機，咱們別打攪他了，自己用飯便是。」

眼前有這麼多好吃的料理，為什麼非要等李承允？他若繃著一張臉坐在對面，說不定還會影響她的食慾呢！

白梨見蘇心禾並不介意，這才放下心來，主動為蘇心禾布菜。「世子妃請用。」

蘇心禾朝她一笑，挾起了碗裡的炒羊肚絲。這炒羊肚絲看起來烏溜溜的，還有些彈韌，她滿懷期待地往嘴裡一送，不料才嚼了兩下，便臉色鐵青，直接吐了出來。

白梨見狀，大驚失色道：「世子妃，您沒事吧?!」

青梅連忙奉上一盞茶，蘇心禾飲下兩口茶水，嘴裡的味道才散了些，她仔細看了看面前這盤炒羊肚絲，實在有些不解。

大宣北方擅吃羊肚，以京城一帶最為風行，這盤炒羊肚絲看起來有模有樣，可一入口就恍若麻繩，別說是牙齒，就算是拿一把匕首來，都未必能切斷。最要命的是，這炒羊肚絲還泛著濃重的酸羶味，令人作嘔。

蘇心禾定了定神，才道：「沒事。」

白梨提醒道：「世子妃，若是這菜不合口味，要不要奴婢讓人換一道？」

「罷了。」蘇心禾道：「炒羊肚絲看起來不難做，火候的掌握卻不易，廚子一時失手也有可能。」

蘇心禾果斷放棄了炒羊肚絲，將目光移到一旁的蔥油雞上。

蔥油雞本是嶺南名菜，得挑選肥瘦適宜的全雞，以生薑、蔥、花椒入沸水煮開之後，再納入雞肉與黃酒燜煮。在這過程中，香料不但能為雞肉去腥，還能讓肉質變得更柔軟，煮好後再切塊備用，以花生油將小蔥煎出香味，混以鮮香的魚油做成醬汁，趁熱澆在雞肉上即成。

只要雞肉新鮮，再遇上稍微有點經驗的廚子，便不容易失敗。

蘇心禾下定決心挾起一塊蔥油雞，她先是輕輕嗅了一下，味道還算正常，誰知啟唇一咬，她的小臉就皺了起來。

也不知這隻雞生前遭遇過什麼，肉質老得啃不動，明明淋了蔥油，吃起來卻好似打翻了鹽罐，死鹹到了澀口的地步。

蘇心禾急忙放下筷子，猛灌了兩盞茶。

青梅手忙腳亂地幫她添茶水，忍不住嘀咕道：「這後廚到底怎麼回事？」

她家小姐可是一點都不挑嘴啊？

蘇心禾咳了幾聲才緩過來，她不敢置信地看著白梨，問道：「這些菜，當真是侯府的廚子做的？」

白梨頷首。「是，咱們靜非閣雖然有小廚房，但很少用，所以大廚房送什麼，咱們就吃什麼。」

頓了頓，白梨問：「世子妃覺得不好吃嗎？」

何止不好，簡直要命。蘇心禾勉強道：「味道是稍稍遜色了些，侯府其他人平常都這麼吃？」

「世子爺常年都不在府中，即便回來，也是偶爾用一、兩頓；侯夫人口味清淡，一般單獨讓人做菜；姑奶奶對吃食的講究多，自己聘了廚子到元西閣。昨日的婚宴，侯夫人請了外面酒樓的廚子過來掌勺，不然單靠咱們府中的幾位廚子，只怕應付不來……」

白梨說得委婉，但實際上是暗指侯府的廚子手藝不佳。

蘇心禾有些奇怪地問道：「既然連母親都覺得後廚不盡人意，為何不請些更好的廚子來？」

白梨猶豫了一會兒，才小聲答道：「侯爺禁奢靡享樂之風，也不希望公子們與小姐口腹之欲過重，所以……」

蘇心禾頓時明白過來，難怪吳桐連吃片酸蘿蔔都愧疚。公爹的嚴格不僅展現在治軍上，對家人與侯府上下也一樣，不管是食衣住行還是娛樂，大夥兒都不敢在這些方面有所追求。

在她看來，杜奢靡、倡節儉固然好，但後廚將菜做成這樣，難道不是另一種浪費？

最重要的是，等李承允離開後，豈不是只有自己一個人要長年累月地被迫享用暗黑料理?!

想到這裡，蘇心禾的眼皮忍不住跳了跳。她一臉惋惜地看著滿桌菜餚，吃又吃不下，扔了也可惜，最終勉強藉著湯羹扒了幾口米飯，便草草放下筷子。

蘇心禾思量了片刻，便站起身來走到窗前——這個角度，恰好能看到李承允的書房。書房中已經點起油燈，但門窗依然緊閉，悄無聲息。

「世子還在忙嗎？」蘇心禾問道。

白梨回答道：「是，世子爺一直未曾出過書房。」

蘇心禾微微頷首，她轉過頭，瞧了那一言難盡的吃食一眼。

在臨州的時候，她想吃什麼便讓廚娘做，或者乾脆自己動手，偶爾也能出門打一打牙祭，如今，卻被困在侯府之中。往後的日子，大廚房是指望不上了，要吃得舒心，只能考慮靜非閣的小廚房。

然而小廚房年久失修，炊具跟廚具又太少，勉強做些糕點還行，若要正式啟用，只怕少不了一番折騰。

靜非閣畢竟是李承允的地盤，想使用小廚房，還得他點頭。

蘇心禾心中冒出一個主意，道：「白梨，取個托盤來。」

白梨很快便將托盤取來，蘇心禾隨即盛了些未動過的飯食與菜餚，起身向書房走去。

書房中光線明亮，卻無一絲聲響。

蘇心禾正要抬手敲門，忽然聽得「啪」一聲，似乎是瓷片碎了滿地。

她微微一驚，開口喊道：「夫君？」

房內無人應答。

蘇心禾覺得奇怪，手不自覺地按在門上，提高音量問道：「夫君，你沒事吧？」

就這麼不經意一推，門竟然開了。

蘇心禾還沒反應過來，眼前的一幕便讓她徹底呆住——

李承允側對著門，雙手撐在案桌上，似是有些吃力。

他未著上衣，寬闊的肩膀以下，肌肉勾勒出的線條結實健美，背部卻有一道猩紅的刀傷，正在滲血，令人觸目驚心。

地上一片狼藉，青瓷藥瓶破成數塊，依稀可見藥粉擴散在空氣中，讓整間書房都瀰漫著一股苦澀的味道。

蘇心禾微怔一瞬，見李承允眼風掃來，她嚇得連忙退了一步，低頭道：「我、我什麼都沒看見，既然夫君在忙，我便不打擾了。」

她怪自己魯莽，李承允連受傷都不肯告訴母親，如今卻被她撞見，只怕更招他反感。

說完話，蘇心禾便轉身要走，可才踏出一步，背後就傳來一聲痛苦的悶哼，讓她不自覺地停下腳步。

掙扎了一下，蘇心禾終究回過頭，道：「你沒事吧？」

李承允的傷勢原本隱藏得很好，除了青松與吳桐，並無他人知曉，然而今日傷口有些發炎，吳桐跟青松又都不在，他只能自己換藥，只是傷口的位置不易處理，藥瓶不慎摔破。好巧不巧，就這麼被蘇心禾遇上了。

李承允盯著蘇心禾看了一會兒，沈聲道：「妳過來。」

蘇心禾有些忐忑，但仍將托盤放在桌上走了過去，靠近李承允後才發現地上有一條棄置的染血紗布，顯然是剛換下來的。

「可會包紮？」李承允聲音低沈，還有些沙啞。

蘇心禾抬眸看過去，昏黃的燈光照射李承允的臉上，令剛毅的輪廓變得柔和不少，發白的面色，讓他看起來頗為虛弱。

前世蘇心禾學過急救與包紮，她沒再猶豫，認真地點了一下頭。

李承允遂轉過身子，將傷處暴露在她的眼前。

蘇心禾一看，瞬間倒吸了一口涼氣。

那傷口約莫四寸長，幾乎橫跨了半個背部，再深個兩分只怕要見骨，當時的情況有多凶險，可想而知。

蘇心禾看得心驚肉跳，忍不住道：「這傷是怎麼來的？似乎有點發炎了。」

幾日前，李承允在京城外與瓦落的奸細交手，帶頭的人雖然在他手下喪命，卻在死前奮力發出最後一擊，砍傷了他——這就是導致他晚歸京城一日的主要原因。

李承允道：「那人在刀上抹了毒，所幸處理得及時，沒什麼大礙，只是癒合費時。」

蘇心禾無語。這道傷口分明嚴重得很，他卻輕描淡寫，彷彿是小事一樁。

李承允指了指一旁的托盤，裡面放著乾淨的紗布與竹籤等物品，道：「東西都在這裡了。」

蘇心禾點點頭，先讓李承允背對著自己坐下，再用紗布蘸取鹽水，開始為他擦拭傷口。

雖然她的動作輕柔，但鹽水刺激傷口引發的灼痛，讓李承允的濃眉擰成了一個「川」字，不過他依然端坐著，雙手握拳放於膝頭，極力忍耐。

蘇心禾見李承允背後肌肉緊繃，便知道他疼得厲害，她一面加快速度，一面溫聲道：「馬上好了，夫君忍一忍。」

李承允「嗯」了一聲。

她的手指柔軟靈活，處理起傷口來，倒是比吳桐與青松強多了。

蘇心禾清理完傷處後，問道：「書房裡還有金瘡藥嗎？」

李承允瞧了地面上的藥粉一眼，悶聲道：「我手上沒藥了。」

蘇心禾說道：「府中一定有，我讓人去取。」

「不可。」李承允長眉微蹙道：「我受傷的事，不能讓人知道。」

他身為平南軍副帥，肩負守護北疆之責，也是瓦落王最忌憚的人。最近瓦落那邊頻頻出招，他受了傷也不敢聲張，唯恐瓦落趁他不在對北疆發動奇襲。

蘇心禾明白他的顧慮，點頭道：「我想想。」

她靈機一動，從桌上抽了條紗布，快速地裹在自己的左手上，然後走至書房門口，將門推開一條縫隙，喚來了白梨。

「世子妃有何吩咐？」

蘇心禾秀眉微攏，揚了揚自己纏著紗布的手，沮喪道：「我的手方才不小心被瓷片割傷，痛得很，靜非閣中可有止血鎮痛的金瘡藥？」

白梨看了蘇心禾的手一眼，有些緊張地說：「有是有……世子妃，要不要請大夫來看一看？」

蘇心禾搖頭。「不用了，不過是小傷，都這麼晚了，毋須驚動旁人。」

白梨應聲。「是，奴婢這就去取藥來。」

片刻後，白梨便取來了金瘡藥，道：「世子妃，您的手受傷了，奴婢來幫您包紮吧？」

蘇心禾愣了一下，隨即靦覥一笑，小聲道：「不是有世子在嗎……」

白梨會過意，識趣地退了兩步，道：「那奴婢就不打擾了，世子妃若有什麼事，可隨時喚奴婢。」

見白梨退下，蘇心禾才小心地關上書房的門。

順利拿到金瘡藥，讓她心情大好，一轉身，便猝不及防地迎上李承允的目光。

他一雙眼睛既深又沈地盯著她，彷彿想將人看透似的，讓蘇心禾不自覺地緊張起來。

蘇心禾硬著頭皮道：「我為你上藥。」

說完，便繞到他背後。

蘇心禾取下藥瓶的蓋子，小心翼翼地將藥粉倒在李承允的傷口上，淡黃色的藥粉一接觸創口，便狠狠地吸附上去，引起一陣鑽心的疼。

李承允身子微微發抖，卻依然一聲不吭。

蘇心禾用乾淨的竹籤將藥粉均勻地抹在傷口上，直到大部分的藥粉都被吸收，她才讓李承允站起身來。

取來紗布後，蘇心禾讓李承允拿著其中一端，自己則持另一端繞起他的身子來。用紗布裹身時，她很自然地靠近了李承允，清淡的髮香就縈繞在他鼻尖，十分宜人。

李承允垂眸看了她一眼，蘇心禾卻開始一本正經地指揮——

「抬手。」

「轉過去。」

「嗯，可以轉回來了。」

每一步，李承允都聽話地配合她。

蘇心禾見他這任人擺布的樣子，不知怎的，竟覺得有些乖巧，忍不住翹了翹嘴角。

李承允不解道：「妳笑什麼？」

他一出聲，蘇心禾便立即斂起笑意，道：「沒什麼，包紮好了，夫君覺得如何？」

李承允低頭看向自己的身軀，紗布包得很平整，就算穿得單薄，也不容易被看出來。

他滿意地頷首道：「多謝。」

蘇心禾道：「別急，還有些血污要處理。」

為李承允包紮完傷口後，蘇心禾便拿起多餘的紗布沾了些溫水，為他擦拭背後的血跡。柔軟的手指、小巧圓潤的指甲輕觸李承允的後背，撩動了某根神經，他不禁薄唇微抿，暗自握緊了拳……

書房中光線柔和，李承允的耳尖有點發熱。

蘇心禾正專心地幫他擦拭血污，沒注意到如此細微的異樣，她的注意力都被他的後背吸引，只見大小傷痕交織，幾乎沒有整塊完好的地方。

這令蘇心禾不自覺攏了攏眉。怪不得母親說他不惜命，他到底受了多少次傷？

「好了嗎？」

李承允一出聲，蘇心禾便收起思緒，淡定地收回手中的紗布，道：「好了。」

蘇心禾垂眸收拾藥瓶等物品，李承允則背過身，很快便穿好了中衣。

「多謝。」

聞言，蘇心禾抬起眼簾瞧了他一下，暗嘆這個人連道謝時都不笑。

「應該的。」

蘇心禾整理好了東西，道：「這傷口理應每日換藥，若是吳桐跟青松不在，我可以幫你。對了，如今傷口發炎，別再飲酒了，這幾日也最好不要騎馬。」

李承允沈默了片刻，道：「好。」

頓了頓，他又囑咐道：「此事不要告訴任何人。」

蘇心禾有些為難。「包括母親嗎？今日她問了你的傷勢，我不清楚情況，只能胡亂搪塞過去……」

其實，今日在蘇心禾回答葉朝雲的提問時，李承允便已到了花園外面，恰好聽見她們的對話。

按常理推斷，面對母親詢問傷勢，李承允以為蘇心禾可能會抱怨新婚之夜遭受冷落，沒想到她卻成功避開這個話題，正是這份聰慧，讓他願意試著相信她。

李承允道：「母親雖是好意，但關心則亂，府中又人多眼雜，還是越少人知道越好。」

蘇心禾認真應下。「我不會告訴別人，但你要快些將傷口養好才是，如今有我的『傷』作為掩護，你可以放心換藥了。」

李承允點頭。「好……多謝。」

蘇心禾抿唇一笑。「都謝了我幾次了？」

李承允沒說話，心道：妳是真的幫了大忙。

「夫君早些休息吧，我先回去了。」蘇心禾說著，便打算離開。

李承允卻道：「對了，妳方才過來找我，可是有什麼事？」

蘇心禾不禁一愣，這才想起了正事。她瞧了桌上的菜餚一眼，道：「我見夫君沒用飯，便特地送了些吃食過來，但涼了不好吃，我讓人換新的吧。」

本來蘇心禾想讓李承允也嚐嚐這難吃的鬼東西，順勢向他提起用小廚房的事，可是見他傷成了這樣，又有些不忍了。

李承允說：「無妨，留下吧。」

既然是她的一番心意，他便不能如此不近人情。

說著，李承允坐到桌前了，蘇心禾正猶豫著要不要阻止他，他便舀起一勺湯羹，嚐了一口。

蘇心禾瞧見他面色瞬間發青，卻沒吐出來，而是很勉強地吞了下去。

她小聲嘀咕道：「我可是提醒過你了……涼的菜不好吃。」

第十二章　弄巧成拙

李承允神色一凝。這根本不是涼或熱的問題，這湯又鹹又腥，就算是行軍在外、食材匱乏，伙夫都不至於做出這種東西來。

他又隨意嚐了兩道菜，臉色更加難看了。「這都是大廚房送來給妳用的？」

蘇心禾點頭道：「是……」

李承允濃眉緊皺。「我知道了，妳先去回去吧。」

「喔……」蘇心禾低低應了一聲，忍不住開口問道：「夫君，靜非閣中的小廚房，可以給我使用嗎？」

李承允抬眸看她，神情彷彿有些不解。

蘇心禾連忙解釋道：「我知道府中禁奢靡之風，我提出此事，並非不滿餐食，而是想用小廚房偶爾做些自己喜歡的家鄉小菜，況且夫君受了傷，要多補一補身子才好，若是總讓大廚房做，豈不是惹人懷疑？」

李承允還是沒出聲。

蘇心禾只得一臉可憐兮兮地看著他。「夫君，我不會另外花你銀子的，我有嫁妝，可以自給自足……」

「用廚房這種小事，妳自己作主就好，不必問我。」

這淡淡一句話讓蘇心禾愣住了。「我……自己作主？」

李承允沈吟片刻，道：「妳是我明媒正娶的妻子，後宅之事，只要不違家規，妳自己看著辦便是，不需要事事都獲我首肯。」

無論如何，她已成了他的妻。他雖然給不了她夫妻之情，但在其他方面不會虧待她。

蘇心禾眉眼輕彎，笑道：「我明白了，多謝夫君，時間不早了，夫君忙完早點歇下吧。」

說完，她便朝李承允粲然一笑，離開了書房。

蘇心禾一出門便琢磨起如何改造小廚房了。

除了清理灶臺下方，炊具與餐具等東西也需要添置，最重要的是必須準備冰鑑，眼看就要到夏天了，那可是必備物品！

蘇心禾覺得在侯府的日子終於有了盼頭，頓時心花怒放。

李承允坐在書房內，依稀可見外面那道人影走得雀躍，他不自覺地勾了一下唇。

待蘇心禾離開後，他思量了一會兒，便喚來白梨。「今日的餐食有些蹊蹺，妳可知是怎麼回事？」

白梨微微一驚，忙道：「奴婢不知，難不成餐食被下了毒？」

「那倒沒有。」只是味道有些奇怪罷了。

李承允對入口的東西一向謹慎，府中的筷子也都是銀製的，若有毒，不可能看不出來。

「後廚那邊可知這頓飯是送給誰的？」

白梨想了想以後，答道：「知道，奴婢一早便報備世子爺暫不需要用膳，他們曉得這是送給世子妃的。」

李承允點了一下頭，冷聲道：「查一查罪魁禍首是誰，攆出府去。」

白梨應下，當下便離開書房，去了後廚。

後廚事宜由李芙管理，掌事的便是她最為信任的駱嬤嬤。

駱嬤嬤本來已經打算休息了，可一聽聞白梨突然以靜非閣的名義將後廚眾人召集起來時，又匆匆趕了過來。

「白梨姑娘，大晚上的這麼大陣仗，是要做什麼？」駱嬤嬤問道。

白梨面無表情道：「今日送到靜非閣的餐食有些問題，世子爺用了覺得很不滿意，方才我查過後廚中的餐食留樣，發現與送到靜非閣的很不同，敢問駱嬤嬤，這是怎麼回事？」

後廚每日做了餐食後，都會有小份留樣，以備出事究責，白梨已確認這些餐食本身正常，那麼問題自然就出在送餐的人身上了。

駱嬤嬤心中「咯噔」一下，她看了旁邊的廖廣一眼，廖廣明顯有些心虛。

當著白梨的面，駱嬤嬤佯裝發怒，斥道：「廖廣，這是怎麼回事？」

廖廣顫聲道：「這……小的也不知道是怎麼回事啊！」

駱嬤嬤便對白梨道：「此事定有誤會，不如給老身一些時日，查明之後，白梨姑娘再去回稟世子爺？」

白梨卻道：「餐食有異，本就是後廚的責任，這麼簡單的事情，若駱嬤嬤無法立刻查明，恐怕就不是處理一個人那麼簡單了。天亮之前，還請駱嬤嬤給個交代。」

駱嬤嬤神色一緊，咬牙道：「是，老身知道了。」

待白梨走後，駱嬤嬤的臉便拉得老長，將廖廣叫到後廚旁的耳房裡。

「你到底是怎麼辦的事？」駱嬤嬤沒好氣地開口。「不是確認過這餐食是送給世子妃的嗎？」

廖廣急忙解釋道：「乾娘，我確實打聽清楚了，世子爺不用飯，唯有世子妃用飯，這才照您的意思動了手腳，不知道怎麼會被世子爺吃到……」

駱嬤嬤一直記恨蘇心禾讓她打掃思正苑的事，想藉機整治她一番，心想她吃到這些東西必會抱怨，正好中了自己的圈套。

平南侯府上下杜絕奢靡之風，只要蘇心禾對餐食稍有微詞，她便能此為藉口，讓侯爺與侯夫人知道蘇心禾不思節儉、奢侈浪費，待他們厭惡了蘇心禾，看她如何橫得起來？

駱嬤嬤的算盤打得好好的，卻萬萬沒想到竟然會引來世子爺的關注。世子爺一向不過問後宅之事，又不喜有人搬弄是非，為何還會為那蘇心禾出頭？

然而，無論原因為何，廖廣都不能留了。

駱嬤嬤看著瑟瑟發抖的廖廣，道：「事態發展超出我們的預期，只怕沒那麼容易善了了。」

廖廣頓時有些不安。「乾娘這話是什麼意思？」

駱嬤嬤道：「我是什麼意思，你心裡清楚。這些年來我待你不薄，你既沒辦好差事，便怪不得我了，你收拾一下，天亮之前離開侯府吧！」

廖廣渾身一震，連忙跪了下去。「乾娘！我可都是依照您的吩咐做的啊！如今出了事，您怎麼能讓我一個人擔著？再說了，若離開侯府，我就無家可歸了，還能去哪兒啊？」

說著，廖廣急得哭了起來。

駱嬤嬤冷著臉道：「你沒辦好差事，還險些將我搭了進去，沒額外罰你已是顧念多年的情分，我身邊不留無用之人，你莫要糾纏，快走吧。」

說完，駱嬤嬤便拂袖而去，留下廖廣一人在房中痛哭。

這一夜，蘇心禾睡得格外好，翌日她起了個大早，招呼眾人一起收拾小廚房。

青梅帶著幾個丫鬟來幫忙，不到半個時辰，小廚房便被打掃得煥然一新，青梅還從嫁妝箱子裡找了些備用的炊具來。

蘇心禾點了點數，便高興地宣佈。「今日的朝食，我們便自己做吧！」

青梅一聽，樂彎了眼。「奴婢來幫您！」

昨日那後廚送來的吃食，莫說小姐吃不下，就連她都難以下嚥。

一旁的白梨聞言，面露遲疑，問道：「世子妃，您當真要自己下廚？」

在她的印象裡，高門大戶的夫人與小姐不是以琴棋書畫為消遣，便是以煮茶插花為愛好，她還從沒見過哪位以下廚為樂，要是傳了出去，會不會對世子妃的名聲不利？

蘇心禾讀懂了她的心思，笑道：「過日子嘛，自己舒坦最重要，何必管別人怎麼想呢？」

白梨若有所思道：「世子妃說得有道理。」

蘇心禾笑著拍了拍她的肩。「好啦，妳若無事，不如與我們一道做蔥油麵吧？」

「蔥油麵？」白梨一聽這名字就來了興趣。

在這個時代，麵條又稱為索餅，已發展出不少作法。北方慣以羊肉輔麵，做鋪羊麵、鹽煎麵、家常三刀麵等；南方則喜愛以三鮮、雞絲、肉絲等覆於麵上，再加上熬製多時的高湯，組合出不同的美味。

越是簡單、樸素的食材，越能搭配出不同的花樣，麵條便是如此。

白梨生在北方，又甚少出門，並未聽說過麵條還能用蔥油拌食一說。

蘇心禾見她似乎有些期待，便道：「麵條都是現成的，我們只需炸好蔥油即可，很方便。」

片刻後，青梅抱來一個布包，這布包看著鼓鼓的，有些沈，但青梅卻不讓人幫忙，全程小心翼翼，最終輕手輕腳地放到乾淨的案板上。

蘇心禾走過去解開布包，白梨好奇地探頭看去，就見裡面還用乾淨的紙包裹著。只見蘇心禾拿起一把剪刀，將那紙包剪出一個拇指大的小口，頓時露出裡面細白又根根硬挺的麵條。

青梅咧嘴一笑道：「小姐，您瞧，保存得好好的，幾乎沒斷！」

這麵條是蘇心禾帶著她在臨州時就曬好的，為防路上顛簸將麵條碰斷，她便裡三層、外三層地將麵條包裹起來，歷經千里跋涉，麵條幾乎完好如初，實在讓人喜出望外。

蘇心禾笑著點了一下她的額頭道：「一會兒讓妳多吃一碗。」

青梅笑逐顏開道：「多謝小姐！」

白梨見到如此場景，不禁有些羨慕。

青梅雖然是世子妃的奴婢，但世子妃卻將她當成妹妹，可見世子妃雖然出身不算高，待身邊的人卻極好。

於是，白梨主動開口。「世子妃，您的手受傷了，讓奴婢來幫您吧？」

蘇心禾的手裹著一層紗布，經白梨提醒，她才想起自己「受了傷」，便道：「也好，妳幫我清洗小蔥吧，我這傷不方便沾水，但炸蔥油還是無礙的。」

白梨點頭應是，找來襻膊縛起了衣袖。

她做事細心，將小蔥洗得根根潔淨，春日的小蔥十分脆嫩，洗淨後，還有晶瑩的水珠留在上面，看起來十分新鮮。

蘇心禾高興地接過小蔥，示意青梅點火。

青梅眼明手快地將火燃了起來，鍋熱之後，蘇心禾倒油下鍋，隨著油溫逐漸攀升，她看準時機，將切好的小蔥放入鍋中，激得熱油噼哩啪啦作響。

蘇心禾用中等火勢炸小蔥，雪白的蔥段翻了個面後就開始泛黃，綠油油的蔥葉也隨著翻炒的動作變了樣，溢出更多蔥汁。

小蔥看起來沒什麼特別，然而只需過一過熱油，便能爆發出驚人的香氣，白梨立在一旁，忍不住喉間輕嚥——這香味也太誘人了！

蘇心禾將小蔥的精華炸出來後，便用筷子將焦黃的蔥葉撈出來。小蔥已經完成了自己的使命，將最好的一切都留在油鍋裡。

這鍋蔥油，便是蔥油麵的底料了。

蘇心禾改用小火徐徐燒製熱油，在其中加入蔥油麵所需的若干調味料，為了讓蔥油麵口感豐富，她還往蔥油裡加了一小勺白糖，攪拌後又添了一勺醋——這一步至關重要，可以讓人吃麵後不覺得油膩。

蔥油出鍋時，青梅也把麵條煮好了。

白梨順勢送上大碗公，蘇心禾便將麵條分到三個碗裡。

雪白滑溜的麵條，就這麼乖乖地躺在大碗公中，看起來晶瑩剔透。蘇心禾舀起一勺蔥油澆到麵條上，蔥油便順著麵條的縫隙滑到碗底，留下淡淡的醬色痕跡。

蘇心禾將大碗公往白梨面前一推，笑道：「拌一拌，嚐嚐看？」

「奴婢來嚐?!」白梨不可思議地看著蘇心禾。她不過是一個丫鬟，哪有資格吃世子妃做的吃食？

白梨的頭搖得像撥浪鼓，慌忙擺手道：「不可不可，世子妃折煞奴婢了！」

蘇心禾笑道：「這小蔥跟碗都是妳洗的，如何嘗不得？我行庖廚之事，本就是為了烹煮美食與人分享，一個人吃反而無趣。」

白梨還是有些躊躇，她下意識地看了青梅一眼，青梅的手往腰一扠，笑道：「平常我也沒少吃小姐做的東西，日後有妳一起，便多了一個能陪我洗碗的人了！」

這話逗得白梨忍俊不禁，撫平了心中的忐忑，她拿起一雙筷子，小心地伸進蔥油麵中攪拌起來。

「等等！」蘇心禾挑起一把炸過的蔥花，撒在白梨的蔥油麵上。「再拌。」

白梨點點頭，和著蔥花重新拌起了蔥油麵，棕黃的蔥油順著她的動作逐漸擴散到整個碗裡，直到每根麵條都被蔥油染成誘人的蜜色，白梨才停下動作。她就這樣站在灶臺邊，用筷子挾起一束蔥油麵，輕輕吹了吹，緩緩放入口中——

蔥油入口焦香，香味充斥在口腔裡，直衝鼻尖而去，串聯了味覺跟嗅覺，美味瞬間放大了一倍。麵條煮得彈軟至極，混過蔥油後，表面鍍上一層油，炸過的香蔥附著在麵上，增添了咀嚼的層次感。蔥油麵滑入喉嚨後，口中仍餘香味，卻不膩味。

白梨睜大了眼睛，盯著手中這碗蔥油麵看，這面裡分明只有小蔥，為何如此美味?!

蘇心禾笑問：「怎麼樣？好吃嗎？」

白梨忙不迭點頭道：「好吃，奴婢從未吃過如此美味的麵條！」

她像是怕麵條涼了似的，趕忙又扒了一口。

蘇心禾見她吃得迫不及待，忍不住笑著說道：「今日天氣甚好，我們去樹下石桌享用蔥油麵吧。」

美食配美景，更有氣氛。

青梅找了塊鮮豔的桌布鋪在柏樹下的石桌上，三個圓潤的大碗公放到桌面，擺成一個三角形，碗中的麵條油潤發亮，蔥花錯落有致，彷彿點亮了院子裡的春意。

蘇心禾輕輕聞了聞香味，心道：這才是適合春日的朝食啊！

她讓白梨與青梅一同坐下，一人一碗蔥油麵，吃了起來。

起初，白梨還放不太開。她在靜非閣待了八年，一直循規蹈矩，唯恐行差踏錯，故而年紀輕輕就當上掌事丫鬟。她從未與主子同席而坐，更沒像現在這般享受過春景與美食。

從前她只把侯府當成自己賴以生存的東家，可直到此時，她才生出對侯府的歸屬之情，也令她對眼前這位世子妃抱持更多好感。

若是世子爺能早些看到世子妃的優點就好了……有這麼好的世子妃陪伴，世子爺在府中便不會那麼孤單了吧？

蘇心禾無意間聽到白梨的心聲，不禁問道：「世子他……平日在侯府，都是獨來獨往嗎？」

白梨放開來吃以後，一碗蔥油麵很快便見了底，她意猶未盡地擦了擦嘴，答道：「是，世子爺同大公子與三公子來往都不多，唯有大小姐偶爾來借兵書，會與世子爺聊一會兒。」

如今白梨與蘇心禾熟稔了些，便多說了幾句。「奴婢說這話可能不妥……雖然世子是嫡子，但明眼人都看得出來，侯爺更偏心大公子，所以世子爺很少與大公子走到一處。」

「那小叔跟小姑呢？」

白梨小聲道：「世子爺不喜聒噪，三公子跟大小姐雖好，世子爺卻覺得他們吵，即便聚在一起，也聊不上幾句話。」

蘇心禾想了想，問：「那世子平常喜歡做什麼？」

白梨不假思索地答道：「若沒有戰事，世子爺一般都在京城，無非就是在府中看書、練劍，若是出了府，八成是去南郊大營。」

蘇心禾暗自嘀咕，果然是禁欲系，一點生活樂趣都沒有。

不過，他連受傷也沒想過尋求家人相助，未免太……孤僻了點吧？

蘇心禾這麼一想，目光便不自覺往對面的書房望去。

昨夜換藥後，李承允便宿在那裡，一直沒出來過，她覺得這樣也好，兩人各睡各的，互不干涉，能免除不少尷尬。

就在此時，吳桐與青松邁入庭院，他們遠遠見到蘇心禾坐在樹下，便快步過來見禮。

「參見世子妃。」

蘇心禾笑道：「兩位副將這麼早便來尋世子？可用過朝食了？」

青松聞到一股香味，往她們碗中瞄了一眼，吳桐則道：「已經用過了，多謝世子妃關懷。」

說話間，書房的門打開了，李承允出現在門口，身穿一件暗藍色的武袍，寬肩窄腰、英姿勃發，完全瞧不出有傷在身。

李承允察覺到有人在看自己，抬眸望去，與蘇心禾視線交織的一剎那，兩人皆是一頓。

蘇心禾忽然想起昨夜那結實有力的背脊跟肌肉賁張的手臂，面頰瞬間紅了。她埋頭佯裝吃麵，權當沒看見他。

李承允信步而來，等眾人行過禮，蘇心禾才慢悠悠地站起身來，若無其事地福了福身，道：「夫君早，可是要出門了？」

只見李承允「嗯」了一聲，算是回應。

蘇心禾又問：「夫君可要用朝食？今日做了些蔥油麵，也不知合不合你的口味。」

李承允掃了桌上的吃食一眼，淡淡道：「我沒有用朝食的習慣，妳顧好自己便是。」

說完，他便轉身離開了。

吳桐跟青松連忙告辭，跟了上去。

每當李承允在時，蘇心禾就容易緊張，見他走了，她暗暗鬆了一口氣，手一揮。「繼續吃麵！」

第十三章　挑撥離間

李承允平常出門都是騎馬，今日卻改成乘車。吳桐與青松坐在前面駕車，免了車夫跟隨。

「世子爺改乘車，莫不是傷勢加重了？」青松想起細作首領的奮力一擊，仍然心有餘悸。

吳桐搖頭道：「不知道，方才我問過世子爺傷勢，他只說換過藥了，其餘的沒多說。」

「換過藥了？」青松一愣。「昨日我們倆都沒回來，難不成……」

兩人對視一眼，頓時心照不宣。

青松笑了聲，道：「此事世子爺連侯夫人都不肯說，卻讓世子妃知曉了。之前你去臨州時，世子爺還對世子妃的消息不上心，如今才成婚多久，就這般親密了？」

吳桐思量了片刻，道：「世子妃待人寬厚，世子爺願意同她親近，也不奇怪。」

青松瞧他一眼，問：「你怎知世子妃為人寬厚？」

吳桐便將送蘇心禾上京過程中發生的事，一一告知青松。

青松手中的馬鞭差點驚掉了。「你方才說，蘇小姐……喔不，是世子妃，從臨州一路將你們餵到京城?!」

「餵」這個字讓吳桐有些不適，他攏了攏眉，道：「世子妃心善，覺得兄弟們駐守邊關太苦，才邀我們同食。」

「怪不得你回來都胖了一圈！」青松憤怒地盯著吳桐，道：「我還當你是趕路太累，有些浮腫，沒想到你信裡寫的都是真的！怎麼不早些告訴我?!」

吳桐瞥他一眼，道：「告訴你做什麼，你又吃不到。」

青鬆火氣大得很，卻又無法反駁，只能扼腕道：「早知道我就自請去臨州接世子妃！照你的說法，世子妃很懂飲食之道，與她一起，定能嚐到不少美食。」

他們兩人自幼便是孤兒，都是被李儼撿回侯府養大的，性子卻截然不同。

吳桐性子沈悶、少言寡語、刻板守則；青松卻性格開朗、善於交際，還是個不折不扣的老饕。然而因為李承允治軍嚴格，所以他平常不敢放鬆，唯有返回京城時，才敢尋一尋好吃的館子，犒賞一下自己的胃腹。

對他而言，錯過迎親的差事，就等於錯過春餅、鹽水鴨、清蒸蟹粉獅子頭等無數美食，怎能不讓他捶胸頓足？

想起剛剛在靜非閣那邊聞到的香味，青松有些惋惜地說道：「她們吃的那東西好像叫蔥油麵？可惜世子爺不用朝食，不然咱們也能跟著蹭一碗麵啊！」

青松這聲感嘆發自肺腑，也傳入馬車裡。

李承允手中的公文早已放下，從吳桐的話聽來，蘇心禾似乎對吃食格外在意，若非如此，昨夜也不會去找自己。

想到昨夜的經歷，李承允下意識地探了探背後的傷，今日雖然好了一些，但還是得繼續上藥才行。

蘇心禾這頓朝食吃得滿足，白梨與青梅也吃得極撐，蘇心禾見她們一副快要站不起身的模樣，忍不住笑了起來。

此時丫鬟來稟。「世子妃，駱嬤嬤過來了，說是要向您賠罪。」

蘇心禾覺得奇怪，道：「這話從何說起？」

白梨低聲道：「世子妃，昨夜世子爺說後廚送給您的餐食有問題，讓奴婢徹查，駱嬤嬤恐怕是為了這事來的。」

蘇心禾微微一愣，不敢置信道：「妳的意思是，世子幫我查了後廚，還懲治了他們？」

白梨如實點頭。「是。」

蘇心禾沒想到李承允會將此事放在心上，一時之間有些詫異，道：「讓駱嬤嬤進來吧。」

片刻之後，駱嬤嬤帶著一名丫鬟一道過來，對蘇心禾福身行禮。

駱嬤嬤的臉上掛著笑，語氣頗為抱歉。「昨日後廚餐食備得不善，委屈世子妃了。老奴已經查過，是那送餐之人對侯府月例不滿，這才故意使壞，老奴今早已經將人驅逐出府，特來請罪，還請世子妃見諒。」

她的態度十分誠懇，一番話也說得滴水不漏，蘇心禾知道自己若繼續計較，反而顯得小氣，於是說道：「既然已經處置好，這次便罷了，下不為例。」

駱嬤嬤道：「多謝世子妃！這是後廚的幫工映蘭，辦事最為穩妥，日後便由她為世子妃送餐。」

映蘭上前一步，道：「奴婢見過世子妃。」

蘇心禾點了一下頭道：「好，不過今日的餐食可以免了。」

駱嬤嬤以為蘇心禾還在介意昨日之事，便道：「世子妃放心，今日的餐食老奴一定親自盯著，不會有問題的。」

思正苑的事情過後，青梅就不喜歡駱嬤嬤，得知昨日那吃食是她的疏漏，更是不悅，冷聲道：「我家小姐說要自己下廚，所以駱嬤嬤不必多此一舉。」

駱嬤嬤聽了這話，下意識地掃了蘇心禾的手一眼，道：「世子妃這手，可是受傷了？」

蘇心禾立刻將手遮掩好，道：「無妨，就是不小心割傷了，有白梨跟青梅幫我，不礙事。」

駱嬤嬤皮笑肉不笑地開口。「世子妃手都傷了，還親自下廚，看來當真是老奴管理後廚不當，讓世子妃失望了，老奴這就帶著映蘭回去反省。」

說完，她便帶著映蘭退下了。

不知怎的，蘇心禾總覺得駱嬤嬤方才看自己的眼神有點古怪，過了一會兒，她才站起身來返回臥房。

回後廚的路上，駱嬤嬤低聲問映蘭。「廖廣已經出府了？」

映蘭應是，又道：「聽說他離開前與後廚結算工錢時，鬧得有些僵，龐管事便讓家丁將他攆出去了。」

駱嬤嬤嘆了口氣，道：「他也是時運不濟，若非引起世子爺注意，我也不想這麼待他……對了，妳不是與靜非閣的灑掃小廝要好嗎，讓妳打聽的事，可查清楚了？」

映蘭道：「剛到靜非閣門口時，奴婢就問明白了，昨日的餐食確實是送到世子妃那裡，但世子妃卻送去書房給世子爺用了。」

「怪不得世子爺對後廚如此上心，果真是世子妃在挑唆！」駱嬤嬤偷雞不著蝕把米，頓時面色陰沈。

映蘭接著道：「奴婢還探聽到一件別的事。」

駱嬤嬤瞥了她一眼。「什麼事？」

映蘭回道：「世子妃進去書房不久，便說自己受了傷，讓人拿金瘡藥過去。灑掃小廝清晨去打掃時，發現鋪地的氈毯上染了血跡，看著不大顯眼，量卻不少。」

駱嬤嬤思索了一會兒，有些疑惑地說：「青梅那丫頭不是說世子妃要自己下廚嗎？若傷勢嚴重，怎麼會親自下廚？」

駱嬤嬤心頭一動，彷彿想到了什麼，加快腳步回了元西閣。

元西閣中，李芙本來躺在貴妃榻上休息，聽駱嬤嬤說完蘇心禾受傷的事，頓時坐起了身來。「妳的意思是，蘇氏在撒謊？」

駱嬤嬤關緊了房門，壓低聲音道：「是灑掃小廝親眼看見的，世子妃昨夜說自己手受傷，今日一早卻又若無其事地做了朝食，如此前後矛盾，莫不是有些古怪？」

李芙若有所思地說道：「昨日嫂嫂將我支開，我就覺得有些奇怪，後來塞了銀子給花園老僕，才知道嫂嫂懷疑承允受了傷卻不告訴自己，所以私下問蘇氏。蘇氏當時說自己不知，可轉眼她就受傷了，還差人去取藥……如此看來，若她沒受傷，那受傷的便是承允?!」

駱嬤嬤微微一驚。「夫人的意思是，世子爺受傷了，卻只告訴世子妃，沒告訴侯夫人？」

李芙勾起唇角笑了起來。「不錯！嫂嫂本來就不喜蘇氏，若發現兒子將受傷之事告訴兒媳，卻不告訴自己，作何感想?!得知兒子與兒媳一起欺騙自己，嫂嫂必然會大發雷霆，承允為了讓嫂嫂息怒，不可能一味維護蘇氏，只要嫂嫂厭惡她，我便有無數的法子讓她在侯府待不下去！」

想到這裡，一個主意油然而生，李芙翻身下榻，去了正院。

蘇心禾從江南帶來不少食譜，但因為臥房中沒有空書櫃，只能暫時晾在一旁，待青梅尋了書櫃來再放進去。

主僕兩人正忙著整理東西，卻見白梨匆匆進門。「世子妃，紅菱過來了。」

紅菱是葉朝雲身邊的人，若沒什麼事，是不會輕易離開正院的。

「請她進來。」

片刻過後，白梨引著紅菱進來，紅菱一見到蘇心禾，便福了福身子，道：「世子妃，侯夫人有請。」

蘇心禾微微一怔。「現在嗎？」

「是。」頓了頓，紅菱又低聲補了一句。「姑奶奶也在。」

蘇心禾住在思正苑時，紅菱可沒少吃她做的美食，如今這句話，自然不是隨口說的，只怕別有深意。

思索了一會兒後，蘇心禾對紅菱道：「知道了，容我換身衣服。」

蘇心禾抵達正廳時，便察覺氣氛不對。

葉朝雲正襟危坐於高榻之上，臉上喜怒不辨，李芙則坐在下首，似笑非笑地看著她。

蘇心禾面色如常地同兩人行禮，葉朝雲的目光卻落在她左手的紗布上。

葉朝雲問道：「心禾，妳的手怎麼了？」

蘇心禾微微一怔，垂眸答道：「昨夜碰倒茶盞，收拾碎片時，不慎割破了手，如今已無大礙，多謝母親關懷。」

葉朝雲未多說什麼，李芙便陰陽怪氣地笑了一聲，道：「世子妃也真是的，受了傷怎麼不吭聲呢？府中有大夫，看一看也好。」

蘇心禾縮回纏著紗布的左手，道：「小傷而已，不必煩勞府醫特地跑一趟。」

「不麻煩。」李芙指了指在一旁站著的男子，道：「這位便是侯府的郭大夫，世子妃不妨將傷口給他看看，看過之後，我們才能放心。」
李芙明顯話裡有話。
蘇心禾心想，為何她們兩人會突然關注起自己的「傷勢」？原因恐怕只有一個，便是對李承允的傷勢起了疑心。
她並未回應李芙，而是望向了葉朝雲，問道：「母親，您喚兒媳過來，就是為了驗我的傷嗎？」
葉朝雲因為擔心李承允，才讓蘇心禾留意他的傷勢，然而李芙今日過來，信誓旦旦地說蘇心禾與李承允一起欺瞞自己，著實令她有些不安。
思來想去，葉朝雲還是將蘇心禾喚了過來。此刻，她仔細審視著自己的兒媳，聲音微冷。「心禾，母親再問妳一遍，承允到底有沒有受傷？」
蘇心禾已經猜到是怎麼回事，但她想起李承允的囑託，便定了定心神，答道：「沒有。」
葉朝雲擰眉。「沒有？」
蘇心禾垂眸道：「如若母親不信，可以去問夫君。」
葉朝雲面色微僵。若是兒子肯告訴自己，她又何必如此拐彎抹角地問兒媳?!
李芙道：「嫂嫂，莫要與她廢話了，她昨夜取用了金瘡藥，定然有人受傷，若她手上無傷，那便是承允受傷。承允乃侯府世子，又是平南軍副帥，若是他身受重傷還不肯告訴我們，豈非到了極其嚴重的地步？」

這正是葉朝雲最擔心的地方，她凝視著蘇心禾，道：「妳還不肯說實話嗎？」

蘇心禾沈聲道：「母親，兒媳說的都是實話，還請母親明鑑。」

葉朝雲的臉色徹底沈了下去。「跪下！」

蘇心禾心頭微驚，隨即跪了下去。

李芙順勢道：「你們還不快幫世子妃查看傷勢？」

駱嬤嬤記恨了蘇心禾許久，等的就是這一刻，她快步上前扣住蘇心禾的左手，冷笑道：「世子妃，得罪了。」

蘇心禾護住自己緊纏紗布的左手，眼睛直勾勾地看著葉朝雲，道：「母親當真不信我嗎？」

葉朝雲看了她一眼，生出幾分猶豫，但一想起兒子的傷勢，只得硬下心腸，道：「心禾，妳若真的受傷了，讓府醫看看也無妨；若是妳撒謊，那就別怪母親不近人情了！」

駱嬤嬤聽了這話更是放肆，她一手重重捏住蘇心禾的手腕，另一手便要去扯蘇心禾的紗布，青梅著急地衝上去阻攔，卻被李芙的兩個丫鬟粗魯地扭住肩膀，動彈不得。

見蘇心禾護著用紗布裹著的手，駱嬤嬤竟用蠻力撕扯起紗布來，蘇心禾不禁吃痛地「嘶」了一聲，跌坐在地。

李芙見駱嬤嬤一個人拿不下蘇心禾，便掃了旁邊的僕從一眼，道：「你們都瞎了嗎？不知道上去幫忙?!」

僕從們正遲疑著要不要去幫忙，就聽見廳外響起了男子冰冷的聲音——

「幾日不見，姑母的威儀，只怕連陣前大將都要自嘆弗如了。」

眾人循聲轉過頭去，就見李承允陰沈著一張臉疾步而來。

他戎裝未脫，一身寒光地邁入廳中，讓人不自覺地打了個冷顫。

李承允的目光冷冷地掃過眾人，最終落到駱嬤嬤身上。

駱嬤嬤連忙鬆開蘇心禾的手，囁嚅道：「世子爺，老奴方才是在幫世子妃驗傷……」

話沒說完，李承允直接一腳將這煩人的毒婦踹出一丈開外。

駱嬤嬤尖叫一聲滾落在地，摔得頭破血流，她身旁的丫鬟跟小廝躲的躲、閃的閃，沒人敢上前查看她的傷勢。

李芙渾身一僵，不自覺地站起身來。

葉朝雲的臉色也變了，輕聲喊道：「承允……」

李承允卻沒應她，而是看向跪在地上的蘇心禾——她略顯狼狽，一雙清澈的眼卻目不轉睛地看著自己。

他向蘇心禾伸出了手。「妳又沒錯，為何要跪？起來。」

蘇心禾默默看了葉朝雲一眼，此刻葉朝雲才面色稍霽，道：「罷了，起來說話。」

李承允將蘇心禾拉起來，見她手腕被駱嬤嬤捏紅了，眸色又冷了幾分——方才那一腳，還是輕了些。

只見李芙忐忑地說道：「承允，當著你母親跟我的面，怎的、怎的如此無禮……」

李承允笑了聲。「姑母還知『無禮』兩字？吾婦到底做錯了什麼？姑母如此對她，可有半分長輩的禮儀？」

聞言，李芙忙道：「承允，這一切都是誤會，我與你母親都是因為擔心你的身體，才將心禾找來問話的，誰知她知而不言，我們有些著急，這才……」

葉朝雲的表情實在不怎麼好看，她道：「承允，是我讓心禾過來的，我們並無惡意。」

李承允道：「母親雖無惡意，卻有無辜之人受委屈。」

葉朝雲一時語塞。

李芙乘機道：「承允，你身上若有傷，就算不告訴姑母，也該告訴你母親，你可知你母親有多擔心你？心禾雖然是你的妻子，但你們相識的時間畢竟不長，怎麼能娶了新婦，就忘了母親的養育之恩？」

這話聽起來是為葉朝雲說的，實則是在挑撥這三人的關係。

「養育之恩，承允自是不敢忘，但也用不著姑母提醒。」李承允眼風一掃，李芙便不寒而慄。

他又道：「我再說一遍，我沒有受傷，妳們若想知道什麼，問我便是，何必為難她？」

李芙卻不相信。「你當真沒事？那為何剛剛要拆心禾手上的紗布，她卻那般心虛，死活不肯?!」

蘇心禾站在李承允身旁，一直沒說話，直到此時才開口道：「剛才姑母二話不說，便讓駱嬤嬤來撕扯我的傷處，我怎能不躲？若姑母能心平氣和地告知原委，要看我的傷口又有何難？」

說完，蘇心禾便抬起手來，當著眾人的面一圈一圈解下紗布。

在場之人都目不轉睛地盯著蘇心禾的手，待紗布褪去，一條不短的紅痕赫然出現在她手心，正滲出斑斑血跡，刺眼得很。

李承允也有些意外，他沈默地看著蘇心禾，蘇心禾卻朝他眨了一下眼，彷彿在示意他放心。

青梅心疼道：「小姐明明受傷了，侯夫人與姑奶奶為何就是不信？想知道世子爺的情況，不去問他，卻來逼問小姐，不覺得可笑嗎?!」

「這怎麼可能？」李芙聲音提高了幾分。「妳不是親自下廚了嗎？」

蘇心禾一臉無辜地說：「夫君難得留在家中，我便想親手為他做些飯食，即便有傷也在所不惜……難道這樣錯了嗎？」

葉朝雲的臉色已是黑如鍋底，但這次她的怒氣不是針對蘇心禾，而是衝著李芙而去。

「妳不是說心禾受傷是假，她與承允一起騙了我嗎?這到底是怎麼回事?!」

「這……」李芙轉過頭去想問駱嬤嬤詳情，卻見她已經昏死過去，頓時急得跳腳道：「我將此事告訴您，也是為了承允的身子啊!許是駱嬤嬤給的消息有問題，待她醒來，我一定……」

「不必等她醒來了，姑母要問，旁人也可。」李承允冷聲打斷她，手一擺。「提上來！」

只見青松扯著一對被五花大綁的男女進了門，直接將他們甩到地上，那兩人驚恐地跪著，連頭也不敢抬。

一見到他們，李芙慌亂不已，道：「承允，你這是做什麼?!」

李承允問道：「姑母可認得這兩人？」

第十四章　義氣相挺

定了定神之後，李芙忙不迭地搖頭道：「不、不認得，府中下人太多，我哪能一一記得？」

「姑母若是不認得這兩人，為何會聽信他們的話，來挑唆我母親與兒媳的關係？」

葉朝雲有些詫異，道：「這是怎麼回事？」

青松道：「夫人，這男子是靜非閣的灑掃小廝，他與後廚的映蘭有染，隔三差五地將靜非閣的消息傳給映蘭，映蘭又將消息傳到元西閣，這才鬧出了今日的事端。」

葉朝雲秀眉緊攏盯著李芙，道：「妳不是說偶然得知承允受傷了嗎？妳將自己的人埋在靜非閣，是想吃裡扒外不成？」

見事情兜不住了，李芙索性使出一哭二鬧三上吊的絕招，她哽咽著道：「嫂嫂，這兩人當真與我無關，都是駱嬤嬤告訴我的，誰知她在外打著我的旗號幹了些什麼？承允，姑母也知道盤問你的妻子著實不妥，可我這不是為了你好嗎？」

李承允面無表情道：「我早就說過我的事不勞姑母費心，您只需要管好自己院裡的事，別讓似傑到處闖禍就好。」

聞言，李芙哭哭啼啼道：「承允，你這話說的，讓姑母如何自處……」

李承允語氣冷淡。「既然姑母不聽勸，那似傑您也不必管了，即日起，我便將他送去軍營裡歷練。」

「什麼?!」李芙大吃一驚，連硬擠出來的眼淚都停了，顫聲道：「你、你憑什麼能作主？我要告訴你父親！」

「姑母儘管去說。」李承允毫不在意。「父親早就覺得似傑日日遊手好閒，實在不妥，是時候練練膽量，上陣殺敵了。」

一聽到「上陣殺敵」四個字，李芙差點背過氣去。

青松在一旁悠悠說道：「若是羅夫人現在回去，或許還來得及見羅公子一面，再晚些，只怕要被送走了。」

李芙恨恨地瞪了李承允與蘇心禾一眼，連駱嬤嬤也沒管，擦了把眼淚便急急跑出正廳。

見蘇心禾仍然安靜地立在一旁，李承允便道：「先隨青梅下去包紮。」

蘇心禾點了點頭，青梅連忙上前扶她，府醫郭大夫不敢耽誤，將蘇心禾迎到屏風後面，為她查看傷勢。

葉朝雲看著自己的兒子，心情複雜。「承允……」

李承允撩袍跪下，沈聲道：「是我處事不當，才讓母親如此擔憂，以至於牽連無辜，還請母親責罰。」

葉朝雲神情微頓，道：「承允，你在責怪母親？」

「孩兒不敢。」李承允面色平靜，道：「母親一片慈愛之心，但此事與吾婦無關，母親不該聽信小人之言為難她。」

葉朝雲之所以被李芙的話沖昏頭腦，歸根究柢是關心則亂，才忽視了蘇心禾的感受。

沈默片刻之後，葉朝雲道：「此事是我誤會了心禾，但你的身子……」

李承允說道：「母親，我的身子當真無礙，不必憂心。」

這句「不必憂心」，又將她這個母親往外推了推。

葉朝雲不由得悵然若失。「承允，到底從什麼時候開始，你便什麼也不肯同母親說了？」

李承允卻道：「母親多慮了，是因為庶務繁忙，才少了陪伴母親的時間，還望您見諒。」

葉朝雲嘆了口氣，道：「罷了，你沒受傷就好，我本以為你姑母是一片好意，沒想到她竟別有用心，是我大意了。」

平南侯府內有不少軍機跟公文，故而對下人的管束十分嚴格，明令禁止不許隔院傳遞消息，且下人探聽主子隱私，本就違反家規。

李承允沈吟片刻，道：「母親，如今我已長大成人，您實在不必事事為我憂心，我若需要母親幫助，自然會開口的。」

葉朝雲仍是失落。「你沒忘了母親就好……這一場誤會，只怕對心禾造成影響，也不知她會不會怪我……」

李承允道：「母親放心，我會去寬慰她的。」

葉朝雲點了一下頭，道：「你先帶心禾回去休息吧，你姑母鬧出來的事，我自會處理。」

從正院回靜非閣的路上，蘇心禾與李承允兩人並肩而行。

蘇心禾上藥時聽見了李承允與葉朝雲的對話，她猜李承允心中不悅，故而一路都沒出聲。

回到靜非閣之後，李承允卻未去書房，而是隨蘇心禾進了臥房。

李承允關上門，第一句話便是：「大夫怎麼說？」

蘇心禾答道：「沒什麼大礙，少動多養即可，過幾日便能癒合。」

李承允沈聲問道：「昨日還好好的，今日怎麼成了這樣？」

「傍晚紅菱來靜非閣尋我，說母親與姑母要問話，我便猜到是為了你受傷的事，所以……」

「所以自己劃了一刀？」李承允面色平靜，語氣卻起了波瀾。

蘇心禾點頭道：「作戲要全套嘛。」

李承允不禁蹙起了眉。這傷口看著不深，但必然很疼。姑娘家都愛美，她就不怕因此留下疤痕？

他心底微動，壓低了聲音道：「其實妳不必這麼做，若母親與姑母逼問，妳照實說了，我也不會怪妳。」

「那怎麼行？」蘇心禾正直地說道：「我既然答應你，就要做到，何況來者不善，若你受傷的事被姑母知道，不知道會不會傳出去。」

就算是看在小廚房的分上，她也不能出賣隊友。

李承允眸色微凝，低聲說道：「多謝。」

蘇心禾小聲嘟囔。「只道謝就完了？」

她將包成粽子的手在李承允面前晃了晃，道：「為了陪你演戲，我都傷成這樣了，晚飯也還沒吃呢。」

李承允一愣，下意識道：「我讓人傳膳？」

想起大廚房的吃食，蘇心禾的頭搖得像撥浪鼓，道：「罷了罷了，我寧願餓著。」

若是手沒受傷，還能自己做些吃食，可如今至少幾日不能下廚了。

蘇心禾有些鬱悶，忍不住在心裡嘆氣。

李承允若有所思地站起身來，道：「妳先休息一會兒吧，我有事出去一趟。」

蘇心禾「喔」了一聲，目送他出了臥房。折騰了大半日，她著實累了，便脫掉外袍，躺到床榻上。

李承允出了臥房，拾階而下。他命人喚來青松，問道：「這個時辰，周邊可有不錯的吃食？」

「吃食？」青松本來已經打算回房了，聽到這話，又來了精神。「世子爺問對人了，好地方多得是！福來閣的豬肚包雞、松鼠鱖魚、清蒸白貝都是一絕。對了，他們家的福來清釀，只消一口便回味悠長，過喉不忘……」
「那好。」李承允吩咐道：「你幫我跑一趟，將剛才說的吃食都買回來。」
「買、買回來？」青松不可思議地看著李承允。「現在？」
李承允「嗯」了一聲，道：「動作快些，別讓菜涼了。」
說完，他便自顧自地回了書房。
青松滿臉詫異，對一旁的吳桐道：「世子爺什麼時候有吃宵夜的習慣了？」
吳桐沒答腔。他歷經李芙一陣哭喊，將羅似傑送出侯府，如今累得一句話都不想說。
青松想了一下，道：「我知道了，我們幫世子爺料理了元西閣的人，他應當是體恤我們沒用晚飯，才讓我去買好酒好菜。」
吳桐有些疑惑。「世子爺有這麼說嗎？」
青松道：「世子爺雖然沒這麼說，但在這侯府中，世子爺不與你我對飲，難不成要找侯爺？」
吳桐卻道：「等著吧。」
青松樂顛顛地奔了出去，吳桐則對著他的背影搖了搖頭，轉身回到住處。
半個多時辰後，青松提著兩個食籃回來，叩響了書房的門。
門應聲而開，他將食籃放到桌上，笑著說道：「世子爺，按照您的吩咐，已經買齊了。」
李承允正站在沙盤前演練，連頭都沒抬，只道：「知道了。」

青松見李承允還在忙，不好出聲打擾，只得在一旁站著。

過了一會兒，李承允才察覺到他的存在，疑惑道：「還有何事？」

青松愣了愣，下意識問道：「這些菜……」

李承允淡淡地說道：「叫白梨過來，讓她將菜送去給世子妃。」

回到住處，青松就見吳桐十分愜意地坐在院子裡喝酒，他面前放了一盤炒過的花生米，吃得沒剩幾顆了。

青松頓時氣不打一處來，抱怨道：「你怎麼不給我留一點?!」

吳桐蹦出幾個字。「本來就不多。」

青松奪過盤子，將所剩無幾的花生米往嘴裡扔，道：「早知道那菜不是給咱們吃的，我便多買兩道菜單獨留下了！」

吳桐瞧了他一眼，道：「那菜當然不是給我們吃的，世子妃傍晚便被召去正廳，只怕沒用晚飯。」

之前送蘇心禾上京時朝夕相處了好幾日，吳桐知道對她來說，什麼都不如吃的重要。

青松聽了這話，不禁說道：「你既然早就知道，為何不告訴我？」

吳桐抱著酒瓶理直氣壯地說：「你又沒問我。」

青松無語。

身為世子爺的左膀右臂，居然連頓宵夜都吃不上，青松氣得將放花生的盤子大力往石桌上一放，餓著肚子睡覺去了。

一陣窸窸窣窣的聲音將蘇心禾吵醒，她小睡了半個多時辰，清醒後更餓了。

她躺在床上翻了個身，卻見白梨與春梅都站在桌前，似乎在忙著什麼。

蘇心禾睡眼惺忪地問道：「妳們在做什麼？」

白梨與青梅笑盈盈地讓開一步，露出了身後的八仙桌——蘇心禾抬眸一看，好傢伙！桌上擺了幾個大盤，菜色各異，中間還有個用蓋子蓋著的砂鍋，看起來有點神秘。

蘇心禾頓時睡意全無，一骨碌地起身下床。

她走到桌邊坐下，飯菜的香味直往鼻子裡鑽，蘇心禾忍不住道：「好香！這些菜是哪裡來的？」

白梨抿唇笑道：「是世子爺遣人去買的，還熱著呢！」

春梅也道：「是啊，聽說是京城福來閣的菜，那可是百年老店，無法輕易訂得到位子呢！」

蘇心禾有些意外。「世子讓人備的？那他人呢？」

白梨笑道：「世子爺說他還有事，便不過來了，讓世子妃慢慢享用。」

蘇心禾挑了挑眉，看來這李承允還算有良心嘛！

她指向桌面的砂鍋，道：「打開看看！」

白梨連忙拿起一塊乾淨的布巾罩在砂鍋的蓋子上，手指一捏，便將蓋子取了下來，胡椒的香味猛然迸出，讓人驚喜。

蘇心禾用圓勺輕輕一撥，豐潤的豬肚與白嫩嫩的雞肉便翻了出來，她頓時一喜。「原來是豬肚包雞？」

白梨與青梅對視一眼，青梅忍不住問：「什麼是豬肚包雞？」

蘇心禾舀起一勺雞湯放到碗裡，解釋道：「豬肚包雞是一道嶺南名菜，還有一個雅稱，叫『鳳凰投胎』。」

白梨好奇地問道：「這與投胎有什麼關係？」

蘇心禾笑了笑。「這個妳們就不懂了，豬肚包雞的作法，便是將處理乾淨的雞肉塞進豬肚，再佐以白胡椒、黨參、紅棗、枸杞等多種藥材煲煮，待湯汁入了味，就把豬肚包雞從湯裡撈出來，將豬肚與雞肉分別切塊，再煮一輪，如此一來，雞肉便吸收了豬肚的香，豬肚也沾染上了雞肉的鮮，相得益彰。

「不過，吃豬肚包雞時，可別急著吃肉，而是要先喝湯。」蘇心禾用勺子晾了晾還有些燙嘴的雞湯，道：「這裡面加了白胡椒，能激發湯底的味道，還能暖身，所以不少嶺南婦人生產後會用豬肚包雞養身。」

聽到蘇心禾這麼說，青梅的口水都要流下來了。「那……這湯一定很補身子吧？小姐受了傷，定要多喝一點。」

蘇心禾早就看穿了她的心思，笑著開口。「妳們別站著了，我一個人吃不完，坐下一起用吧。」

青梅一樂。「多謝小姐！」

自從吃了那碗蔥油麵，白梨在蘇心禾面前也放開了些，聽到主子吩咐，二話不說，乖乖坐了下來。

三人坐得整齊，一人一碗湯，品了起來。

白梨甚少食用內臟，多少有些忐忑，她先是聞了聞湯味，只覺得有股宜人的葷香，湊近了些，能感受到胡椒微微的嗆勁。她小心翼翼地舀起一勺湯，湊到嘴邊吹了吹，啟唇飲下。

這湯呈現奶白色，較尋常湯水更濃，口感綿密、滋味醇香，胡椒刺激味蕾，瞬間便讓人提起精神來。半碗湯下肚，整個胃腹都熱呼呼的，別提多舒坦了。

青梅喝得更快，一碗下去便大呼過癮，毫不客氣地又盛了一碗。

蘇心禾則抱著碗慢慢喝，這豬肚雞湯熬煮的火候剛剛好，要細細品味。

一碗湯下去，她又用筷子挾起一塊豬肚送入口中——豬肚口感柔韌，嚼起來有微微的脆意，絲毫沒有腥味，雞肉也很不錯，軟而不爛、鮮嫩可口，一塊吃完，便忍不住尋第二塊。

蘇心禾喜食辣味，挾起一塊雞肉放到辣椒圈醬碟子裡一滾，撈出來後，又是全新的風味。她吃得心滿意足，心想手上的傷算是沒白挨！

青梅不禁說道：「世子爺看起來冷冰冰的，沒想到還會給小姐送吃食，若是日日都有好吃的，那就好了……」

白梨笑了出來，道：「世子爺沒有夜晚進食的習慣，奴婢來這兒這麼多年，鮮少聽過世子爺晚上傳膳，更別提讓人去買吃食了。」

蘇心禾聽到此話，放下碗道：「妳的意思是，他從來不吃宵夜？」

白梨想了想，說道：「總之，奴婢沒見過。」

蘇心禾的高興勁頓時消了一半。看來這次的宵夜，應當是李承允對自己受傷的撫慰，若是傷好了，不就再也吃不到了？

身在侯府，就算手裡有銀子，也不能花得那般自在，誰讓她如今是個連外賣都不能隨意叫的深閨婦人呢？

蘇心禾暗暗嘆氣，瞧著鍋裡熱得冒氣的豬肚雞湯，忽然靈機一動。「青梅，再去添一副碗筷！」

書房中，李承允終於放下畫滿標記的堪輿圖，抬手揉了揉眉心，站起身來走到窗邊。

窗牖半開，夜色朦朧，書房斜對著臥房，那邊燈火通明，偶有人影閃動，似乎很熱鬧。

李承允盯著臥房看了一會兒，便見房門被打開了。

蘇心禾的身影出現在門口，她從青梅手中接過一個托盤，笑著說了句什麼，便轉身上了長廊。

夜風掠過，她的裙裾隨著步伐搖擺，如瀑的長髮披散在肩頭，並未盤髻，有種慵懶恣意的美。

見蘇心禾的身影由遠及近，李承允長眉微動，快步離開了窗前。

片刻後，蘇心禾抵達書房門口，她一手端著托盤，一手輕輕叩門。「夫君，我可以進去嗎？」

李承允不冷不熱地答道：「進。」

蘇心禾抬手推門，就見李承允正襟危坐於案前，正在仔細端詳一本兵書。

直到她進來，李承允才緩緩抬眸，問道：「何事？」

蘇心禾將托盤放到李承允手邊，溫聲細語道：「這麼晚了，見夫君還在忙，我便送了些吃的過來。」

李承允瞥了托盤一下，上面有一碗乳白色的湯羹，湯羹旁邊還放了一個小小的油碟，油碟裡泡著辣椒圈，看起來有些誘人。

見李承允不說話，蘇心禾繼續道：「這豬肚雞湯是夫君讓青副將買回來的，我不敢獨享，便借花獻佛了。」

李承允淡淡道：「我不習慣太晚進食。」

「習慣是培養出來的嘛。」蘇心禾眨眨眼，道：「夫君日日熬夜處理公務，腹中空空怎麼行呢？母親說了，讓我好好照顧你，若是你累瘦了，那可是我的罪過。」

說著，她裝模作樣地理了理手上的紗布。

李承允頓了頓，開口道：「罷了，我一會兒用，妳早些休息吧。」

蘇心禾眉眼輕彎，道：「那好，我先去睡了。」

書房門一關，蘇心禾就在心裡默默比了個「耶」。大部分吃貨都是被投餵出來的，只要李承允養成了吃宵夜的習慣，還怕自己沒有吃的嗎?!

她暗地為自己的遠見鼓掌，興高采烈地回房去了。

蘇心禾走後，李承允才放下手中的兵書，瞧了手邊的湯羹一眼，唇角微揚。

此刻，侯府正院，遠不如靜非閣那般熱鬧。

葉朝雲從正廳回房之後，便一直枯坐在窗前，一言不發。

蔣嬤嬤徐步過來，低聲道：「夫人，侯爺傳話回來，說今夜宿在軍營了。」

葉朝雲斂了斂心神。「知道了。」

說完，她便站起身來，往梳妝檯走去。

釵環卸下，髮髻散開，葉朝雲看著鏡中的臉龐——雖然保養得極好，但到底受不住歲月的侵蝕，眼角與嘴角處已經有了明顯的皺紋。

「妳說我是不是老了？」葉朝雲喃喃自語道。

第十五章　逢迎拍馬

蔣嬤嬤一面為她梳髮，一面道：「夫人風華正茂，怎麼會老呢？」

葉朝雲唇角虛虛勾了一下，說道：「妳就別安慰我了，承允成婚前後，我常夢見當年嫁給侯爺的情景，那時他也像承允這般少言寡語，不問他便不吭聲，我總覺得他對我冷淡，直到相處久了，才知道他是個面冷心熱之人。」

說著，葉朝雲陷入回憶。「若是沒有那外室之事，或許我們會一直好下去，只可惜……」

想到李信的親娘，葉朝雲心頭便緊了緊。

蔣嬤嬤道：「夫人，那位已離世許久，哪裡值得被您記著？侯爺也說過，那是他一時糊塗做下的錯事，若非如此，他也不會把大公子領回來。」

葉朝雲不禁道：「承允小時候與他父親最為親近，自從李信過來，他父親便一門心思地補償他，忽略了承允，否則他們父子的關係不會冷淡至此。」

「夫人不是不知道，侯爺辦事一貫雷厲風行，世子爺又有自己的執著，兩人誰也不讓誰，自然針鋒相對，如今世子爺已成婚，等他日後當了父親，或許可體諒一二，問題便迎刃而解了。」

葉朝雲仍舊有些失落。「但願如此吧……如今的承允也與兒時不同了，他的事，許多都不告訴我。」

蔣嬤嬤知道葉朝雲擔心李承允受傷，便道：「夫人別這麼想，若世子爺真的受了傷又不告訴您，定是怕您擔憂，說到底是一片孝心。」

「承允平常對我就孝順，但我卻覺得他與我隔著一道無形的牆，我越靠近，他就越後退，受傷一事我早就問過他，他不願多說，我才想從心禾那裡多知道一些，卻沒想到小姑……我這個母親，做得實在是失敗。」

一想起今日之事，葉朝雲便感到胸口難受，咳了兩聲。

蔣嬤嬤拿過薄毯為她披上，道：「世子爺不過是不擅表達，才沒事事都對夫人言明。」

葉朝雲若有所思道：「捫心自問，確實有那麼一刻，我懷疑承允將傷勢告訴心禾，卻沒告訴我，我心中不平，才想斥責她。可後來見到承允維護她的樣子，我突然想通了一件事。」

蔣嬤嬤問道：「夫人指的是什麼事？」

葉朝雲靜靜看著鏡中的自己，沈聲道：「承允向來與人疏離，若他願意將真心託付給自己的妻子，未嘗不是一件好事，至少他不會再自己一個人面對一切了。」

蔣嬤嬤動容地說道：「世子爺遲早會明白您的苦心。」

葉朝雲收起了這份多愁善感，她理清思緒後，有了打算，道：「明日一早，讓心禾過來見我。」

翌日，蘇心禾正吃著青梅現學現賣的春餅，紅菱便來了。

紅菱走到蘇心禾面前，福了福身子，溫聲道：「世子妃，夫人請您用完早膳後過去一趟。」

此話一出，青梅便緊張起來，道：「紅菱姊姊，昨日才去了一次，怎麼今日又要過去？不會是夫人又要找我家小姐的麻煩吧？」

蘇心禾也有些奇怪，聽聞昨日李芙哭到半夜，還引發了心悸，讓郭大夫過去治了半宿，應該不至於這麼快就來尋仇。

紅菱見兩人不安，不禁掩唇一笑，道：「世子妃別擔心，今日可是一樁大好事。」

「兒媳給母親請安。」蘇心禾到了正廳，便規規矩矩地向葉朝雲行禮。

葉朝雲淡淡道：「坐吧。」

待蘇心禾坐下後，葉朝雲便看了她一眼，問道：「傷勢如何了？」

蘇心禾答道：「比昨日好多了，多謝母親關懷。」

葉朝雲遲疑了片刻，低聲道：「昨日之事……是母親誤會妳了。」

蘇心禾沒想到葉朝雲竟會向自己表達歉意，便道：「母親也是關心則亂，兒媳都明白。」

見蘇心禾面色如常，並無一絲怨懟，葉朝雲心頭鬆快了幾分，道：「妳如此懂事，母親很欣慰。想了想，妳既然嫁入侯府，遲早要學著當家，我這身子時好時壞，理不了大小事務，所以府中的採買與後廚事宜都讓妳姑母管，如今妳來了，我便想先將後廚之事交給妳，妳覺得如何？」

蘇心禾一愣。「我？」

葉朝雲難得地笑了一下。「不錯，後廚過去由駱嬤嬤掌事，她不是最合適的人，昨日又傷得不輕，當務之急，便是找個能幹事的頂上，至於其他事，妳可以慢慢學。」

蘇心禾思量了片刻，站起身來，對葉朝雲福身道：「多謝母親信任，兒媳一定盡力。」

一炷香的工夫後，蘇心禾便帶著青梅與白梨離開了正院。

青梅興高采烈地開口道：「恭喜小姐！後廚可是內務的重中之重，侯夫人將此事交給您，足見對您的重視。」

白梨比青梅年長兩歲，更沈穩些，道：「後廚掌管侯府上下的吃食，看起來簡單，但稍有不慎便會出紕漏，咱們可要謹慎些。」

「白梨說得不錯。」蘇心禾在娘家時雖然也打理過內務，但蘇府畢竟比不上侯府，侯府人多眼雜，規矩又不少，得從頭學起。「這會兒後廚應該不忙，我們先去看看。」

侯府的後廚，算上廚子、雜役跟小工等，約二十多人。

蘇心禾接管後廚的消息不脛而走，待她抵達時，人人都對她笑臉相迎。

笑著同眾人打過招呼，蘇心禾只道自己要四處轉轉，便讓眾人各忙各事了。

一位身材高瘦的男子滿臉堆笑地迎上來，道：「世子妃身分尊貴，怎麼能來後廚這骯髒地方？您有什麼吩咐，說一聲就行了，小人就算肝腦塗地，也會為您辦好的！」

蘇心禾抬眸瞧了他一眼，問：「你是？」

男子一笑起來臉上便溝壑縱橫。「小人龐展望，負責管後廚的倉庫與雜務，今日有幸能見到世子妃，真是前世修來的福氣呀！」

白梨低聲提醒。「此人是駱嬤嬤的左膀右臂，但後廚的人大多不喜歡他，說他太愛溜鬚拍馬……」

蘇心禾秀眉一挑，這點她倒是看出來了。「那你便帶我們去倉庫看看吧？」

龐展望笑著應聲道：「好咧！」

他將蘇心禾等人帶到倉庫門口，伸手將門一推，便讓到一旁道：「世子妃請進！」

蘇心禾帶著青梅與白梨進入後廚倉庫。

這倉庫比想像中還要大，裡面有七、八個高大的貨架，架子上擺放著各式各樣的蔬菜瓜果，有一名僕婦正在裡面忙著，見蘇心禾過來，她立即轉身見禮。

蘇心禾見僕婦手邊放著紙筆，便問道：「妳方才在做什麼？」

僕婦答道：「回世子妃，奴婢正在整理近幾日的食材，天氣逐漸暖和起來，有些蔬菜瓜果放不了太久，故而按新鮮程度編排順序，待後廚來取時，便優先給出較早送來的食材，以免放久了不新鮮，既不衛生又浪費。」

她看起來約莫三十出頭，人生得還算清秀，說起話來不卑不亢，比龐展望讓人舒服多了。

可她話音才落，就聽龐展望道：「讓妳去洗菜，妳卻在這兒磨洋工！這可是平南侯府，誰會計較那幾個買菜錢？主子們想吃什麼就準備什麼，管哪個先送出去？」

說罷，他笑著轉向蘇心禾道：「世子妃，您說呢？」

蘇心禾沒搭理他，反而走到貨架前面拿起一張字條，上面清楚寫著菜名與最佳的食用時間，有那麼一點像現代的保鮮期管理。

她放下字條，問：「妳讀過書？」

僕婦抿了抿唇，道：「未曾，但奴婢的相公是讀書人，教過奴婢一些字。」

她這話說得簡單，但蘇心禾一看便知那字不是一、兩日能練出來的，恐怕下過一番苦工。

蘇心禾點了點頭道：「妳這辦法甚好，可以教一教其他人。」

僕婦一聽，雙眸亮了幾分，道：「多謝世子妃！」

龐展望見蘇心禾誇讚那僕婦，便皮笑肉不笑地開口。「菊芳，妳可要好好地幹，別讓世子妃失望啊！」

菊芳福了福身，道：「是，龐管事。」

離開倉庫後，蘇心禾又去了一趟地窖。

蘇府也有地窖，而且還不小，放的大多是醬料。侯府的地窖比蘇府的大上一倍，裡面有些暗，白梨便點了燈，跟在蘇心禾身旁為她照路。

地窖中有一扇小門，蘇心禾偶然瞧見了，不由得問道：「那是什麼地方？」

龐展望抬頭一看，笑著回應道：「回世子妃，那是侯府的冰窖。」

些。

「冰窖?!」蘇心禾快步走了過去，抬起手來輕輕按壓在門上——確實比尋常的門冷一

蘇心禾心花怒放，有了冰窖，就等於有了刨冰、冰淇淋、冰棒、冰粉……

一切與冰有關的美食在她腦子裡過了一輪，待冰鑑打好了，她定要從這裡多取些冰去製夏日美食！

想到這兒，蘇心禾已經有些迫不及待了。

沿著地窖裡的路往前走，便到了龐展望所說的酒窖。

酒窖裡的酒都按照年分編好了名字，整整齊齊擺放在架子上，蘇心禾隨便看了兩排，都是一罈難求的好酒。

她問道：「這兒的酒，是用來宴客的？」

龐展望笑道：「每年到了重要的時節，侯爺與夫人都會張羅宴席，邀請朝中大臣或平南軍將士來府中相聚，這些好酒啊，都是留著那個時候用的。」

蘇心禾思量了一會兒，問道：「最近的節日，不就是端午了嗎？」

「沒錯，不過按照慣例，端午很少請外客入府，都是夫人攜三公子跟大小姐一起過，侯爺、世子爺與大公子則會去南郊大營，犒賞辛苦的將士們。」

蘇心禾奇怪地問道：「這麼說來，哪怕是過端午，侯府也沒有團圓飯？」

龐展望道：「這……夫人也會安排，只是難以將人聚齊，想來今年也不例外。」

難怪這一家子都冷冰冰的，連團圓飯都不吃，怎麼親熱得起來？

本以為李承允的冰塊臉是天生的，直到蘇心禾見到公婆，才發現這八成是遺傳。她暗自搖頭。

逛完了倉庫跟地窖，蘇心禾沿著後廚周邊轉了一圈，熟悉完環境後，她便對龐展望道：「有勞龐管事將後廚的帳本與人事錄送到靜非閣，讓我熟悉一二。」

龐展望鞠躬哈腰地應下。「世子妃放心，小人等會兒就給您送去。」

接下來幾天，蘇心禾待在房裡，一心一意地查閱帳本。

她雖然不喜女紅，卻對經營算帳頗感興趣，也幫父親打理過酒樓，所以這兩冊厚厚的帳本到了她手中，不消三日便全翻完了。

白梨蹲在蘇心禾腳邊為她的手換藥，見傷口已經癒合了，索性撤下紗布，讓傷口露出來透氣。

青梅一面為蘇心禾沏茶，一面道：「小姐，那龐管事今日又遣人送點心來了，要不要奴婢去端進來？」

蘇心禾淡淡道：「告訴他，以後未經傳召，就不必送吃食過來了。」

青梅甚少見蘇心禾拒絕吃的，不禁問道：「小姐，可是這龐管事有什麼不妥？」

蘇心禾沒直接回答，而是將兩冊帳本各翻開一頁，問青梅與白梨。「妳們來看看這兩帳本，如果單看這一頁，可有什麼異常？」

青梅與白梨探頭一看，左邊那本字跡娟秀，但在帳目的計數欄上卻有刪改痕跡；右邊那本字跡要潦草些，可上面的數額卻一氣呵成，沒有任何錯漏，一分一厘的銀錢都對得清清楚楚。

思量了片刻，青梅說道：「這兩冊帳本應該出自不同人的手？」

白梨仔細看起了帳本，若有所思道：「右邊這本的字跡我認得，是龐管事的，左邊這本似乎有些眼熟……」

蘇心禾笑了笑，道：「是菊芳的。」

白梨一愣。「世子妃好記性，那日只看了菊芳的字一眼，便記下了？」

蘇心禾道：「菊芳的字寫得一板一眼，十分工整，一看便知是認真練過的，所以我印象頗深，但重點不是他們的字，而是這帳本……有問題。」

青梅忍不住問道：「什麼問題？」

蘇心禾沈聲道：「後廚之中，運菜、送菜的環節多，有些微損耗再正常不過，可是龐管事的帳本，卻連一把幾文錢的小蔥，都記得清清楚楚、分毫不差。這只有兩種可能，第一，便是他確實花了十二分的心思，詳細地確認了每項食材，但妳們也看到了，倉庫那麼大，只有他與菊芳兩人打理，顯然做不到這個程度。

「既然如此，那就只有第二種可能。」蘇心禾神情嚴肅了幾分，道：「他這本是偽帳。」

「偽帳?!」青梅和白梨頓時一驚。

白梨到底在侯府待得久些，她思索了一下，便道：「若此事為真，只怕駱嬤嬤接管的時候便這麼做了，因為龐管事是她一手提拔起來的。如今他見駱嬤嬤走了，想坐穩後廚管事的位置，所以才這般殷勤……沒想到，一冊帳本令他露了馬腳。」

蘇心禾低聲道：「不得不說，這帳偽造得很好，一般來說，只會查對不上的帳目，誰會去查細項呢？他既然敢將帳本送過來，就說明我們不一定能找到證據。」

青梅聽罷，秀眉微擰，問道：「小姐，那您打算怎麼辦？」

蘇心禾摩挲著手中的帳本，道：「既然帳本不會說話，那便去問會說話的人。」

翌日一早，蘇心禾便去了正院。「兒媳給母親請安。」

蘇心禾自嫁過來，晨昏定省一直沒少烙下，這一點讓葉朝雲頗為滿意。見她手上的紗布已經拆了，葉朝雲便問：「傷口養好了？」

蘇心禾淡淡一笑。「早就無礙了。」

葉朝雲頷首道：「那就好，日後小心些，別再傷著了。對了，最近兩日怎麼沒見到承允？」

蘇心禾垂下眼眸道：「夫君這兩日都宿在軍營，不曾回來。」

葉朝雲愣了一下。這父子倆即便留在京城，卻有大半的時間待在南郊大營，與將士們同吃同住。

她看著蘇心禾，一時多了幾分憐憫，道：「原本承允成婚後便要去北疆，可最近局勢不太平，皇上便將他留下來，一起商議對策。這些日子可能忙得顧不上妳，妳要多多體諒他。」

蘇心禾心想，李承允不在，自己過得不曉得多自在，但她表面上仍乖巧得很，溫聲道：「母親說的，兒媳都記下了。」

話音落下，便聽見外面傳來一陣細碎的腳步聲，銀鈴般的少女聲響起。「母親！」

蘇心禾抬起了頭，就見一位十五、六歲的姑娘蹦蹦跳跳地進來。

葉朝雲不禁嗔怪道：「這麼大的人了，怎麼還這般沒規矩？沒見我在同妳嫂嫂說話嗎？」

李惜惜眼珠一轉，才發現蘇心禾也在這兒，臉上的笑容頓時收了大半。

侯府上下，除了父親以外，她最崇敬的就是二哥，本以為二哥能與她的手帕交曾菲敏在一起，沒想到二哥居然娶了這麼個來歷不明的女人。

李惜惜既替自己的二哥感到不值，又為曾菲敏打抱不平，故而對蘇心禾沒什麼好臉色。

蘇心禾雖然不知道李惜惜在想什麼，卻能察覺到對方對自己的敵意，可她並未多說什麼，只是從容地坐著，靜靜看著對方。

李惜惜是個直來直去的性子，她不喜歡蘇心禾，便將她當成空氣，自顧自地走到葉朝雲身旁，道：「母親，再過一段時日便是縣主的生辰了，我想出門一趟，為她挑禮物。」

葉朝雲秀眉微蹙，道：「這種事讓下人去辦就好，妳已經及笄了，哪有沒許人家的姑娘日日出去拋頭露面的？」

「母親！我都許久沒出過門了！」李惜惜噘起了小嘴，不依不饒道：「若是再不出門，我都要憋壞了！」

葉朝雲搖頭，道：「師傅說妳的女紅一塌糊塗，與其想著出門，不如老老實實待在家中，將女紅學好。」

李惜惜眼看出門的希望被澆滅，著急起來。「母親……求求您了！」

她心裡清楚，自己的母親看起來溫和，可一旦擰起來，怎麼都說服不了。

正當李惜惜沮喪時，蘇心禾開口道：「兒媳有一事，想請示母親。」

葉朝雲看了她一眼，問：「什麼事？」

蘇心禾答道：「兒媳近日接觸後廚事務，發現侯府的食材供應商不下二十家，我便想，既然日後要管後廚的帳，總得了解一下當前的供應商，故而想問問母親，我能否出門一趟，拜會一下主要的幾家商鋪。」

第十六章　吃人嘴軟

葉朝雲凝神想了一想，道：「要是想見他們，讓管家盧叔召他們過來便是，何苦自己跑一趟？」

蘇心禾垂眸一笑，道：「母親，若將他們招來侯府，只怕兒媳問不出什麼來。」

葉朝雲立即會過意，道：「妳的意思是……妳要隱瞞身分見他們？」

蘇心禾頷首道：「不錯。後廚之事，說大不大，說小不小，是最容易被有心人士盯上的地方，兒媳若不能知己知彼，便難掌控全局。」

葉朝雲聽了她的話，面上露出幾分讚許，道：「也好，那妳收拾收拾，明日一早出去吧。」

蘇心禾站起身來，微微屈膝。「多謝母親。」

李惜惜一見蘇心禾得了出門的機會，頓時不高興了。「母親，憑什麼她能出去，我就不能？」

葉朝雲臉色微沈，道：「妳嫂嫂出門是為了內務，又不像妳是出去玩的。」

「我……」李惜惜氣鼓鼓地說道：「母親偏心！」

葉朝雲想訓斥她，蘇心禾卻忽然道：「母親，我初來乍到，對京城還不大熟悉，聽聞惜惜對京城的道路瞭若指掌，不知可否請她做我的嚮導？」

「嚮導？」葉朝雲疑惑地看向蘇心禾。

蘇心禾笑道：「對閨秀而言，女紅固然重要，但日後嫁了人，操持內務卻不能少，若惜惜願意，不如與我一道學習？」

李惜惜雖然不喜蘇心禾，可這番話卻深得她心，於是她連忙擠出一副笑臉，道：「母親，嫂嫂說得對，我的女紅再怎麼練也不好到哪裡去，若是我學著經營內務，說不定還能有些長進呢！」

葉朝雲沈思起來。這個女兒就像隻皮猴似的，就算將她留在府中，她的心也早就飛出去了，與其這樣，還不如讓她同兒媳一道出門辦事，省得她在耳邊吵鬧。

她瞧了李惜惜一眼，道：「罷了，既然妳嫂嫂開了口，妳明日便同她一起出門吧，但若讓我知道妳撇下她獨自去玩，下次就別想再出門了！」

李惜惜喜出望外，連忙笑嘻嘻地應了聲。

蘇心禾與李惜惜一前一後退出正院，走沒幾步路，李惜惜便冷不防出聲道：「喂，妳等等！」

聞言，蘇心禾停下腳步回頭看她。「妳叫我？」

李惜惜雙手抱胸地走過來，道：「這兒只有我們兩個人，我不叫妳叫誰呀？」

蘇心禾道：「我不叫『喂』，方才妳叫嫂嫂不是叫得挺好的嗎？」

李惜惜聽了這話，霎時有些心虛，但她仍然紅著臉道：「妳別以為替我說了幾句話，我便會喜歡你，妳一個小門小戶的女子，挾恩以報嫁入我家也就算了，還妄想在母親面前賣乖，與我套關係，我才不會中計呢！」

蘇心禾瞧了李惜惜一眼，道：「『挾恩以報』這四個字請妳收回，聘書與聘禮都是父親派人送去我家的，若是妳不信，大可以去問問他老人家。我剛才不過是看妳想出門，順手幫了妳一把，若妳不想領情，那我這就去向母親說明，明日我一個人去。」

說完，蘇心禾便轉身要回正院。

李惜惜一看，連忙攔住她道：「等等！」

蘇心禾凝眸看她。「如何？」

李惜惜輕咳了一聲道：「罷了，既然明日的事都定了，便算我欠妳一個人情，不過我可不是因為喜歡妳才同妳一起出門的，我是為了縣主！」

彷彿怕蘇心禾後悔，李惜惜說完就轉身跑了，還不忘喊道：「明日巳時門口見啊！」

蘇心禾無語。

定下出門的事，蘇心禾心情好了不少，回到靜非閣後，她並未直接去臥房，而是進了小廚房。

經過白梨與青梅的用心張羅，這間小廚房總算達到蘇心禾理想中的模樣，她伸手撫過新添置的碗碟，心生歡喜。

走到新砌的牆面前，蘇心禾站定腳步，細細打量起來。

這面牆十分特別，下半部被掏空做成爐膛，用來添柴火；上半部則被分隔成好幾層，每層都有一個把手，看起來十分整齊。

蘇心禾搭上其中一個把手，輕輕一拉，便有一個兩尺見方的「抽屜」展現在眼前——這便是她要的烤爐了！

她頭一扭，笑道：「青梅，去大廚房取些雞蛋、牛乳跟糖來！」

第二日，風和日麗、天朗氣清，是個出門的好日子。

李惜惜早早地收拾妥當，急急地跑到門口，見馬車已經到了，蘇心禾卻還沒來，便自言自語地嘟囔起來。「還說要早些出門見供應商，這都什麼時辰了，還不來?!」

「時辰不是還沒到嗎？小姑怎麼如此積極？」蘇心禾說著話，邁出了侯府大門。

李惜惜回頭一看，蘇心禾今日穿了件粉白色馬面裙，走起路來搖曳生姿，教人眼前一亮。

然而李惜惜很快便否定了自己的讚美，蘇心禾搶走了縣主的心上人、自己的二哥，哪裡好看了？

堅定立場後，李惜惜便冷著臉對蘇心禾道：「快走吧，別磨蹭了。」

青梅聽到這話，忍不住想頂撞個李惜惜幾句，蘇心禾卻攔住她，不在意地搖了搖頭。

李惜惜快步上了馬車，蘇心禾緊隨其後坐到車裡。

馬車車輪徐徐轉動，很快便出了平南侯府門前的大街，行了不到一刻鐘，便抵達人聲鼎沸的街市。

街市上的食肆都已經開門，賣陽春麵的、賣雞肉湯餅的、賣雲吞的，應有盡有，路邊的小攤販們也掛上招牌與幌子，招攬起客人。

路上人太多，馬車行得緩慢，李惜惜坐在車上，思索著何時能擺脫蘇心禾，找個地方玩一玩。不過她搭著蘇心禾的順風車出門，不好立即就走，只能待在車裡與蘇心禾大眼瞪小眼。

蘇心禾並不著急，她要去的地方分散在城東與城北，無論如何，花個一日的時間也夠了。

馬車在鬧市裡停了一會兒，蘇心禾心中暗嘆，即便是古代，尖峰時段也是擠得很，於是她便抬手撩起車簾，向外看去——

不遠處，有位賣燒餅的小哥瞧見了她，頓時驚為天人，連忙朝蘇心禾吆喝起來。「熱呼呼的燒餅咧！夫人來一個吧？」

蘇心禾見他叫得賣力，架子上的燒餅又擺得整齊，看起來乾乾淨淨的，便轉頭問李惜惜。「妳想吃燒餅嗎？」

李惜惜今日出門走得急，沒來得及用朝食，說不想吃是假的，但她暗暗告訴自己，就是再餓，也不能吃蘇心禾的東西！

於是她將臉別過去，道：「不必。」

蘇心禾「喔」了一聲，便隔著車簾對小哥道：「那就只要一個。」

小哥笑著應聲，收了錢，俐落地遞上燒餅。

蘇心禾接過用紙袋包著的燒餅，覺得有些燙手，連忙調整了一下姿勢，才穩當地拿住。車簾放下，蘇心禾小心翼翼地撕開上面的油紙，胖胖的燒餅便露出了半截來，香味被熱氣一烘，瞬間瀰漫了整個車廂。

李惜惜靠在車壁上，只當看不見蘇心禾與那塊燒餅。

蘇心禾拿著燒餅吹了吹，便啟唇輕咬，「嘎吱」一聲，打破了車廂裡的沈靜。

李惜惜默默吞了一口口水。

蘇心禾「唔」了一聲，表示滿意。這燒餅看起來簡單，但烤餅的火候卻不好控制，時間短了不脆，時間長了芯不軟，手中這塊倒是恰到好處，外表酥脆、內裡軟嫩，還帶著絲絲麥甜。

這燒餅做得薄，不過比手掌略大一些，吃一塊也不會撐，蘇心禾便一口接著一口，慢慢品味起來。

李惜惜本來就飢腸轆轆，聞到燒餅的香味就更餓了，她一臉不耐地催促道：「妳能不能快點吃啊！味道熏死人了！」

蘇心禾聽罷，便將小口改成了大口，可這樣一來，「嘎吱嘎吱」的聲音更大了。

李惜惜的嘴角抽了又抽，不自覺地擰緊了帕子。

半晌過去，蘇心禾終於吃完了燒餅，李惜惜也暗暗鬆了口氣。

誰知蘇心禾吃完了燒餅，卻好像還不過癮，她將一旁的食盒抱了過來，這食盒足足有三層，蓋子一揭，香甜的氣味就撲面而來，一個勁兒地往人鼻子裡鑽。

李惜惜忍無可忍。「妳又要吃什麼?!」

蘇心禾愣了愣，答道：「方才的燒餅有點鹹，我想吃點甜的，中和一下。」說完，她便抽出了食盒的第一層，只見裡面擺著四個圓圓的點心，每個都比雞蛋略大，像一個小小的碗盞，這碗盞裡盛著金黃的餡，不知道是什麼做的。

李惜惜看得好奇，忍不住問道：「這是什麼東西？」

蘇心禾道：「蛋撻。」

「蛋撻?!」李惜惜自幼在京城長大，自詡見多識廣，卻從沒聽過這種點心。「這是哪兒來的？」

「自己做的。」蘇心禾隨手拿起一個蛋撻細細端詳了一下。新造的烤爐雖然比不上現代的烤箱，但也能模仿個七、八成了，下次做蛋撻，蛋液可以多放一點，不用擔心溢出來。

蘇心禾正在思索如何將蛋撻烤得更好，卻忽然感覺到有一道目光黏在自己身上，她轉頭一看，恰好與李惜惜的視線對上，李惜惜連忙轉過頭，若無其事地看向窗外。

盯著她看了一會兒後，蘇心禾道：「妳想嚐嚐嗎？」

李惜惜想也不想，脫口而出道：「不想！」

蘇心禾慢悠悠地說道：「這蛋撻可是我的獨門料理，妳在京城應當沒見過吧？過了這個村可就沒這個店了，妳想好。」

李惜惜小聲嘟囔。「有什麼了不起的，不就是個點心嘛……」

「嘎吱！」蘇心禾二話不說，一口咬了下去，那酥酥脆脆的餅皮在貝齒輕咬下炸裂開來，溢出令人難以抗拒的香甜滋味。

李惜惜不禁嚥了嚥口水，她強裝鎮定地坐著，肚子卻不爭氣地發出了「咕嚕」聲。

蘇心禾一愣，詫異地看向李惜惜。

李惜惜的小臉瞬間紅到耳根，車廂裡只有她們兩人，她恨不得找個地洞鑽進去。

蘇心禾沒笑話李惜惜，而是淡定地拿起一個蛋撻，遞到她面前，道：「嚐嚐吧，還要一段路呢。」

李惜惜垂眸瞧著送到自己眼前的蛋撻，內心糾結起來——

菲敏可是恨死了蘇心禾，若她吃了蘇心禾給的蛋撻，菲敏會不會生氣？

可是……菲敏應當沒那麼小氣吧？

不對不對，菲敏是自己從小一起長大的好姊妹，她怎麼能為了一口吃的背叛她呢?!

但是吃一口蛋撻就算背叛嗎？無論如何，蘇心禾已經嫁給二哥，不管願不願意，她都是自己的嫂嫂了……

李惜惜的眉頭擰成了一團，她心中搖擺不定，表情如臨大敵。

蘇心禾不知道李惜惜有這麼多內心戲，直接將蛋撻往她手中一塞。「拿著！」

待李惜惜回過神來，蛋撻已經在自己手裡了。

蛋撻下面墊著一層薄薄的油紙，溫度隔著油紙一點一點傳到手心，讓人覺得溫暖，上面的蛋液烤得凝固了，被光線一照，泛著一點油光，誘人得很。

李惜惜心想，只吃這麼一個，又不讓菲敏知道的話，應該……也許……大概沒關係吧？

她終於下定了決心，將蛋撻送到嘴邊，輕輕咬了下去——

層層疊疊的餅皮發出悅耳的碎裂聲，頃刻間便落入李惜惜嘴裡，焦脆無比。蛋液經過烤製後，口感仍舊絲滑細膩，有形又似無形，雞蛋的香味中還蘊含著牛乳的醇香，實在妙極了！

李惜惜三、四口便吃完一個蛋撻，而胃口被徹底打開以後，一個蛋撻哪裡夠呢？她的眼睛不自覺地瞟向了蘇心禾的食盒。

裡面似乎還有兩個蛋撻，可是要她主動向蘇心禾討，那是萬萬不可能的！

蘇心禾見她吃完了，便隨口問道：「還要嗎？」

簡簡單單三個字，擊潰了李惜惜僅存的理智，她無聲地點了一下頭。

於是蘇心禾遞給她第二個蛋撻。

一般情況下，內心有障礙時，第一道坎是最難過的，但只要第一道跨過去，後面的便都不是問題了。

李惜惜拿到第二個蛋撻時，分外珍惜，不像方才那般大口咀嚼，反而小口品嚐，像是希望延長蛋撻的壽命似的。

蘇心禾吃過燒餅，又吃了一個蛋撻，有點吃不下了，看著李惜惜吃完第二個蛋撻，便順手將最後一個蛋撻遞給她，道：「不如吃完吧。」

李惜惜從沒吃過這麼特別的點心，心裡正覺得不過癮，卻不肯表現出來，只見她一臉不情不願地接過蛋撻，道：「既然妳非要塞給我，那我就勉為其難地接受吧。」

蘇心禾道：「行吧。」大小姐開心就好。

一盞茶的工夫內，李惜惜成功消滅了三個蛋撻。吃完之後，她拿起帕子擦了擦手，重新靠在車壁上，忍不住摸了摸自己的肚子，腰彷彿粗了一寸。

沒關係，誰讓這蛋撻好吃呢？

想必菲敏也沒吃過蛋撻吧？可惜這是蘇心禾做的，不然還能同菲敏她們顯擺呢！

李惜惜心中暗道可惜，如此美味，卻只能自己悄悄享用。

就在此時，蘇心禾又開始搗鼓她的食盒了。這一次，她抽出了食盒的最下層，裡面放著兩個小碗，碗上封著一層紙，看不出下面是什麼。

只見蘇心禾將小碗端出來，用手指輕輕一撥，便去掉那層紙，碗裡呈現一片白色，與豆花有些相似，但細細一看，上面沒有一絲裂紋，十分平整，顯然不是豆花。

「這又是什麼？」三個蛋撻下肚，李惜惜不好再對蘇心禾冷著一張臉，語氣也軟了幾分。

蘇心禾回道：「蛋撻吃多了會有點膩，所以我還帶了些優格，這是用牛乳做的，發酵後會變得有點酸，能開胃解膩。」

「喔。」李惜惜不鹹不淡地應了一聲。

牛乳放酸了還能吃嗎？不會是在騙我吧？不過那蛋撻實在太美味了！可千萬不能讓她看出來我喜歡，不然定會偷偷笑話我……

蘇心禾聽到李惜惜的心聲，眼角微抽。

這位大小姐吃了整整三個蛋撻，哪怕是個傻子，都看得出來她喜歡吧？

不過蘇心禾只能裝作什麼都沒聽見，道：「優格我備了兩碗，妳要不要？」

啊！她又問我了，天哪！我該怎麼辦?!

若是接受了，菲敏知道以後定然會與我絕交！可若是不接……唉呀，蛋撻都吃了，還差這一碗優格嗎？

蘇心禾無語。不過是一碗優格，為什麼會有這麼多內心戲？

饒是蘇心禾再有耐心，也催促了一下。「到底要不要？」

「要！」李惜惜的表情雖然平靜，但這激動的語調卻出賣了她。

看來，優格還是戰勝了她的「菲敏」……不過，菲敏是誰？

蘇心禾還在思索，手中的優格便被李惜惜接了過去。

她認真端詳起了這碗「優格」——看起來像粥，但裡面沒有米，若說是湯，又沒有湯水，感覺像是將流動的牛乳變濃稠了。

李惜惜一手端著碗，一手拿著勺子，小心翼翼地挑起了一勺優格，試探性地放入口中。

優格細滑綿軟，剛吃時是甜的，一瞬之後，便泛起了微微的酸，酸甜交替的滋味，瞬間誘惑了她的舌尖。

李惜惜連忙補了一口優格，這清新的氣息洗去了蛋撻的甜膩，讓人喉間舒爽、唇舌生津。

她不可思議地看著這碗優格，喃喃道：「看起來平平無奇，沒想到吃起來……」

「吃起來如何？」蘇心禾含笑看她。

李惜惜立即意識到自己的失態，連忙梗著脖子道：「吃起來……也就一般嘛，沒、沒什麼特別的……」

嗚嗚嗚，優格真好吃，她總看著我，我怎麼能大口吃？真惱人……

蘇心禾聽罷，「噗哧」一聲笑了出來。

李惜惜面色漲紅道：「妳笑什麼？別以為妳給我吃蛋撻跟優格，我就會喜歡妳了！妳根本配不上我二哥！」

蘇心禾也不生氣，只淡定問道：「我配不上妳二哥，那誰配得上？菲敏嗎？」

李惜惜一愣。「妳、妳怎麼知道菲敏？不對，妳怎能直呼菲敏的名諱？她可是堂堂的嘉宜縣主！」

「嘉宜縣主？」蘇心禾略微思索，便理清了其中的關係。

之前蔣嬤嬤教導她時，同她說過侯府與外界的關係。她的婆母葉朝雲曾是長公主歐陽如月的伴讀，雙方感情不錯，若是如此，那嘉宜縣主與李惜惜之間交好，便不足為奇了。

第十七章　設下陷阱

蘇心禾問道：「若是我不嫁入侯府，嘉宜縣主便會嫁給妳二哥嗎？」

「這……」李惜惜雖然沒把握，卻答道：「菲敏身分尊貴，與我二哥門當戶對，他們又從小認識，算是青梅竹馬，這情分，外人怎麼能比？」

「外人」兩個字咬得格外重，像是怕蘇心禾聽不懂似的。

蘇心禾也不惱，繼續道：「這麼說來，嘉宜縣主應當喜歡妳二哥，但妳二哥對她有意嗎？」

這話問住李惜惜了，她似乎沒見過二哥對哪個女子特別上心。

蘇心禾見她答不上來，輕輕笑道：「若妳二哥不喜歡嘉宜縣主，那便不是兩情相悅，既然如此，我嫁過來也不算棒打鴛鴦，妳又有什麼理由責怪我呢？」

李惜惜被說得啞口無言，「妳妳妳」地喊了半天，沒能說出個什麼來。

蘇心禾一笑。「所以呀，妳還是乖乖地叫我嫂嫂吧。」

李惜惜不服地喊道：「蘇心禾！妳……嗝！」

一個飽嗝讓李惜惜的臉變了形，她連忙捂住嘴。

蘇心禾忍不住笑出聲來。

馬車又走了約半刻鐘，才徐徐停了下來。

坐在前方的青梅湊近馬廂，低聲道：「小姐，大良米鋪到了。」

蘇心禾輕輕「嗯」了一聲，對李惜惜說道：「我要去看看供應米糧的鋪子，妳要一起嗎？」

李惜惜原本打算拒絕，但想到自己方才吃了蘇心禾那麼多東西，若是立即甩手走人，豈非落人口實？於是她說道：「來都來了，我自然要進去看看，省得妳不懂裝懂。」

蘇心禾輕笑了聲，也不與她爭辯，率先下了馬車。

大良米鋪開在東市市坊中，前後左右都是米糧鋪子或酒坊，但他們家最為氣派。

蘇心禾與李惜惜前後進入鋪子中，青梅則跟在後方。

大良米鋪的大堂之中擺著各種米糧，看起來琳琅滿目。

蘇心禾隨手掬起一捧米，用手指搓了一搓，便放了回去。此處的米品質尚可，就是不知道價格如何。

大良米鋪的掌櫃見她們兩位氣質不凡，立即滿臉堆笑地迎了上來。「夫人、小姐，想買點什麼？」

蘇心禾問道：「可有南玉絲苗米？」

掌櫃一聽，忙不迭點頭道：「有，這邊請！」

說罷，掌櫃將蘇心禾邀入內堂，李惜惜見狀，立即跟了上去。

內堂的米糧種類比大堂少，但盛放米糧的容器卻精緻得多，蘇心禾湊近一看，這裡的米粒顆顆瑩潤飽滿，明顯比大堂裡的米糧品質更好。

掌櫃隨手抓起一捧米，送到蘇心禾面前，道：「夫人，這便是南玉絲苗米。」

蘇心禾接過米放在自己手心裡，米的形狀呈細長的橢圓形，米粒透著淡淡的瑩白，正是侯府用的那種米。

她問道：「這米多少錢一斤？」

掌櫃笑道：「這是我們這兒最好的江南米，十文錢一斤。」

蘇心禾沈吟片刻，道：「若我要五百斤，價格可否便宜些？」

掌櫃一聽，眉開眼笑道：「您若真的要五百斤，價錢自然好說！」

蘇心禾問道：「最低能給多少？」

掌櫃眼珠子轉了轉，道：「一次要買五百斤的話，那便八文錢一斤吧。」

蘇心禾秀眉微蹙，似乎對這價格不滿意，又問：「若我每個月都要五百斤，也是八文錢一斤嗎？」

「每個月都要?!」掌櫃不由得瞪大了眼，每個月都要這麼多米，可是一位大主顧啊！

掌櫃在心裡暗暗打起了算盤，片刻之後說道：「夫人若每個月準時在我這兒訂米，那便七文錢一斤，如何？」

他一面說，一面打量起蘇心禾的神色。

誰知蘇心禾放下米，對李惜惜道：「罷了，這兒的價格太高了，我們走吧。」

李惜惜第一次來米糧鋪子，正覺得新鮮呢，一聽蘇心禾要走，也不知道她葫蘆裡賣的是什麼藥，只得點了點頭。
兩人正要離開，掌櫃便急道：「夫人，您是不是誠心買米？若是誠心買，價格好商量啊！」
蘇心禾瞥了他一眼，道：「尋常米糧兩到三文錢一斤，你這南玉絲苗米雖然看起來還不錯，卻不值十文錢一斤，況且去年江南豐收，米價應當更便宜才是。我要買這麼多米糧，你卻不給我開個實在價，還有什麼商量的必要？」
掌櫃見蘇心禾與李惜惜非富即貴，本想訛她們一筆，但聽了蘇心禾的話便知遇上內行了，頓時有些尷尬地說道：「夫人果然慧眼如炬，這樣吧，明人不說暗話，若是夫人當真每個月訂五百斤，咱們就按這個數來，怎麼樣？」
他一晃五根手指，蘇心禾便明白這米能壓到五文錢一斤。
她思量了片刻，問道：「這個價格包含運貨嗎？」
掌櫃笑道：「若是夫人住在京城內，運貨便分文不取；若是出了京城，便要重新合計了。」
蘇心禾點了點頭，道：「那好，我先訂五百斤吧。」
李惜惜一聽，不由得疑惑起來。「為何要訂這麼多米？吃得完嗎？」
蘇心禾笑了一下，道：「府上人多，五百斤米，一個月不到就能吃完。」
按照蘇心禾的吩咐，掌櫃很快便擬好了訂單，蘇心禾在上面簽了字之後，便讓青梅支付銀子。

掌櫃笑問：「夫人，這批貨要送到哪兒？」

蘇心禾卻道：「這次就不勞你們送了，五日之後，我派人來取。」

掌櫃一聽不用送貨，還能省下一筆銀子，瞬間笑逐顏開。「多謝夫人。」

「對了，」蘇心禾交代道：「我與你之間的交易數目、價錢不能讓別人知道，否則這單子我就不要了。」

掌櫃忙道：「是，小人記下了，夫人放心！」

出了大良米鋪，蘇心禾又去了酒坊、糟坊與肉鋪等。市坊裡的掌櫃都是大娘與大叔，他們難得見到嬌俏的小娘子，都分外熱情，還有人主動塞果子給蘇心禾與李惜惜，請她們品嚐。

李惜惜從未來過這些地方，覺得頗為新鮮，便接下果子，一轉眼，蘇心禾便又訂了三十罈酒、二十斤肉，以及油、鹽、醬、醋等。

「妳今日不是出門看供應商嗎？為何買這麼多東西卻不讓人送貨，還要派人來取，就不嫌麻煩？」

蘇心禾看了李惜惜一眼，笑道：「五日之後，妳就知道了。」

李惜惜小聲嘀咕道：「神神秘秘的，定不是什麼好事！」

蘇心禾笑而不答。

走了一上午，三人都有些累了，蘇心禾道：「不如就近用一點午食再回去吧？」

李惜惜卻道：「這附近能有什麼好吃的？」

東市周邊都是做賣賣的，連像樣的酒樓或食肆都看不到幾家，哪比得上主街？

蘇心禾看出了李惜惜的心思，道：「這妳就不懂了，越是這樣的地方，好吃的越多，蒼蠅館子聽過沒？」

「蒼蠅館子？」李惜惜一聽就皺起了眉頭，道：「那麼髒怎麼能吃？」

蘇心禾笑著搖搖頭，一把拉住李惜惜道：「跟我走！」

巷子的拐角處有一個小攤子，不僅沒有招牌，連瓦頂也破破爛爛的，狹窄的空間內，擺著七、八張小小的方桌。

大部分桌子都坐滿了人，有些不願意擠一擠的，索性端著碗蹲在牆角下吃。

蘇心禾指著這個小攤子道：「就在這兒吃吧。」

李惜惜一愣，隨即道：「這種地方的東西怎麼能吃？且不說乾不乾淨，連坐的地方都沒有！」

話音未落，便有一桌客人離開，青梅一個箭步衝了過去，朝蘇心禾招手道：「小姐，有位置啦！」

蘇心禾眉眼輕彎，對李惜惜說道：「妳瞧，這兒的位置多搶手，一定做得很好吃！」

說完，她便走到青梅身旁落坐。

李惜惜在原地躊躇，有男食客入內，見她杵著不動，便不耐地催促道：「怎麼不進去啊？若是不吃就別擋路！」

聞言，李惜惜橫了那男子一眼，道：「誰說我不吃？」

本來她是打算走的，但見那人如此囂張，她就偏偏不讓人如願！

李惜惜快步走到蘇心禾旁邊，一屁股坐了下去。

這小攤子不但擁擠，也沒有招呼茶水的人，李惜惜不禁說道：「妳找的什麼破地方，連小二都沒有。」

蘇心禾道：「不需要小二，要去找攤主點菜。」

「什麼?!」李惜惜瞪大了眼，道：「還要自己去點？」

她向身後不遠處的攤位看去，只見好幾個人正圍著攤主點菜，青梅已經擠到最前面，正手舞足蹈地比劃著。

李惜惜平常去的酒樓跟食肆無一不寬敞明亮，掌櫃跟小二也熱情周到，像這樣破破爛爛又沒人伺候的小攤子，她還是第一次來，當真長了見識。

過了一會兒，青梅帶著勝利的笑容回來了。「奴婢已經點好吃食，很快便會送過來了，還請小姐與大小姐稍候。」

李惜惜好奇地問：「妳點了什麼？」

青梅笑道：「這個小攤子是專做抄手的，以麻辣抄手最有名，奴婢便點了這個，又添了些滷味小食。」

蘇心禾含笑點頭道：「好。」

李惜惜撇了撇嘴，道：「我倒要看看，這種犄角旮旯的地方，能有什麼好吃的？」

話剛說完，便聽見一聲中氣十足的吆喝。「麻辣抄手來了！」

老闆娘生得微胖，醬紅色的頭巾將長髮一束，看起來十分俐落，她端來一個托盤，上面有三碗抄手、兩碟滷味小菜跟一些涼菜，看起來頗有分量，但她端起來卻毫不費力，可見是熟手。

她笑得和善，一面放吃食，一面問：「三位是第一次來？」

蘇心禾點頭道：「是，走到此處，見您這裡人多，便過來嚐嚐。」

「這會兒已經過了午食的時辰，人算少了，三位可來得巧，若是早來半個時辰，隊伍都排到好幾丈外了！」

李惜惜有些疑惑地說：「此話當真？」

老闆娘笑咪咪道：「小姐若不信，大可問問其他食客，他們有些人在這兒吃了十幾年啦！」

說完，老闆娘便匆匆地走了，客人太多，她沒工夫閒聊。

李惜惜低頭看去，眼前這麻辣抄手湯汁紅潤、麵皮嬌白，單單坐著，便聞到濃郁的香麻味。

她說道：「這叫什麼抄手？不就是餛飩？」

蘇心禾道：「抄手與餛飩雖然類似，卻有所不同。抄手多用肉餡，餛飩的餡料種類更多，而且抄手的包法很特別，妳瞧。」

她拿起筷子，指了指自己碗裡的抄手，道：「左右各包摺一次，像不像一個人抱胸而立？」

李惜惜認真看了看，果然像蘇心禾說的那樣，她不禁道：「如此說來，我之前吃過的餛飩的確圓一些……」

蘇心禾笑道：「抄手與餛飩的滋味也不一樣，嚐嚐妳就知道了。」

李惜惜半信半疑地拿起旁邊的勺子，輕輕撥了一下抄手，瑩白的麵皮已被湯汁浸得泛紅，油光瀲灩、誘人至極。

她用勺子將抄手舀起，可這抄手做得足足有半個手掌那麼大，搖搖晃晃地抖著油光，彷彿隨時會掉入碗裡。

李惜惜連忙將抄手塞進嘴裡——舌尖一觸及抄手，濃烈的香辣鮮麻就如閃電般傳遍了口腔，吸飽湯汁的麵皮吃起來柔韌，咬開之後，飽滿的肉餡就擠了出來，鮮美多汁、油香四溢。

一個麻辣抄手下肚，李惜惜激動得差點跺腳。「太好吃了！」

她自認嚐過不少美食，卻沒想到一間不起眼的小攤子能做出如此美味的吃食！

蘇心禾見她一副欲罷不能的樣子，笑盈盈道：「方才是誰說不吃的？」

李惜惜不好意思地擦了擦嘴，無辜道：「有嗎？沒有吧！」

打了兩句哈哈，她便將頭埋進碗裡。無論如何，眼下這碗麻辣抄手可要好好品嚐！

李惜惜本就喜辣，可是平南侯府的菜式一貫中規中矩，即便讓廚子加些辣椒進去，也總覺得少了些什麼，今日這碗麻辣抄手爆發力十足，讓人酣暢淋漓！

不到一炷香的工夫，李惜惜那碗麻辣抄手便見了底，她吃得滿意，還忍不住喝了一口湯汁，湯味香濃、麻辣可口，若不是蘇心禾攔著她，只怕她會將一整碗湯都喝完。

李惜惜滿意地放下勺子，道：「沒想到『蒼蠅館子』的麻辣抄手這般美味，妳從前來過嗎？」

見蘇心禾搖頭，李惜惜不禁有些好奇地問道：「那妳如何判斷出這兒一定好吃？就衝著人多？」

蘇心禾的麻辣抄手幾乎吃完了，她用手帕擦了擦嘴，道：「正如妳之前說的那樣，這兒的位置並不好，按理說不會有太多人來，但這小小的一隅卻擠了這麼多食客，說明吃食做得不錯，而真正讓我對此處有信心的，是那口鍋。」

聽了這話，李惜惜便向門口的攤位看去，那裡有一口大鐵鍋，看起來有些年頭了。

「那口鍋有什麼特別的？」李惜惜沒看出來。

蘇心禾道：「這地方雖然簡陋，但那口鍋卻被老闆擦得錚亮，可見他認真對待自己做的吃食。」

李惜惜若有所思道：「原來如此，倒是與二哥有些像，他平常喜歡練劍，閒下來的時候，便愛擦拭他的劍。」

「這……」蘇心禾沒想到她會將廚子擦鍋與李承允擦劍拿來對比，一時之間有些哭笑不得。

李惜惜吃完麻辣抄手，又啃起了滷味鴨掌，這鴨掌不知道是怎麼做的，香氣濃郁、皮肉彈牙，連骨頭都十分入味，酥軟可食。

她津津有味地吃著滷味鴨掌，每個小小骨節的肉都不肯放過，直到將一個滷味鴨掌吃完，才忽然覺得舌尖有些火辣辣的。

李惜惜拿起一旁的茶水灌了一口，可這茶水是熱的，不但不解辣，還讓舌頭更痛了，她只能「嘶哈嘶哈」地喘氣。

蘇心禾笑了起來，道：「這鴨掌入口的時候不辣，可因為熬煮久了，辣味全被骨頭吸收，有些後勁。來，這個給妳。」

說完，蘇心禾便將一旁的小竹筒推給她。

李惜惜正有些難受，也顧不得問是什麼，便拿起小竹筒仰頭喝了起來——

這裡面裝的不是茶水，反而酸甜涼爽，還有一股清新的果香。

李惜惜放下小竹筒舔了舔嘴巴，覺得還怪好喝的。「這是什麼？」

蘇心禾道：「這是楊梅飲子，我自己做的。」

李惜惜詫異地看著她道：「連果酒妳也會做？」

蘇心禾笑了笑。「算不上果酒，不過是當茶喝，解解渴罷了。」

李惜惜又喝了一口，楊梅飲子滑過喉嚨，將口中殘存的麻辣味襲捲一空，瞬間清爽了起來，她抱著手裡剩餘的半筒楊梅飲子，一時有些捨不得喝了。

蘇心禾看穿她的心思，道：「馬車上還有呢，喝完了再去取。」

「這、這可是妳說的喔！」李惜惜連忙將楊梅飲子往自己身邊攏了攏，道：「我可沒找妳要。」

蘇心禾不禁覺得好笑。「是是是，都是我逼妳喝的。」

李惜惜咧了咧嘴角，抱著楊梅飲子又喝了起來。

飽餐一頓之後，李惜惜還大方地留了一錠銀子給老闆娘，老闆娘千恩萬謝地接下，親自送三人離開。

李惜惜摸了摸吃撐了的肚子，道：「要不……我們消消食再回去？」

蘇心禾覷她一眼，道：「妳想去哪兒？」

李惜惜想了想，開口道：「我記得附近有一條河，景色不錯，不如去河堤走走吧？」

蘇心禾難得出來一趟，自然也不想那麼快回去，便說道：「就依妳。」

剛剛買的物品當中有些能直接用手拎著走，多少有些重量，青梅便將東西先送回馬車上，沒跟著去散步。

城東的河邊果然如李惜惜所說，草木豐盛、風景秀麗。

自從離開江南之後，蘇心禾還未曾好好欣賞過京城的景致，她立在河邊，深深吸了一口氣，覺得心曠神怡。

李惜惜隨手撿起一顆石子拋入水中，笑道：「怎麼樣，這地方不錯吧？」

蘇心禾點點頭，她緩緩抬眸，視線落到不遠處一片綠油油的田野間，問：「那是什麼？」

李惜惜順著蘇心禾所指的方向看去，入目一片青翠，她回道：「那是蘆葦啊，妳沒見過嗎？」

「蘆葦？」蘇心禾秀眉一挑，這可是好東西啊！

她二話不說地拎起裙裾，向那片蘆葦走去。

李惜惜見她急急地往前走，有些不明所以，立即快步跟了上去。

第十八章　和樂融融

這個時節，蘆葦已經茂盛起來，鬱鬱蔥蔥，隨風搖擺。

蘇心禾沿著河邊徐徐往外走，直到一處格外茂盛的蘆葦葉旁邊，才停下腳步。她忽然朝旁邊問道：「妳有刀嗎？」

李惜惜自幼習武，習慣隨身攜帶武器，她疑惑地將匕首掏出來遞給蘇心禾，問道：「妳要做什麼？」

蘇心禾接過她的匕首，盈盈一笑。「用蘆葦葉包出來的粽子可香了。」

「妳要拿來包粽子？」李惜惜瞪大了眼。那軟糯香綿的粽子，原來就是用這蘆葦葉包的?!

蘇心禾答道：「沒錯，妳吃不吃粽子？」

李惜惜已經跟著蘇心禾吃了半日的美食，聽她說要包粽子，自然不會錯過，忙不迭地點頭。

蘇心禾便將割下的蘆葦葉一股腦兒地塞給她，道：「那就來幫忙。」

李惜惜吃人嘴軟，只得乖乖地抱著蘆葦葉跟在蘇心禾身後。

於是，一人在前面割蘆葦葉，一人跟在後面等著拿，很快便收了一大摞。

等李惜惜拿不了了，蘇心禾便收起匕首，為她分擔了一部分。

兩人沿著小路，深一腳、淺一腳地往回走，裙裾上染了泥，也毫不在意。

李惜惜說道：「小時候，父親偶爾會帶我們下田，體會農人的不易，挺好玩的，只可惜後來父親總是去打仗，沒那麼多時間陪我們了。」

今天的日頭好，曬得李惜惜面色發紅，雖然有些熱，卻隱不去她嘴角的笑意。

蘇心禾瞧了她一眼。「侯府所有孩子都會去嗎？」

「是啊！」李惜惜不似尋常閨秀那般忸怩，笑起來大大方方的。「那時候，我跟李承韜應該只有五、六歲，但大哥與二哥已經長得很高了，所以父親便讓他們去插秧，讓我們在田邊看著。

「大哥曾養在外面，聽說幹過農活，秧苗插得又快又好，二哥就不一樣了，他是嫡子，又在侯府長大，農活方面自然比不過大哥。父親誇讚大哥做得好，還數落了二哥一頓，到了晌午，父親帶我們回去休息，二哥卻獨自留下，將餘下半畝地的秧苗都插完了。」

蘇心禾問：「父親知道後可說了什麼？」

李惜惜搖搖頭，道：「父親只當沒看見，更沒多說半句，便帶著我們走了，從那之後，即便父親再帶我們出門，二哥也不願意一起了。」

蘇心禾忽然想起平南軍入城那日看到的場景——李儼騎馬走在前面，而長子李信則緊隨其後。

難怪連路人都說李儼偏愛長子，無論走到哪，都將他帶在身邊，反而將嫡子李承允送到北疆，單獨面對凶猛的強敵瓦落，這不是偏心是什麼？

蘇心禾忍不住問道：「那大哥的母親呢？」

「早就沒了！」李惜惜對那位素未蒙面的女子並無好感，只道：「聽蔣嬤嬤說，父親與母親曾經恩愛甚篤，若不是父親突然領了大哥回來，家裡的氣氛也不會變成如今這樣！」

「大哥是幾歲被領回來的？」

李惜惜想了想，道：「似乎是十四年前……應當七歲左右吧！」

蘇心禾默默算了一下李承允的年紀，心頭微動，道：「如此說來，父親與母親剛成婚時，那位外室便生下孩子，還在外面養了七年？」

「可不是嘛！」李惜惜嘆了口氣，道：「那時父親常年在外帶兵打仗，母親心心念念盼著他返家，可他倒好，一回來便帶了個比嫡子年紀還大的庶子！」

這個時代，男人三妻四妾雖然稀鬆平常，但碰到這種事，無論是誰，心中都會有氣，蘇心禾道：「只怕母親這些年不好受。」

「那是當然。」李惜惜攏了攏眉道：「大哥日日在她的眼皮子底下成長，父親又對他格外好，母親心寒，便不怎麼搭理父親了。」

即便如此，葉朝雲也未刻意針對李信，在蘇心禾看來，她算大度了。「妳可知那外室是什麼人？」

李惜惜搖搖頭，道：「不知道，我曾問過母親，母親說她也沒見過，但是瞧大哥的長相，想必那外室不差。」

蘇心禾只遠遠見過李信一面，印象當中，李信與李承允長得並不算太像。李信生得清秀俊逸，若是不著武袍，看起來更像溫和的翩翩公子，而李承允卻劍眉星目、輪廓如削，一雙眼睛攝人心魄，氣勢逼人。

兩人聊著天，很快便回到馬車上。

蘇心禾將蘆葦葉全交給青梅，青梅小心翼翼地將蘆葦葉收好，便讓車夫駕車。

車輪徐徐轉動起來，三人踏上回程的路。

新鮮的蘆葦葉約莫一尺長，呈現好看的翠綠色，用清水洗過後，上面便掛著晶瑩的水珠。

鐵鍋中的水燒得沸騰，蘇心禾將洗好的蘆葦葉放入沸水，蘆葦葉顏色由淺變深，葉片也肉眼可見地軟了下去。

「這樣看起來，倒是有幾分像粽葉了！」

李惜惜回府後並未進自己的院子，反而隨蘇心禾到靜非閣的小廚房，站在一旁看熱鬧，見蘆葦葉變了模樣，覺得十分神奇。

「備粽葉簡單，調餡料、包粽子才是關鍵。」蘇心禾說著，問青梅。「紅棗泡得如何了？」

青梅道：「按照小姐的吩咐，一回來便開始泡水，這會兒應該好了。」

蘇心禾頷首道：「取來吧。」

片刻之後，青梅便將紅棗、醃肉、糯米、繩索等物品通通拿了過來。

蘇心禾拿起兩條襻膊，一條遞給李惜惜，道：「想不想試試？」
李惜惜從未行過庖廚之事，今日陪蘇心禾去採蘆葦葉也是一時興起，不過這包粽子嘛……看起來還有點意思。
於是李惜惜接過襻膊，不冷不熱道：「罷了，這麼多粽葉，妳一個人也包不完，我便大發慈悲地幫幫妳吧！」
蘇心禾失笑道：「好好好，多謝李大小姐。」
兩人在柏樹下的石桌前包起了粽子，李惜惜第一次包，剛開始不太熟練，試了幾個之後才逐漸上手，不到半個時辰，兩人便包出了一大盤粽子。
為了區分鹹、甜粽子，蘇心禾用紅繩捆綁鹹肉粽，兩種粽子熱熱鬧鬧堆在一起，看著十分喜人。
蘇心禾對白梨道：「先煮一輪吧。」
白梨笑著應聲，將第一盤粽子送入小廚房中。
李惜惜起身想跟過去，蘇心禾卻道：「粽子煮起來差不多得一個時辰，妳要是不想包了，不如先用晚膳？」
「那怎麼行？」李惜惜拒絕了。「我忙活了這麼久，就等著粽子出鍋呢，眼下其他吃食都不配占據我的肚子！」
蘇心禾忍俊不禁，道：「好，那咱們便等著吃粽子吧。」
李惜惜見有不少多餘的粽葉，不禁嘟囔道：「妳看看妳，還不如我包得快呢！本小姐今日心情好，就幫妳一把！」

說罷，李惜惜重新坐到蘇心禾對面包起了粽子。

姑嫂兩人從下午一直包到天黑，直到所有粽葉都用完了，蘇心禾與李惜惜才停了下來。

李惜惜伸了個懶腰，道：「沒想到包粽子比練劍還累！」

蘇心禾一笑。「粽子快出鍋了，還不快去洗洗手？」

李惜惜聽了這話，連忙站起身來，解開襻膊洗手去了。

蔣嬤嬤點好燈以後，輕輕吹滅了火摺子，她側目瞧了桌上的飯菜一眼，見東西完全沒動，不由得輕嘆道：「夫人，您總這樣不用晚膳，身子怎麼吃得消啊？」

葉朝雲正端坐在案前抄佛經，聞言淡淡道：「沒什麼胃口，撤了吧。」

蔣嬤嬤還想再勸，然而見葉朝雲連頭都未抬，只得默默準備收拾桌子。

「對了，」葉朝雲叫住蔣嬤嬤，問：「心禾與惜惜可回來了？」

蔣嬤嬤回道：「老奴方才回來時碰到白梨了，她說世子妃與大小姐下午就回來了，但四小姐沒回自己的院子，反而去了靜非閣。」

「靜非閣？」葉朝雲一臉疑惑道：「這丫頭之前不是吵著讓承允退婚嗎？如今怎麼又肯與心禾在一處了？」

「這……」蔣嬤嬤答不上來。「老奴也不清楚。」

葉朝雲凝神想了片刻，道：「惜惜這孩子向來行事衝動、口無遮攔，可別與心禾起了衝突才好。」

蔣嬤嬤笑道：「夫人別擔心，世子妃性子溫和，待人又寬厚，想必不會出什麼事。」

「妳不懂，嘉宜縣主一直中意承允，惜惜又與她交好，自從承允娶了心禾，惜惜便為好友抱不平，只怕對心禾也不會有什麼好臉色。」葉朝雲放下手中的毛筆，自己起身取了一件披風。

蔣嬤嬤詫異道：「夫人這是要去靜非閣？」

葉朝雲淡淡應了聲，道：「侯爺最不喜後宅紛亂，我去看看為好，以免惜惜觸了她爹的底線。」

蔣嬤嬤接過披風為葉朝雲披上，笑道：「夫人是在擔心世子妃？」

李惜惜自幼便習武，又驕橫慣了，若真的吵起來，只怕不會給對方留面子。

葉朝雲神色微凝，道：「心禾再怎麼說都是承允明媒正娶來的，我雖不喜這樁婚事，卻不好薄待她。」

蔣嬤嬤抿唇淡淡笑了一下，道：「好，老奴這就去取燈籠來。」

葉朝雲有一段日子沒來靜非閣了，才走到月洞門口，便見門邊的花卉開得繽紛。「這兒何時多了一個花圃？」

靜非閣的丫鬟答道：「回夫人，世子妃見牆角下有些花兒，便囑咐奴婢日日過來澆水，沒想到澆了幾日，花兒就都開了，世子妃便讓奴婢搭了個小小的花圃，好好照顧這些花兒。」

葉朝雲盯著那些花兒看了片刻，才轉身進入靜非閣。

靜非閣庭院寬敞，一半搭成小型的練武場，另一半則空置著，高聳的柏樹下有一張石桌，白梨正在桌前收拾「殘局」。一見到葉朝雲過來，她頓時愣了愣，連忙放下手中的抹布福身行禮。

葉朝雲瞧了桌上的剪刀與繩索一眼，忽然有些不安。「大小姐何在？」

白梨答道：「回夫人，大小姐去小廚房找世子妃了。」

葉朝雲面色一緊，二話不說便帶著蔣嬤嬤朝小廚房走去。

一到小廚房門口，眼前的景象便讓葉朝雲怔住了——

只見蘇心禾一手端著碗，一手拿著筷子，筷子上不知道挾了什麼，正往李惜惜面前送。「張嘴。」

一向活潑的李惜惜，此刻乖乖地站在灶臺邊，「啊」的一口將吃食接下，高興得直跺腳。「唔……跟著妳果然有肉吃！」

見到這個情況，葉朝雲知道自己多慮了。

她正想離開，忽然聽見一聲呼喚。「母親？」

蘇心禾一出聲，李惜惜也轉過頭來，見自己的母親來了，她便開心地迎了過去。「母親什麼時候來的？來了怎麼不出聲？」

葉朝雲神情淡淡地答道：「剛剛來的，也沒什麼事，就是想看看妳們從外頭回來了沒有。」

蘇心禾放下手中的碗筷，快步過來見禮。「母親可用過晚膳了？」

葉朝雲還未開口，蔣嬤嬤便道：「夫人胃口不佳，還未曾用過。」

蘇心禾笑道：「那正好，我與惜惜一起包了些粽子，若母親不嫌棄，便嚐嚐吧？」

葉朝雲滿臉詫異。「惜惜會包粽子？」

李惜惜見葉朝雲不相信，便急著說道：「母親，這麼多粽子，我們足足包了一下午呢！別說包粽子了，就連割粽葉，都是我與她一道去的！」

聽李惜惜這麼說，葉朝雲很稀奇。李惜惜是她唯一一個女兒，自幼便不怎麼拘著，讓她舞刀弄槍還好說，一讓她坐下讀書或做女紅，她便推三阻四，一刻也靜不下來，沒想到竟能與心禾包一下午的粽子，著實令人意外。

葉朝雲看向了蘇心禾，蘇心禾便笑著說道：「惜惜說得沒錯，今日若沒有她幫忙，兒媳一個人包不出這麼多粽子來。」

李惜惜面露得意，連忙挾起一個粽子放到碗裡，呈給葉朝雲道：「我不管，母親一定要嚐一嚐我的手藝！」

葉朝雲的唇角浮現出一絲笑意，道：「罷了，那就嚐嚐看。」

李惜惜嘿嘿一笑，取來剪刀，親自為葉朝雲剪開捆粽子的繩子，她拉起粽葉一角，稍稍抖了抖，胖胖的粽子便脫離粽葉，滾落到碗裡。

葉朝雲拿起筷子輕輕挑起了粽子尖，張嘴品嚐——

粽子香甜軟糯，口感綿密卻不黏牙，一口過後，便露出了嫣紅的棗子，紅棗的香氣滲進糯米，甜味徐徐滲透到舌尖上，讓食慾慢慢甦醒過來。

葉朝雲半信半疑地看著李惜惜道：「這粽子……真是妳包的？」

李惜惜道：「還能有假？您若不信，大可以問白梨跟青梅！」

葉朝雲看向一旁的青梅與白梨，兩人忙不迭點頭。

李惜惜又道：「母親不覺得這粽子格外香甜嗎？但凡我包的粽子，都放了好幾顆紅棗呢！」

葉朝雲垂眸瞧了自己吃的粽子一眼，果真有三顆紅棗，紅棗的汁水染上淡黃色的粽子，暈出一片蜜色。

「確實不錯。」葉朝雲第一次吃到女兒做的食物，不禁有些感慨，她目光溫和地看向蘇心禾，道：「這是妳教的？」

蘇心禾笑了一下，道：「惜惜聰慧，兒媳不過提點了幾句，她便學會了。」

葉朝雲讚許地點點頭，道：「惜惜性子鬧騰，妳還能教會她包粽子，也是難得。」

蘇心禾笑道：「母親，小廚房地方狹窄，也不便落坐，不如移步偏廳用飯吧？」

葉朝雲本來沒什麼胃口，但半個甜粽子下去，居然有些開胃，便點了點頭。

片刻後，葉朝雲在偏廳落坐，蘇心禾洗淨雙手，取來一個粽子，指尖靈活一挑，便將繩子解開了。她小心翼翼地取下粽葉，豐潤的肉粽便乾乾淨淨地剝了出來。

蘇心禾將粽子呈到葉朝雲面前，溫聲道：「母親請用。」
葉朝雲見她神色恭敬、舉止有度，便說道：「好，妳也坐下一起用吧。」
蘇心禾依言坐下，對面的李惜惜已經迫不及待地剝開粽子，品嚐了起來。
李惜惜很快便消滅一個甜粽，感嘆道：「自己包的粽子就是好吃！」
蘇心禾問：「妳可吃過鹹肉粽？」
李惜惜雖然與蘇心禾包了鹹肉粽，但打從心底對鹹味的粽子有些抗拒，便道：「沒吃過，我覺得粽子還是甜的好。」
蘇心禾遞給她一個用紅繩綁著的粽子，道：「那妳一定得嚐嚐看，不然會後悔的。」
李惜惜嘀咕道：「味道不會奇怪嗎？」
話雖如此，她依舊按照蘇心禾的推薦，一步步拆掉了粽葉。
李惜惜並未直接開始吃粽子，而是將筷子插入粽子中，將粽子從中間剖開來。粽子醬色濃郁，糯米顆粒已化為無形，綿密地連成一片，散發淡淡的香氣。
她挾起了一小塊肉粽，徐徐放入口中——
起初是極淡的鹹味，嚼著嚼著，肉香便緩緩溢了出來，接著迅速鋪滿唇舌。鹹肉煮得軟爛，幾乎與粽子融為一體，入口即化，滿是葷香。
糯米與肉的結合居然能造就如此美味，李惜惜嘖嘖讚道：「原來鹹肉粽居然這麼好吃，我從前那些粽子真是白吃了！」
蘇心禾聽了，忍不住笑出聲來，道：「即便好吃，也不可多食，糯米容易引起腹脹，須適可而止。」

然而李惜惜哪聽得進去？她抱著碗裡的鹹肉粽吃得津津有味，還不忘催促葉朝雲。「母親，您一定要嚐嚐鹹肉粽，與甜粽相比，各有千秋！」

葉朝雲見李惜惜同蘇心禾相處得還不錯，終於放下心來，小口小口地吃起了粽子。

這粽子著實美味，只可惜侯爺與承允、承韜都不在。

蘇心禾聽到了，便說道：「母親，今日粽子包得多，待全都煮好以後，我就遣人送一些去正院，讓父親也嚐嚐，好不好？」

葉朝雲沒想到蘇心禾如此善解人意，臉上露出一絲笑意，道：「還是妳想得周到。」

只可惜，即便有粽子，府中也沒有過節該有的樣子，唉……

一想到這兒，葉朝雲的神色不禁暗了幾分。

蘇心禾明白葉朝雲心中所想，略一思索後說道：「母親，端午將至，如今我負責管轄後廚，我在想，不如辦一場端午家宴，您覺得如何？」

葉朝雲聽了這話，眼神瞬間亮了亮，但她彷彿想起了什麼，又輕輕搖頭，道：「罷了，人聚不齊的。」

「為何？」

葉朝雲道：「以往的端午，侯爺與承允要麼在外面打仗，要麼回京城練兵，他們斷不會拋下將士們獨自返家的。」

第十九章　相約端午

對於這個情況，蘇心禾可以理解。公爹與李承允都是嚴以律己之人，萬萬沒有讓將士們戍邊守城，自己卻回家過節享樂的道理。

於是蘇心禾說道：「母親，若端午當日不方便，不如提早一日，或推遲一日舉行家宴？」

這個辦法葉朝雲不是沒想過，但李儼跟李承允一見面便少不了唇槍舌戰，每每不歡而散，久而久之，即便葉朝雲再想安排家宴，也得掂量一番了。

葉朝雲道：「我自是同意，只不過，還得看侯爺跟承允的意思。」

蘇心禾笑著應下。「是，兒媳明白了。」

京城夜晚的街道上，燈火通明、人聲鼎沸，名為「烈火」的戰馬緩馳而過，引人側目，直到侯府大門，被主人勒住韁繩，牠才止住步伐。

李承允翻身下馬，把韁繩遞給看門的司閽，逕自入了侯府。

他穿過中庭，邁進靜非閣，便聽到一陣笑聲。

抬眸看去，只見偏廳中人影晃動，似乎十分熱鬧，李承允抬步走了過去，才到門口，便見到母親與妹妹的身影，不由得微微一愣，隨即道：「見過母親。」

葉朝雲聞聲回頭，臉上的笑意更盛。「承允回來了，晚飯可用過了？」

「用過了。」李承允沈聲答道，神色平淡、喜怒不辨。

李惜惜說道：「二哥，即便用過晚飯了，也可以嚐嚐我們包的粽子啊！過了這個村，可就沒這個店了！」

聞言，李承允有些疑惑。「妳包的？」

李惜惜仰頭驕傲道：「當然了！我跟她一起包的！」

說著，她用手指了指蘇心禾。

李承允瞧了蘇心禾一眼，她正安靜地坐在一旁，笑意盈盈，燈光映射在她的瞳仁中，十分晶亮。

他輕輕「嗯」了一聲，道：「那便嚐嚐看吧。」

李承允平常都早出晚歸，與蘇心禾見沒幾次面，本以為他會隨便找個藉口離開，沒想到他居然坐了下來，她只得伸手為他挑選粽子。「夫君喜歡吃甜粽子，還是鹹粽子？」

一旁的李惜惜連忙道：「甜粽子是我包的，鹹粽子是蘇……喔不，嫂嫂包的。」

李承允淡聲道：「聽說南方喜食鹹粽，試一試也未嘗不可。」

見李承允沒選自己包的粽子，李惜惜有些不服地說道：「二哥，我包的甜粽子也很好吃，裡面放了很多紅棗呢！」

李承允面無表情地答道：「我不喜甜食。」

聽他這麼說，李惜惜不高興地嘛嘴道：「二哥娶了媳婦，就忘了我了。」

李承允不冷不熱道：「既然有工夫包粽子，就代表妳的詩文與女紅都做完了？」

只見李惜惜面色微僵，乾巴巴笑了兩聲，道：「我是開玩笑的，二哥可別當真，快嚐嚐嫂嫂包的粽子，趁熱吃啊！」

瞧李惜惜碰上李承允就像老鼠見到貓，瞬間乖順了不少，蘇心禾忍著笑意，快速撥開粽葉，把粽子送到李承允面前。「夫君，請。」

李承允微微頷首，接過碗筷的同時，迅速瞥了蘇心禾的手心一眼——傷口雖然癒合了，但還有一道淡淡的疤痕，不知多久能消。

蘇心禾沒察覺到他的目光，只忐忑地等在一旁，靜候李承允品嚐。

李承允神色如常地拿起筷子，輕輕撥了撥眼前的粽子。這粽子相較於他吃過的，似乎更加軟糯，棕蜜色的外層彷彿裹著一層油光，相當誘人。

他挾起粽子，送入口中——

米粒溫軟、糯香濃郁，溢出了鮮鹹的汁水，豐滿的糯米裹著滋味絕妙的鹹肉，葷香縈繞在唇齒間，越嚼越有滋味。

不過吃了一口，李承允心頭便微微一動，比起甜粽子，鹹粽子更令人有滿足感，而且口感沙沙糯糯，十分特別。

李承允抬眸看向蘇心禾，問：「粽子裡除了肉，還放了什麼？」

此話一出，李惜惜覺得有些奇怪，她不禁看向蘇心禾，道：「鹹粽子裡不是只放了肉嗎？」

蘇心禾眉眼輕彎，道：「無論是包粽子，還是包餃子，我都喜歡放個特別的彩頭，沒想到被夫君吃到了——這個粽子裡，有鹹蛋黃。」

李承允向來習慣與將士們同吃同住，北疆食材匱乏，時常以鹹菜相佐，偶爾也會讓伙夫做些鹹蛋下飯。

這軟軟沙沙的口感，讓李承允懷念起戍邊的日子，只不過，軍營裡的鹹蛋，遠遠沒有蘇心禾做的美味。

蘇心禾問：「夫君覺得如何？」

李承允並未多言，只點了下頭道：「尚可。」

葉朝雲坐在旁邊靜靜看著兒子用飯，見他慢慢將粽子吃完，眉宇便逐漸舒展開來。「承允，近日軍營可忙？」

李承允放下筷子，沈聲答道：「還好。」

葉朝雲又問道：「你父親還未回來？」

李承允回道：「兒子離開時，父親還在營帳之中。」

葉朝雲輕輕「嗯」了一聲，算是結束了對話。

蘇心禾見兩人實在少言，便主動開口道：「夫君，我與母親商量過了，端午時想舉辦一場家宴，你看定在哪一日合適？」

李承允聽了，似乎有些意外。「妳要安排家宴？」

葉朝雲道：「心禾剛入府不久，能藉著操持家宴的機會與大家熟稔一些，畢竟後宅的事遲早要交給她。」

李承允沈默了片刻，道：「端午當日，只怕父親與我都無法早歸。」

葉朝雲聽了這話，只當他不願參加家宴，便道：「既然如此，那家宴之事改日再議吧。」

雖然嘴上沒說什麼，但葉朝雲的神情卻相當失落。

蘇心禾不忍心，追問道：「夫君當日可是要去軍營與將士們同慶？」

李承允道：「往年確實如此，今年卻有些不同。陛下許久未與眾將士見面，打算當天舉辦一場龍舟賽，屆時平南軍、淮北軍與王軍將同聚長寧河。」

「龍舟賽?!」此事超出蘇心禾的預期，她猶疑片刻，鼓起勇氣問道：「夫君，這龍舟賽……我們能去看嗎？」

李承允看著她。「你們？」

一聽有機會出門，李惜惜忙不迭舉手道：「還有我和母親！」

葉朝雲低聲道：「我們若是去了，只怕會給他們添麻煩，還是算了吧。」

蘇心禾卻道：「母親，那日可是端午，每逢節慶，家人便該相聚，不是嗎？若夫君跟父親都無法回府，我們一道去觀賞龍舟賽，不也算是團圓了？」

葉朝雲微怔了一下，喃喃道：「團圓……」

蘇心禾溫柔地說：「是啊，這不是母親心中所願嗎？」

葉朝雲垂眸笑了笑。「妳說得也有道理。」

這麼多年來，她都想促成一家團圓，但李儼與李承允常年在外，每年回京沒幾日，實在難以達成這個心願。

李承允見她們三人都頗為期待，便道：「要去也可以，但到時候我要去鼓舞將士，恐無暇陪在妳們身旁。」

蘇心禾忙道：「夫君儘管忙自己的，我與惜惜會好好照顧母親。」

李惜惜也拍著胸脯保證道：「二哥放心，我們一定不給你添麻煩！」

見狀，李承允頷首。「那好，明日我稟明父親，到時候一起去吧。」

蘇心禾與李惜惜相視一笑，隨即道：「多謝夫君。」

時辰已經不早，葉朝雲與李惜惜用完飯後，便離開了靜非閣。

蔣嬤嬤掌燈照道，紅菱則提著一個沉甸甸的食盒，裡面是蘇心禾送的粽子。

李惜惜從得知龍舟賽的事情開始，便頗為興奮雀躍。「母親，您看過龍舟賽嗎？」

葉朝雲搖頭，道：「未曾。沒出閣之前，哪家閨秀敢去湊這熱鬧？至於成婚之後，總忙於操持內務，更沒想著外出遊玩了。」

在大宣，對於未出閣的女子約束較嚴，成婚後自由度反而較高，然而葉朝雲自幼家教嚴格，無論是待字閨中，還是出閣之後，她都恪守女德、謹遵本分，從不曾踰矩。

李惜惜撇了撇嘴，道：「母親的日子也太悶了！」

葉朝雲輕戳了一下她的額頭，道：「就只有妳日日都想著玩。」

李惜惜不服氣，道：「想著玩的哪裡只有我一人？去看龍舟賽還是蘇心禾提出來的呢！」

葉朝雲秀眉微攏，道：「沒規矩，她是妳嫂嫂。」

李惜惜悶悶地「喔」了一聲，她沒像之前對蘇心禾那般反感了，但嘴上仍然不肯服軟，道：「她不是也想著出去玩嗎？」

葉朝雲只道：「她與妳不同。」

話只說了半截，蔣嬤嬤卻聽懂了，她低聲說道：「夫人，世子妃看起來性子柔和，實際上卻有主意，她開口讓世子爺帶我們去看龍舟賽，想必是為了夫人。」

葉朝雲垂眸一笑，道：「倒是有孝心。」

五月五，賽龍舟。

今日陽光正好，長寧河畔格外熱鬧，河岸邊彩旗飄舞，看臺上華蓋如雲，比賽還未開始，便已經有不少人入場了。

平南侯府的馬車，便在此時抵達了賽場外。

李惜惜第一個跳下馬車，歡快地喊道：「到啦！」

蘇心禾攙扶葉朝雲徐徐下了車，她環顧四周，只見看臺周邊被御林軍圍得死緊，無論各種身分，到了入口處，都得驗身。

李惜惜低聲道：「聽說今日陛下會親臨現場，所以才查得嚴。」

蘇心禾若有所思地點點頭，道：「我們過去吧。」

說罷，兩人便陪葉朝雲走向門口，三人順利通過檢查，一入看臺，便看到了李承韜。

李承韜信步而來，笑著打招呼。「母親、嫂嫂。」

蘇心禾還是第一次近距離接觸李承允的弟弟，他與李惜惜是雙胞胎兄妹，長相幾乎是一個模子刻出來的，興許是當兄長的緣故，他的氣質比李惜惜更加沈穩老練。

如今李承韜還在太學讀書，也未入伍從軍，故而無職位在身，今日早早來到賽場，是為了幫李承允的忙。

李惜惜問：「父親跟二哥那邊怎麼樣了？」

「父親入宮了，晚些才會過來，咱們平南軍的賽龍舟隊伍，就在河堤下面候著，二哥去看了舵手與划手們，給大家鼓鼓勁。」

說著，李承韜抬手指了指堤壩下方。

蘇心禾與李惜惜遠遠看去，就見舵手跟划手們立在岸邊，聚精會神地看著前方的李承允。

李承允身穿暗藍色武袍，長身玉立、英姿挺拔，正在對眾人訓話。

蘇心禾問：「今日有多少隊伍參賽？」

「參賽的隊伍不少，但是除了平南軍，值得關注的隊伍只有兩支。」李承韜下巴抬向不遠處的兩艘龍舟。「咱們左邊的是淮北軍，右邊的是王軍。」

葉朝雲見蘇心禾聽得認真，又補充了幾句。「淮北軍由陛下的皇叔，也就是禹王爺統領，他駐守西北，很少回京城；王軍則是陛下自轄的軍隊，如今交給自己的皇弟，啟王爺打理。」

蘇心禾很快就反應過來，她父親曾說大宣如今兵力三分，除了平南侯以外，其餘兵權都把持在皇室手中。

今日的龍舟賽，表面上是君臣同樂，實則各陣營之間免不了相互較勁。

就在此時，一道女聲打斷了蘇心禾的思緒。「參見侯夫人。」

循聲望過去，就見來者是長公主的貼身侍女。

葉朝雲對她略一點頭，道：「長公主殿下來了？」

侍女答道：「是，殿下正在後殿休息，她囑咐奴婢在這兒等著侯夫人，想請您過去見一面。」

葉朝雲點點頭，對蘇心禾說道：「正好，長公主殿下是妳與承允的證婚人，於情於理，妳都應當去拜會一下才是。」

蘇心禾低聲應是。

侍女便帶著葉朝雲、蘇心禾與李惜惜前往後殿。

蘇心禾雖然面上不表，心裡卻清楚嘉宜縣主對李承允傾心已久，長公主身為嘉宜縣主的母親，也不知對自己有沒有敵意，故而她刻意落後兩步，跟在李惜惜後面。

後殿之中香氣裊裊，不過五月，已經用上冰塊搖風。

長公主歐陽如月原本歪在貴妃榻上吃葡萄，見葉朝雲進來，才緩緩坐起。「這麼晚才到，我還當妳今日不來了呢。」

葉朝雲淡笑了一下，道：「路上人多，車馬行得慢，故而晚了些，殿下莫怪。」

「以妳我的交情，何須如此客氣。」說著，歐陽如月的目光越過葉朝雲與李惜惜，落到蘇心禾身上。

蘇心禾低著頭，低眉順目地立在後面，看起來十分恭敬。

歐陽如月神色微頓，道：「這位便是承允的世子妃？」

葉朝雲輕輕點頭。「不錯。心禾，還不快給長公主殿下請安？」

蘇心禾只得緩緩跨出一步，姿態端莊地向歐陽如月見禮。「見過長公主殿下，殿下萬福金安。」

「抬起頭來——」

歐陽如月的聲音喜怒不辨，蘇心禾雖然心中忐忑，仍慢慢地抬起了頭。

日光透過窗櫺穿到殿中，歐陽如月眸色微凝，靜視蘇心禾的面容——五官沒多少脂粉修飾，卻極為精緻，瞳仁烏靈、瓊鼻小巧、紅唇瀲灩，一身月白衣裙雅致翩然，不過一眼便能烙在記憶裡，令人印象深刻。

出生在皇室，歐陽如月從小到大見過美人無數，卻沒有一人像蘇心禾一般，眼神既無多餘的慾望，亦無討好的諂媚，乾淨明亮、淡然清澈，讓人覺得舒服。

歐陽如月斂了神色，唇角微微勾起，對葉朝雲道：「怪不得不肯將兒媳帶出來，原來生得如此好模樣，與承允也算是郎才女貌了。」

葉朝雲聽了這話，笑意更盛。「殿下過獎了。嘉宜縣主今日沒來嗎？」

一提起這個，歐陽如月便覺得頭疼。

自李承允成婚之後，曾菲敏動不動便將自己關在房中不吃不喝，歐陽如月心疼女兒，好心勸解，可曾菲敏不但聽不進去，還爬上房頂吹了一夜冷風，結果得了風寒，直到今日都沒痊癒。

這些事，歐陽如月自然不會當著眾人的面說，只道：「菲敏前些日子病了，如今將將好些，便沒讓她出門了。」

葉朝雲秀眉微攏，道：「雖說到了五月，可也乍暖還寒，得多注意才是。惜惜，記得去看看嘉宜縣主。」

李惜惜連忙應是。

歐陽如月道：「好了，陪著我們也無趣，妳們小輩就先下去吧，我與妳們母親說幾句體己話。」

蘇心禾便與李惜惜欠身，退出了後殿。

「還好菲敏今日沒來，不然妳可就慘了。」出來之後，李惜惜便冷不防地說了這麼一句。

蘇心禾瞧她一眼。「此話怎講？」

「菲敏自幼傾慕我二哥，心心念念要嫁給他，沒想到卻被妳搶先，若是她見到妳，能給妳好臉色看？」李惜惜的表情有那麼一點幸災樂禍，語氣裡卻藏了一絲關切。

蘇心禾道：「妳這莫不是在擔心我？」

「誰擔心妳了！」李惜惜立即矢口否認。「我是怕妳不懂規矩，衝撞了菲敏，給我們侯府丟臉！」

這此地無銀的模樣讓蘇心禾笑了出來，她溫聲道：「好，我記下了，下次我躲著她走便是。」

李惜惜輕輕「哼」了一聲道：「反正我提醒過妳了，若是吃了虧，可別回來哭鼻子！」說罷，她便自顧自地走了。

蘇心禾抿唇一笑。這位嘴硬心軟的小姑，其實還挺可愛的。

李惜惜與蘇心禾一前一後回到場中，兩人剛尋了處地方坐下，李承韜便過來了。

他走得額角滲汗，飲了一盞茶之後才開口道：「嫂嫂，三支主要隊伍都準備好了，禹王世子發話，說想讓大家試試水，先賽一場，妳們想不想去看看？」

蘇心禾不禁來了興趣，問道：「在哪兒比？」

李承韜道：「就在前面不遠。」

聽到有好戲可瞧，李惜惜忙道：「當然要去！還愣著幹什麼，不然站不到前排了！」

李承韜見她如此著急，忍不住笑道：「好，我帶妳們過去。」

河邊修築了一整排護欄，護欄上的旗幟迎風招展，不少人聽說正賽之前有一場預賽，便全聚集到此處。

蘇心禾很快在一列旗幟中認出了平南軍的玄色旗幟，與李惜惜一起走過去。

「二哥！」

李惜惜一喊，立在岸邊的李承允便轉頭看了過去，頓時微微一怔。

垂柳依依，一片青翠中，只見蘇心禾身著一襲月白春衫，輕風拂過，吹起一綹秀髮，她抬手將長髮攏到耳後，露出絕美無瑕的面龐，顧盼生姿，一時引得旁人側目。

待蘇心禾等人走近，李承允才斂了神色，道：「你們怎麼過來了？」

第二十章　小人得志

「嫂嫂跟惜惜想看看預賽，我便帶她們過來了。」李承韜說著，抬手指向下方，道：「快看，那便是我們平南軍的隊伍！」

蘇心禾與李惜惜立在護欄邊看去，就見舵手和划手們已經就定位，精神抖擻地坐在龍舟上，隨時準備好衝出河岸。

除了平南軍，王軍跟淮北軍的隊伍也蓄勢待發。

龍舟賽的成員都是軍中的精銳將士，此刻他們脫下盔甲與戎衣，換上無袖的短褂，露出結實的肌肉。

蘇心禾心想，還好李承允不必下場賽龍舟，若他穿成那般模樣，只怕又要引得貴女們驚呼連連了，屆時她這個世子妃又會成為眾矢之的。

李承允見蘇心禾緊盯著划手們，不禁長眉微動。「咳。」

蘇心禾回過神來，連忙收起目光。

李惜惜大剌剌地說道：「嫂嫂，妳可看見了青副將與吳副將？他們一個在船頭、一個在船尾，這兩個人平時能打得很，也不知道賽龍舟的技藝如何？」

蘇心禾忙道：「沒看見。」

她可是已婚婦人，怎能當著自己夫君的面看其他男子？就算看了也不能承認，絕對不能！

「唷，難怪四處都找不到世子，原來是在這兒陪美人啊！」

這輕挑的話語讓李承允的面色沈了兩分，他轉過身，面無表情地開口。「小王爺。」

來人乃禹王的長子歐陽旻文，他玉帶錦袍、衣著考究，一雙狹長的眼正不安分地打量一旁的李惜惜，笑道：「許久不見李小姐，沒想到出落得更加標致了。」

李惜惜相當厭惡歐陽旻文此人，沒給他什麼好臉色。「多日不見，小王爺還是這般清閒，當真令人羨慕，聽聞啟王爺在您這個年歲的時候，已經收復兩座城池了。」

歐陽旻文也不惱，反而輕笑道：「啟王堂哥自是英武不凡，但他一心只有政務，哪有本世子知情識趣？」

話一說完，他忽然瞥見了李承允身後的蘇心禾，頓時滿臉驚豔之色。「這位便是世子妃吧?!嘖嘖，世子真是豔福不淺啊！」

蘇心禾道了聲「見過小王爺」，便不由自主地往李承允身後縮了縮。

李承允擋在蘇心禾身前，冷聲開口道：「小王爺過來找末將，所為何事？」

歐陽旻文乾笑兩聲，收回了目光。「方才不是說要比一場預賽嗎？我是想問問你們準備好了沒有，能否開始了？」

李承允回道：「隨時都行。」

歐陽旻文勾唇一笑。「那就好，世子可知今日的彩頭是什麼？」

李承允淡淡道：「玉龍山。」

歐陽旻文笑著敲了敲扇子道：「不錯！那地方可是極好，我父王早前便奏請過陛下，希望將玉龍山改成馬場，可陛下都沒同意，後來啟王堂哥也看上那處，陛下仍然沒有鬆口，沒想到今日卻將它當成彩頭，看來少不了一場激戰！」

玉龍山地域開闊，是京城周邊不可多得的一塊寶地，因此李承允、禹王與啟王都想將其收入囊中。

李承允瞥了歐陽旻文一眼，道：「小王爺到底想說什麼？」

歐陽旻文笑了聲，道：「我知道世子也想要那塊地，不如我們雙方聯手，無論誰得勝，最終都分對方一半，如何？」

李承允沒答話。

見他不回應，歐陽旻文又繼續道：「你可知啟王堂哥很早之前便開始操練賽舟了，若是讓他搶先，我們都沒機會了！」

「旻文，趁著本王不在，又在使壞？」

清朗的男聲響起，歐陽旻文神情微頓，連忙轉過身去，訕訕道：「堂哥，怎麼來了也不說一聲，我好去迎一迎啊！」

啟王歐陽頌臨含笑走來，道：「旻文不是忙著與承允『合縱連橫』嗎？如何有空迎接本王？」

此話一出，歐陽旻文面上有些掛不住了，道：「堂哥，我方才不過是說笑的……您可別往心裡去啊！」

見歐陽旻文臉色有些難看，歐陽頌臨便抬手拍了拍他的肩膀，溫和笑道：「不過是玩笑而已，不必緊張。」

歐陽旻文見對方沒為難自己，才緩緩鬆了一口氣。

對李承允點頭致意後，歐陽頌臨便上下打量了李承韜一番，道：「一段日子不見，承韜似乎瘦了些？」

李承韜撓了撓頭，小聲道：「太學裡面的飯食……實在是一言難盡。」

歐陽頌臨笑了。「若真是如此，本王可要奏明皇兄為太學加餐了，畢竟在那裡讀書的都是大宣將來的棟梁之材，怎能虧待？」

李承韜不好意思地笑了笑，道：「啟王爺折煞在下了。」

與李承韜寒暄完，歐陽頌臨又朝李惜惜一笑，隨即將目光放在蘇心禾身上。「這位便是弟妹吧？」

蘇心禾一直站在李承允身後，除了行禮以外並未出聲，聽到這話，才上前一步道：「臣婦見過啟王爺。」

歐陽頌臨雖然也對蘇心禾的美貌露出欣賞之色，卻未像歐陽旻文那般明顯，只禮貌頷首道：「本王與承允在軍中共處過一段時日，也算患難之交，弟妹不必如此客氣。」

蘇心禾垂眸笑了笑，低聲道：「多謝啟王爺。」

直到此時，她才看清了啟王的模樣。他約莫二十七、八歲，生得丰神俊秀，再加上氣質溫潤如玉，任誰見了都如沐春風。

歐陽頌臨笑道：「承允平日與我們在一起慣了，只怕不懂如何憐香惜玉，弟妹莫要著急，好好教一教他便是。」

蘇心禾回道：「啟王爺說笑了，臣婦自當盡心侍奉。」

歐陽頌臨又轉頭對李承允道：「承允，弟妹遠嫁來京城，你可得好好對待人家。」

李承允沈聲應下。

歐陽旻文道：「堂哥，時辰差不多了，這先賽一場，就當是活動活動筋骨了！」

聞言，歐陽頌臨含笑點頭道：「甚好，在皇兄來之前，先會一會你們。」

李承允道：「那我們各自準備，一炷香之後開始。」

點頭應下後，歐陽頌臨跟歐陽旻文便朝各自的隊伍而去。

歐陽頌臨都走遠了，李惜惜還有些戀戀不捨地看著他的背影，小聲道：「啟王爺待誰都溫和周到，若能嫁給他，那可真是前世修來的福氣！」

蘇心禾冷不防問了一句。「妳喜歡這樣的？」

「啊?!」李惜惜忽然意識到自己失態了，忙道：「不不不……妳可別胡說！」

瞧李惜惜語無倫次，蘇心禾忍俊不禁，一轉過頭，卻見李承允看著自己，她連忙斂了笑意，恢復低眉順目的乖巧模樣。

李承允默默收回目光，道：「若想看預賽，便去前面的碼頭等著；若不想看，可以先回看臺休息。」

只見李惜惜忙道：「定然要看！我們這便去碼頭了！」

說完，她便拉著蘇心禾走了。

龍舟賽全程不到一里，比的是整個隊伍的協調與耐性，鼓手跟舵手最為重要，一個負責掌握行船的節奏，一個負責控制方向，稍有不慎，便可能落後，或在激流中翻船。

平南軍由青松擔任鼓手，吳桐則負責掌舵，王軍與淮北軍也選了最精幹的將士擔當重任。

雖說是預賽，但所有人都躍躍欲試，看臺上那些達官貴人，也紛紛圍到岸邊，先睹為快。

李承允見三支隊伍都準備好了，便對判官點頭致意，判官隨即抬起手中的鑼槌敲響金鑼，三支隊伍頓時像離弦的箭一樣，衝了出去！

划手們飛快划動船槳，三艘龍舟並駕齊驅前進。

淮北軍的鼓手奮力擊打大鼓，划手們在鼓聲催促下使出全力。他們的舵手是淮北軍副將何弘祖，也算一員猛將，他仔細控制著龍舟的方向，淮北軍便逐漸超過王軍與平南軍。

看臺上一陣騷動，眾人紛紛為自己支持的隊伍吶喊助威。

歐陽旻文站在觀景臺上，雙手抱胸看起了好戲，笑嘻嘻道：「世子，平南軍打仗雖然一把罩，可划起龍舟來好像不太在行啊！」

李承允面無表情道：「結果還未分曉，小王爺會不會高興得太早了？」

他話音落下，青松就加快了鼓點的節奏，吳桐則調整好方向，平南軍的龍舟突然加速，直追淮北軍而去，頃刻之間，雙方便齊頭並進了。

「快呀！快呀！」李惜惜在岸邊急得跺腳，手裡的帕子都差點揮掉了。

蘇心禾則淡定得多，她站在李承韜身旁，問：「他們說今日比賽的彩頭是玉龍山，那是什麼地方？為什麼大家都想要？」

李承韜解釋道：「玉龍山曾是皇家狩獵場所在地，不但風景優美，還有一處湯泉行宮。因先帝覺得京城的皇家園林太廣，擔心引來非議，故而在多年前將玉龍山劃出了皇家園林。父親與二哥想要這塊地，是因為每次戍邊的弟兄們回來，都不能安置在京城中，他們才想讓將士們在那裡安營，操練兵馬。」

蘇心禾若有所思道：「原來如此。」

李承韜繼續說道：「不過，聽說有不少百姓遷了過去，山下便多了個玉龍鎮，那鎮上有條美食街，在京城周邊還算有名氣，若是這地方當真被二哥拿下，那咱們就方便過去一飽口福了。」

蘇心禾一聽，秀眉微動。「你怎麼不早說？」

還沒等李承韜開口詢問原因，就見蘇心禾擠到前排，與李惜惜一起揮起手帕，為平南軍加油。

在蘇心禾看來，就算只是預賽，贏了也有助於提升正賽的氣勢。

李承韜一陣無語。惜惜說過二嫂最重口腹之欲，看來是真的。

預賽進入後半段，三支隊伍仍然競爭激烈，你追我敢，誰也不肯讓誰。

在眾將士努力下，平南軍的隊伍一馬當先，眼看就要衝向終點，不料此時淮北軍的龍舟卻朝他們撞了過去！

巨大的衝擊力將平南軍的龍舟撞出一丈開外，只聽「咚」的一聲悶響，龍舟狠狠碰上一塊巨大的礁石。

在一片驚呼聲中，吳桐奮力控制住龍舟的方向。「不要慌，坐穩了！」

這有力的呼喊讓慌亂的划手們定了定心神，連忙抱緊手中的船槳，齊心協力照舵手所掌的方向划去，好一會兒才遠離了那巨大的礁石。

青松連忙回頭掃了隊員們一眼，確認沒任何人落水，才稍稍放下心來。他與吳桐互換了一個眼神，再次奮力拉起船速，卻追不上淮北軍與王軍了。

淮北軍在撞過平南軍之後，便毫不留情地加速，一鼓作氣衝過終點；王軍緊隨其後，取得第二名；平南軍雖然盡了全力，仍是落到最後。

看臺上傳來一片失望的嘆息，蘇心禾與李惜惜也沒了笑容，為平南軍擔心起來。

蘇心禾向不遠處的觀景臺望去，就見李承允神情淡漠、薄唇微抿；一旁的啟王則面不改色，好似這個結果在他預料之中；唯有禹王長子歐陽旻文笑得合不攏嘴，一臉驕傲。

三支隊伍都抵達碼頭後，成員便紛紛跳下龍舟。

淮北軍最先到達，大搖大擺地上岸，青松下了龍舟，便指著淮北軍的副將，怒道：「何弘祖，今日是賽龍舟，不是上戰場殺敵，你怎能如此卑鄙?!萬一船翻了，傷著人可怎麼辦?!」

何弘祖是禹王麾下的得力幹將，生得人高馬大、橫眉寬臉，他見青松指責自己，不但不慌，反而得意洋洋地扠腰道：「青松，你從軍多年了，難道不清楚兵不厭詐的道理嗎？」

「你！」

青松還要再說，何弘祖卻擺手打斷他。「技不如人，就不要怪別人！我若是你，輸得這麼慘，定然羞得跳河，哪還有臉質問贏家？」

他一說完，淮北軍的人便跟著一陣哄笑。

何弘祖得了眾人的附和，笑得更猖狂，道：「平南軍不是所向披靡、百戰百勝嗎？連個小小的龍舟賽都贏不了，依我看，不過是浪得虛名罷了！」

青鬆氣不過，正要與他們理論，卻被吳桐拽住了，吳桐朝他搖頭，道：「不必理會這等小人。」

青松怒道：「難不成任由他辱沒我們平南軍?!」

吳桐面色泛青，道：「就算爭贏了又如何？我們還不是輸了預賽？」

青松一怔，頓時洩了氣，鬱悶不已。

岸邊的李惜惜也聽到淮北軍的叫囂聲，氣得跳腳道：「淮北軍也太囂張了！打仗時不見他們多驍勇善戰，不過贏了一場龍舟賽的預賽，便如此目中無人！等父親過來，定要好好收拾他們才行！」

蘇心禾則說道：「那一撞看起來不輕，不知道是否有損船體，希望划手們都沒受傷。」

李惜惜一聽，眉毛擰得更緊了。「他們分明是故意的，萬一傷了人，可不能善罷甘休！」
就在此時，不知誰說了一句「世子爺來了」，周邊便立刻安靜下來。
蘇心禾轉過頭，就見李承允下了觀景臺，快步向碼頭前進。
眾人見狀，自動地讓出了一條路。
青松與吳桐見李承允過來，神情嚴肅了幾分，青松有些慚愧地開口道：「末將無能，還請世子爺責罰！」
吳桐卻道：「世子爺，青松是鼓手，他已經盡力了，如今落敗，都是末將的不是，末將身為舵手，卻沒能帶領弟兄們避開風險，世子爺當罰末將才是！」
聽他這麼說，二十多名平南軍將士都自責地低下頭，沒了出發時的士氣。
李承允目光梭巡一周，問道：「可有人受傷？」
胡勇答道：「啟稟世子爺，金大栓受傷了！」
李承允立刻過去查看金大栓的傷勢。金大栓剛剛坐在舟身中段，在龍舟撞上礁石那一剎那，他來不及收回船槳，手臂生生擦著礁石而過，胳膊上出現了一道四、五寸長的血痕，雖然血流如注，他卻堅持划到終點。
一旁的何弘祖還陰陽怪氣地說道：「唷，沒想到不小心一撞，居然讓平南軍的弟兄受了傷，罪過罪過！」
李承允冷冷瞥了他一眼，那股逼人的氣勢，瞬間讓何弘祖閉了嘴。
接著，李承允說道：「先下去療傷，其他人回到起點休整。」

比賽的起點處搭了不少營帳，每支隊伍都有自己的營地。

龍舟賽段並不長，眾人很快便走回營帳，平南軍的將士們在營帳中站定，氣氛沈悶，青松與吳桐站在旁邊，亦是一言不發。

李承允掃了眾人一眼，道：「平南軍可是大宣的虎狼之師，不過是一場龍舟賽的預賽失利，便將士氣澆滅了？」

大夥兒神情各異，有的面露愧疚，有的憤憤不平，有的則一臉失落。

吳桐低聲道：「今日的龍舟賽若能勝出，便能拿下玉龍山，我們都知道世子爺想要這塊地，不僅僅是因為能讓軍隊駐紮，還因為那裡地形複雜、山路崎嶇，十分適合用來軍演，若是給禹王府當了跑馬場，豈不可惜？」

李承允道：「既然知道這場比賽重要，那就理清思路，好好想一想如何取勝。」

青松不由得嘆了口氣，道：「聽聞淮北軍與王軍早就開始操練龍舟賽了，咱們的班底剛搭不久，今日上場已是勉強，如今龍舟被撞破一角，還在修葺，又有人受了傷，只怕正賽時難以相抗……」

「賽場如戰場，敵人不會等我們準備好了才進攻。」李承允看著眾人，緩緩道：「淮北軍雖然訓練有素，但他們的鼓手過於急切，行進途中有不少划手節奏不一，舵手也有些浮躁，對龍舟方向的把握不夠穩健，這些都是我們的機會。」

李承允的聲音蘊含一股穩定人心的力量，將士們聚精會神地聽著，漸漸走出了先前的沮喪。

見眾人狀態好轉，李承允便帶領他們商議對策與戰術。

蘇心禾待在營帳之外，瞧見了帳中情景，逐漸放下心來，她正要轉身，就見胡勇扶著金大栓回來了，金大栓的胳膊上纏了一圈紗布，血已經止住了。

兩人見到蘇心禾，都有些意外，匆忙見禮。「參見世子妃。」

蘇心禾笑了笑，說道：「不必多禮。金大栓，你的傷口如何了？」

金大栓沒想到蘇心禾還記得他的名字，不禁受寵若驚，道：「不過是輕傷，沒什麼大礙，多謝世子妃關懷。」

蘇心禾見胡勇臉色有點發白，便問：「你也受傷了嗎？」

胡勇忙道：「小的沒受傷，不過是剛才賽龍舟時發力過猛，休息片刻就沒事了。」

蘇心禾若有所思地點了點頭，道：「好，你們先進去吧。」

第二十一章　鼓舞士氣

待胡勇與金大栓進入營帳，李惜惜與李承韜也到了。

李惜惜一臉憤慨地對蘇心禾道：「我們路過淮北軍的營帳時，就聽到他們揚言要準備慶功宴了！不過贏了一場預賽，有什麼了不起的？真是什麼人帶什麼兵，小人得志！」

只見李承韜輕嘆道：「雖然他們是過分了些，但人家確實贏了，妳看到他們的人了嗎？瞧那身板，便知每個都是練家子。二哥之前戍守北疆，不知道今年有龍舟賽，返京之後才倉促組隊，能划成這樣已經很難得了！」

李惜惜秀眉微蹙，道：「他們剛剛累了一場，又有人受傷，不知道士氣會不會受影響，要知道，他們越想拿下玉龍山，便越會緊張。」

蘇心禾思量了片刻。「承韜，長寧河周邊是不是有市坊？」

早上乘馬車來長寧河畔時，恰好路過一條街，故而蘇心禾有些印象。

李承韜不明白她為何突然問起這個，但還是認真答道：「是，若是騎馬的話，離這兒不過半刻鐘。」

「正賽多久以後開始？」

李承韜看了看天色，道：「正賽定在午時，應該還有一個多時辰。」

蘇心禾頷首。「承韜、惜惜，你們兩人都會騎馬，又熟悉路線，可否幫我一個忙？」

聞言，李承允忙道：「嫂嫂有什麼事但說無妨，我一定盡力。」
李惜惜不禁問道：「這都快要開賽了，妳想做什麼？」
蘇心禾一笑，湊近了些，對兩人低語了幾句。
李承韜有些疑惑，道：「這……現在去嗎？」
蘇心禾點點頭。「不錯，要是遲了就來不及了。」
李惜惜猶疑地問道：「這法子管用嗎？」
蘇心禾笑著說：「如今別無他法了，不試試怎麼知道？」
說著，她從荷包裡掏出了兩張大額銀票。
「只要將事情辦妥，剩下的銀子便請你們喝茶。」
平南侯府管得嚴，李承韜跟李惜惜的月例都不多，見蘇心禾出手如此闊綽，頓時瞪大了眼。
對視一眼後，李承韜與李惜惜同時點頭。
李惜惜道：「那好吧，姑且信妳一回，妳在這兒等著，我們去去就回！」
他們兩人轉身就走，蘇心禾便在營帳附近找了個地方坐下，靜候他們歸來。
「唷，這不是世子妃嗎？」
輕挑的話語加上那不懷好意的笑聲，蘇心禾便知是歐陽旻文來了。
她對此人印象不佳，卻不好表現出來，只得起身見禮。「見過小王爺。」

歐陽旻文的目光轉了一圈，笑道：「此處沒有外人，妳叫我旻文哥哥也無妨。」

蘇心禾蹙了蹙眉，壓下心頭泛上的噁心感，道：「小王爺說笑了，夫君方才讓我去倒茶，我先行一步了，告退。」

歐陽旻文一雙賊眼直勾勾地盯著蘇心禾，心想美人就是美人，冷臉相向也這般迷人，他連忙伸出扇子攔住她的去路，道：「世子妃別急著走啊！」

蘇心禾瞥了他一眼，道：「小王爺還有何事？」

歐陽旻文笑了笑，道：「改日我可得好好說一說世子了，這新娶的美人兒，疼愛還來不及呢，怎能遣妳去端茶遞水呢？真是太不解風情了。」

蘇心禾冷淡道：「夫妻之間相互照顧乃是天經地義，小王爺言重了。」

「世子妃當真是善解人意啊……」歐陽旻文沒臉沒皮地擋在蘇心禾身前，道：「對了，世子妃也看到了吧？平南軍被譽為『虎狼之師』，沒想到龍舟賽卻不堪一擊，不知世子妃是否覺得失望？」

蘇心禾聽了這話，不禁抬起頭來，直視歐陽旻文，道：「預賽平南軍確實輸了，但那又如何？勝敗乃兵家常事，勝則功成不居，敗則重振旗鼓，總有機會東山再起。況且，這不過是一場龍舟賽，並非沙場決戰，小王爺覺得，淮北軍上了戰場，也能有長寧河上的勝績？」

一番話說得歐陽旻文面色鐵青。

淮北軍雖然人多勢眾，但論戰力與疆場戰績卻完全無法與平南軍匹敵，歐陽旻文也經常被父親禹王斥責不如李承允，所以勝了一場龍舟賽，才會如此志得意滿。

然而這股自滿，卻被蘇心禾一盆冷水澆下。

歐陽旻文一時氣悶。他心道平南侯不過是白丁出身，憑一身軍功才封了侯，李承允即便是世子，也不如自己身分尊貴，憑什麼他走到哪裡都備受矚目，而自己卻總不被人待見？這蘇氏不過是江南一小門小戶的女子，居然也敢看不起自己?!

想到這裡，歐陽旻文不禁眸子微瞇，道：「世子妃倒是有幾分膽識，只可惜世子常年戍守北疆，在京城也待不了幾日，龍舟賽一過，只怕便要離開了……」

歐陽旻文說著，朝蘇心禾逼近了一步。「到時候不知誰能為妳撐腰？」

他這副嘴臉著實讓人反感，蘇心禾不自覺地往後退，下一刻，後背便是一暖——她被人托住了。

蘇心禾轉頭看去，李承允冷峻的側臉近在眼前。

他面無表情地瞥了歐陽旻文一眼，道：「小王爺請自重。」

聲音不大，威懾力卻十足，歐陽旻文不禁怔了一下，乾笑起來。「我不過與世子妃閒聊兩句，世子可別誤會了。」

李承允冷聲道：「是不是誤會，小王爺心中清楚。上個月小王爺意圖冒犯京兆尹的千金，逼得京兆尹告御狀，鬧得人盡皆知。小王爺被陛下禁足，罰俸一年，這才剛解除禁足，就忘記之前的事了？」

此話一出，歐陽旻文頓時面色大變。

他酒後失態，在大街上輕薄京兆尹的嫡女，本來沒當一回事，可那京兆尹卻將此事鬧上朝堂，宣明帝勒令他閉門思過，禹王府上下罰俸一年。

因為此事，他還挨了禹王一頓毒打，在床榻上躺了半個月才能下床，想起那段養傷的日子，歐陽旻文便覺得傷口火辣辣地疼。

他雖不服李承允，但還是有些畏懼對方，便斂了斂神色，道：「世子別生氣，我不過是開個玩笑罷了，無傷大雅！瞧我這記性，方才出來是為了迎接父王，想不到在這兒耽擱了這般久……世子，我先走一步了，正賽上見。」

說罷，歐陽旻文便匆匆地走了。

蘇心禾瞧他步伐凌亂，還差點撞上營帳門欄，忍不住搖了搖頭。

李承允垂眸看向她，道：「歐陽旻文不是什麼好人，怎麼不喚我？」

其實李承允早就忙完了營帳中的事，正要出門，就見歐陽旻文走了過來。

「我沒喚夫君，夫君不是也過來了嗎？」蘇心禾俏皮地覷了他一眼，唇邊還帶著盈盈笑意。

不知怎的，她這般不在意的樣子，反倒讓李承允更加厭惡起了歐陽旻文。

「下次若是見到他，不要理會。」李承允沈聲道：「若他糾纏，更不必留情面。」

蘇心禾凝視著李承允，道：「但小王爺是陛下的堂弟，若是得罪他……」

「得罪又如何，我自有辦法治他。」李承允淡淡道：「妳既嫁入平南侯府，我便會護妳周全。」

蘇心禾抿唇一笑。「多謝夫君。」

她的聲音清甜、語調溫軟，讓人想起夏日的新鮮荔枝。

李承允收回了目光，低聲道：「離正賽開始還有一段時間，妳若無事，便去看臺休息吧。」

蘇心禾搖搖頭，道：「等承韜跟惜惜回來再說。」

李承允有些意外，問道：「他們去哪裡了？」

蘇心禾眨了眨眼道：「去辦一件大事了。」

李承允正凝神看著蘇心禾，便聽到熟悉的聲音抱怨道：「累死我了！蘇心禾，妳派的好差事，東西那麼多，提得我手都要斷了！」

只見李惜惜揉著自己的手腕快步走來，見到李承允時，她便意識到了不妥，支支吾吾地道了句。「二哥也在啊……」

李承允擰眉。「妳喚她什麼？」

見他面色微冷，李惜惜忙道：「二哥，我不過是與嫂嫂相熟了，這才直呼其名……沒、沒別的意思。」

蘇心禾偷偷瞧著李承允。聽府中下人說過，李承允曾想拒絕這門婚事，也十分討厭她，如今看來，他對她的態度倒是比想像中好多了。

李承允感受到蘇心禾的視線，側目看她，蘇心禾連忙收起思緒，對李惜惜道：「東西買回來了嗎？」

李惜惜點頭道：「買回來了，一份都沒少，在那兒呢！」

蘇心禾順著她所指的方向看去，李承韜不知從哪兒找來了一個推車，推車上擺放著六、七個食籃，食籃周邊還放了些冰塊。

兩名侍從一前一後地護送著推車，動作十分小心，生怕車上的東西灑了。

李承允問：「這是什麼？」

蘇心禾衝他一笑，道：「夫君，那一輪預賽，將士們都辛苦了，我便請承韜與惜惜去周邊的市坊買了些酥山回來，想趁休息時間為大家鼓一鼓勁。」

「酥山？」李承允頓時明白為何那食籃周邊要放冰塊了。

酥山是將被稱為「酥」的一種乳製品加熱到近乎融化、非常柔軟的狀態，淋在擺了一堆碎冰的盤子上，形狀就像一座小山，加上蜜餞與果脯等佐料，形成一道風味獨特的甜品。換言之，便是古代的冰淇淋。

李承允知道酥山要用冰塊製作，並非隨處可見，要保存就更難了，他們能將酥山買回來，且用冰圍住不化，算得上極度用心。

沈吟片刻後，李承允道：「在平南軍中，還未有過休整時發放甜食的先例。」

蘇心禾溫聲道：「夫君，我見上一場預賽中，將士們都流了不少汗，此刻應當正感疲憊，用些甜食不但能補充體力，還能鼓舞士氣，試一試又何妨？」

李承韜與李惜惜跟著點頭。

見蘇心禾神色認真，李承允思索了一會兒之後，道：「那便試試，承韜，你將酥山送進去吧。」

李承韜笑著應聲，讓侍從將推車送進營帳了。

營帳之中，青松與吳桐已與眾人規劃好了戰術，正有些口乾舌燥，便聽見李承韜一聲高呼。「諸位，世子妃體恤各位賽舟辛苦，特地讓我們買酥山來犒勞大家！」

眾人聽了這話，不禁目瞪口呆。

一名士兵不敢置信地問道：「三公子的意思是，世子妃……請咱們吃酥山？」

李承韜笑著點頭，道：「沒錯，人人有份！這酥山還是我與惜惜一起去買的呢！」

大夥兒聽了更是萬分詫異，交頭接耳起來。

有人小聲道：「我們輸了預賽，世子爺理應責罰才是，怎麼還會讓世子妃賞我們酥山？」

隨即有人附和。「是啊，還勞動三公子與大小姐出去了一趟，這、這實在有些說不過去啊！」

「是啊，我等無功不受祿，世子妃此舉是為何？」

不同於眾人的訝異，胡勇與金大栓曾經護送蘇心禾上京，知道她是什麼脾性，頓時樂了起來。

胡勇站起身來，對在場的人道：「弟兄們，世子妃待人寬厚，定是看兄弟們今日流了血、出了汗，這才想著犒勞咱們，況且，只要是世子妃請的吃食，必定是好東西！」

金大栓忙不迭地點頭道：「對，信世子妃的準沒錯！」

於是，胡勇便第一個來到推車前領東西。「謝世子妃賞！」

李承韜平常不是讀書便是練劍，這還是第一次代表平南侯府出面與將士們接觸，他迫不及待地打開食籃的蓋子。

每層食籃裡都放了三份酥山，由於他跟李惜惜騎術出眾，碗裡的酥山幾乎沒灑出來，又有冰塊保鮮，酥山便還保持著之前的樣子——碎冰堆成一座小山，熬成漿的酥油呈淡淡的黃色，逐漸滲透進冰層裡，散發著甜蜜的香味，十分誘人。

「剛才你辛苦了！」李承韜見到了預賽時的險境，在送上酥山之時，順勢拍了拍胡勇的肩膀。

胡勇端著酥山，感激地看著李承韜道：「多謝三公子！」

李承韜笑著擺了擺手，胡勇便端著酥山轉過身。他手中那碗酥山還冒著涼氣，五顏六色的果脯、蜜餞點綴在上面，令人垂涎。

眾人直勾勾地望著胡勇那碗酥山，喉間不自覺地嚥了嚥。

胡勇小心地將勺子插進酥山裡，碎冰窸窸窣窣地摩擦著，光聽聲音就讓人無比期待，他當著每個人的面，將這勺酥山送入嘴裡——清涼的感覺迅速蔓延整個口腔，既甜美又冰冷，滑入喉嚨之後，唇舌之間仍然有令人舒適的涼意。

不少士兵出身困苦，從未吃過酥山，眼睛全直直地盯著胡勇不放。

胡勇才吃完一勺，又舀起一勺上方的酥山，隨蜜餞一起入口。

冰沙清涼至極、酥油乳香四溢、蜜餞酸甜可口，胡勇吃得愜意，剛剛輸了預賽的沮喪情緒，頓時拋諸腦後。

大家見胡勇光吃不說話，紛紛問話。

「到底如何？」

「你倒是說話啊！」

胡勇萬般珍惜地嚥下口中的酥山，含糊道：「你們嚐嚐看不就好了？這可是世子妃的一片心意！」

有他帶頭，眾將士不再猶豫，便紛紛上前領取酥山，金大栓胳膊有些不便，李承韜便將酥山送到他面前，道：「吃完了酥山以後，好好表現！」

金大栓用力點頭道：「是，我們定然不負世子爺與世子妃的厚愛！」

酥山雖涼，卻不冷胃腹，大夥兒一口接一口地吃，賽龍舟的疲憊與被日頭曬過的燥熱都消去了不少，個個大呼過癮。

一名士兵道：「從前便聽說過酥山這東西，卻從來沒嚐過，沒想到今日在這兒吃到了，真是託世子妃的福啊！」

又有一人說道：「輸了預賽，世子爺跟世子妃卻還對咱們這麼好，一會兒咱們定然要給平南軍爭口氣！」

「就是！淮北軍算什麼？一群烏合之眾，靠著投機取巧才僥倖取勝，咱們定然要將他們打得滿地找牙！」

「對！滿地找牙！」

青松也吃完了酥山，他意猶未盡地放下碗，道：「弟兄們，正賽很快就要開始了，咱們定要竭盡全力，別辜負了世子爺跟世子妃的期待！」

「是！」

士兵們震耳欲聾的聲音傳到了營帳外，連蘇心禾與李惜惜都感受到了激昂的鬥志，李惜惜道：「想不到小小一碗酥山便能令他們士氣大振，真是出人意料。」

蘇心禾笑而不語。她前世身為美食部落客，時常在社交平臺上分享美食的作法跟吃法，關注她的人大約有兩類，一是極其熱愛生活的吃貨，二是在現實生活中的失意人。

這世上沒什麼比美食更能撫慰人心，哪怕是不存在於她學過的歷史中的宣朝，也不例外。

李承允立在門口，將眾人的反應看在眼裡，他不禁微微側目，打量起蘇心禾來。

她與李惜惜站在一起向營中張望，眼眸澄澈清靈，唇邊掛著笑意。

李承允想起大婚當晚，她一個人坐在桌前狼吞虎嚥的模樣。

當時他就想，她不過是個單純的小姑娘，自己對於婚事的不滿，實在不該遷怒於她。

成婚之後，李承允給了她體面，卻從不親近她。如今見到她為自己的事努力，心底不禁有些觸動。

「夫君。」蘇心禾轉過頭來，笑盈盈地喚他。

李承允立即收了思緒，道：「怎麼了？」

蘇心禾笑了笑。「我與惜惜離開場中已久，只怕母親要四處尋人，我們先回去了。」

李惜惜也笑著說道：「二哥，彩頭就靠你們了，我還沒去過玉龍山呢！」

聽她這麼說，李承允便頷首道：「好。」

蘇心禾與李惜惜逕自往看臺去了，李承允盯著她們的背影看了一會兒，才抬起步伐進入營帳。

平南軍將士們食用酥山的消息不脛而走，自然也傳到了淮北軍的營帳裡。

淮北軍眾人得知此事，全都議論紛紛——

「他們不是輸了預賽嗎？怎麼還有賞啊?!」

「人人都說平南軍治軍嚴厲，但看樣子平南侯世子對他們挺好的嘛！咱們預賽拔得了頭籌，小王爺可是連句誇讚的話都沒有！」

「咱們小王爺你還不知道？一向將所有功勞都攬在自己身上，哪會記得咱們？唉，聽說酥山價格不菲，要貴人們才食用得起，也不知到底是什麼滋味……」

淮北軍的士兵們常年駐守西北貧瘠之地，別說吃過酥山了，就連見過的都寥寥無幾。

有人神秘兮兮道：「我聽平南軍那邊的人說了，世子妃為了讓他們吃到新鮮的，還購置了不少冰塊護送回來，那酥山又冰又甜，一碗下肚，暑熱全消！」

眾人皆是訝異不已，有人問道：「這麼神奇？世子爺可真是體恤下屬啊！」

第二十二章　拔得頭籌

那人又道：「世子爺體恤下屬確實不假，但酥山不是他安排的，而是世子妃出的銀子，讓平南侯府的三公子與大小姐特地騎馬去買回來的。」

士兵們聽了這話，頓時瞪大了眼，有人不敢置信道：「世子妃自掏腰包請將士們吃酥山，還讓平南侯府的公子與小姐跑腿？這這這……也太離譜了吧?!」

有人小聲嘀咕。「早知道平南侯府這麼好，當初就該去投平南軍！」

大夥兒你一言、我一語，紛紛為自己的境遇抱不平。

對他們而言，拚的不是一碗酥山，而是一份關懷以及尊重。

一名士兵見不少人都憤憤不平，眼珠子一轉，偷偷溜了出去，向隔壁的獨立營帳奔去。

「何副將，何副將！」

何弘祖正在閉眼假寐，被人擾了清淨，頓時臉色一垮，撐起身子不耐煩地問道：「什麼事這麼急？沒見到我在休息嗎?!」

這士兵正是負責擊鼓的洪阿敖，他說道：「何副將息怒！小人是打探到平南軍那邊的風聲，特來向您稟報的。」

「平南軍的風聲？」何弘祖不屑地笑了聲，道：「不過是我們的手下敗將，還能翻出什麼浪來？」

洪阿敖忙道：「聽聞平南侯府的世子妃讓人出去買酥山給他們吃，他們吃完之後，揚言要將咱們比下去！」

「什麼?!」何弘祖眼睛一瞪，道：「他們竟敢如此大言不慚！」

洪阿敖又說道：「是啊！都說平南軍治軍嚴厲，卻沒想到他們輸了預賽也有賞賜。咱們明明在預賽裡拔得頭籌，小王爺卻什麼也沒說……也不知賽後，小王爺還記不記得咱們？」

他一面說，一面打量何弘祖的神情。

何弘祖自然知道歐陽旻文是什麼樣子，他思索了一下，道：「我去問問小王爺便是，你等著！」

說完，何弘祖翻身下榻，氣勢頗足地找歐陽旻文去了。

洪阿敖嘴上沒個把門，一見何弘祖離開了，立即回到營帳，一臉笑意地對眾人道：「弟兄們，我剛剛同何副將說了平南軍獲得賞賜一事，你們猜怎麼著？他為咱們請賞去了！」

眾人一聽紛紛叫好，期盼何弘祖帶著好消息回來。

何弘祖走出營地，四處張望一番後，便見到歐陽旻文站在不遠處，他略微思量了片刻，便抬步走了過去。

「末將見過小王爺。」何弘祖不慌不忙地行了個禮。

歐陽旻文見何弘祖過來了，掀起眼皮瞧了他一眼。「何事？」

他方才被李承允夫婦下了面子，心情正不悅著，說起話來也有些不耐。

何弘祖面上堆笑，試探著問：「小王爺覺得咱們淮北軍預賽表現得如何？」

歐陽旻文點了一下頭，隨口道：「差強人意吧，算是沒給我丟臉。」

何弘祖乾笑兩聲道：「小王爺滿意就好……」

歐陽旻文見他還不走，又話裡有話，便說：「你過來就是為了問這個？」

何弘祖忙道：「真是什麼都瞞不過小王爺的眼睛！弟兄們聽說平南軍營帳裡發放了些好東西，都有些羨慕。末將心想，小王爺一貫體恤下屬，便安慰弟兄們說小王爺也一定不會忘了咱們的……不知末將這麼說，是否恰當？」

這話雖然說得委婉，但歐陽旻文一聽便知何弘祖在邀功請賞，蹙眉道：「正賽還沒開始呢，你便惦記著賞賜了?!」

何弘祖忙道：「小王爺誤會了，並非是末將惦記賞賜，而是想給兄弟們一個盼頭，好讓他們在正賽中繼續努力，將平南軍遠遠甩在後面。」

「打敗平南軍本來就是你們分內之事！」歐陽旻文的臉黑了一半，道：「平南軍輸了比賽還發放賞賜，不過是自我安慰罷了，難不成要我學他們?!」

何弘祖一愣，連忙解釋道：「小王爺誤會了，末將沒這個意思！末將不過是……」

「不過是眼饞別人得到賞賜，自己卻沒有？」歐陽旻文本來就心情煩躁，被何弘祖這麼一激，火氣便徹底爆發出來。「你若是覺得淮北軍不好，儘管滾去平南軍，看看李承允要不要你?!」

何弘祖身子微僵，低頭道：「小王爺息怒！是末將失言了！」

「知道失言就把嘴閉上！」歐陽旻文怒道：「正賽還未開始，便來討賞，是覺得我若缺了你們便不成了？你以為自己是什麼東西？讓你帶兵是看得起你，不過小小副將，便如此得寸進尺?!」

何弘祖氣悶，卻不敢反駁，只能道：「都是末將思慮不周，這便回去好好管束部下，讓他們好好準備正賽！」

歐陽旻文冷聲道：「若正賽失誤，看我怎麼治你們！」

何弘祖擦了一把額上的冷汗，連忙應是，匆匆告退了。

待出了拐角，看不見歐陽旻文時，何弘祖才狠狠往後瞪了一眼，怒氣沖沖地「啐」了一口。

待何弘祖鐵青著臉回到營地，卻見一眾士兵都滿臉期盼地看著他，之前報信的洪阿敖，更是主動迎了上來，笑嘻嘻道：「何副將，方才見您去找小王爺了，小王爺怎麼說？」

眾人紛紛豎起耳朵，都想知道贏了這場預賽有什麼獎勵。

然而何弘祖剛剛在歐陽旻文那裡受了氣，見洪阿敖哪壺不開提哪壺，氣得一巴掌拍了下去。「多嘴的混帳！」

洪阿敖吃痛地捂住臉頰，不解地問：「何副將，這……小的哪裡做錯了嗎？」

何弘祖將歐陽旻文加諸給自己的不滿全發洩在士兵身上。「想要賞賜，你他媽怎麼不自己去問小王爺啊？讓老子去問，這不是把老子往火坑裡推嗎?!」

洪阿敖聽得一頭霧水，其他的士兵們也是一臉莫名其妙。

想了想，洪阿敖忐忑地問道：「何副將這話是什麼意思？難道小王爺沒打算賞賜咱們？」

這話無異於火上澆油，何弘祖的臉拉得更長了，怒道：「別忘了你是什麼身分，賤命一條，就是給人墊腳的凳子、被人踩踏的石墩，還想要賞賜？簡直是笑話！」

說罷，何弘祖火大地踢開營帳門簾出去了。

洪阿敖不知所措地站在原地，其他人也像打了霜的茄子一般，不說話了。

葉朝雲與歐陽如月在殿中聊了好一會兒才出來，一到了殿門外，便瞧見候在一旁的蘇心禾。

蘇心禾上前福身道：「母親。」

葉朝雲點了點頭，問：「妳既在此，惜惜呢？」

蘇心禾道：「惜惜先去看臺了，正賽很快就要開始，我們可以過去了。」

葉朝雲溫聲道：「妳怎麼沒與她一起先走？」

蘇心禾笑了一笑，道：「這兒離看臺有一段距離，我怕母親找不到我們，所以過來接您了。」

葉朝雲瞧了蘇心禾一眼。她本可以遣人來接，卻自己頂著日頭站在廊下等，也是有心了。她含笑點頭道：「走吧。」

蘇心禾陪葉朝雲去看臺的路上遇見了不少官眷，她們見到葉朝雲，紛紛上前問安，葉朝雲與眾人寒暄的同時，也將蘇心禾引薦給她們。

大夥兒都聽說李承允迎娶江南商戶女一事，有人惋惜，也有人抱著幸災樂禍的心思打量起世子妃，可待她們看清了蘇心禾的面容，又露出了妒忌之色。

蘇心禾自幼相貌出眾，早就習慣被人來回打量了，故能應對從容。

葉朝雲見蘇心禾在他人面前落落大方，對她更加滿意。

短短一段路，兩人卻走了很久，抵達坐席時，卻只見到李惜惜一個人坐在此處。

葉朝雲問道：「承韜呢？」

李惜惜道：「他說平南軍在操練出賽戰術，他得在門口守著，免得讓別家『斥候』偷了消息。」

蘇心禾聽罷，忍不住笑了笑，道：「承韜倒是很有擔當。」

葉朝雲卻無奈地搖了搖頭，道：「平常他讀書練武，都是三天捕魚、兩天曬網，碰上賽龍舟，卻如此起勁。」

蘇心禾聽出了葉朝雲話中的失望之意，便寬慰道：「母親，承韜還小，他性格開朗、不受拘束，還能承歡膝下，這不是很好嗎？」

葉朝雲思量起了這番話。庶長子與自己的關係隔了一層，嫡長子又總是一副拒人千里的模樣，唯獨小兒子能與自己親近幾分。

這麼一想，她的心情開朗了幾分。「也是，我不希望他像承允一般，過得那樣辛苦。」

做母親的總希望孩子能夠平安康健、快樂無憂，葉朝雲也不例外。
眾人坐定不久，便見李承韜回來了。
李惜惜一見到他，連忙開口問道：「怎麼樣？酥山他們都吃完了嗎？」
只見李承韜笑意融融。「自然是吃完了，大家都在誇讚嫂嫂呢！」
李惜惜噘起了嘴。「難不成他們只記得出銀子的，卻不記得出力的？」
聞言，李承韜笑道：「當然記得，也有不少人誇了妳這位大小姐，如何，高興了吧？」
李惜惜這才笑了出來。
蘇心禾忽然道：「比賽馬上就要開始了。」
李惜惜問：「妳如何得知？陛下還沒到呢！」
蘇心禾下巴輕抬，指向看臺入口處，眾人順著方向看去，就見一列御林軍魚貫而入，沿著兩側圍牆而立，他們身上的甲冑銀光閃閃，每個人看起來都神情肅穆，頓時讓場中安靜不少。
就在此時，太監的傳唱聲響起。「陛下駕到！」
眾人紛紛起身恭敬地候在一旁，葉朝雲將蘇心禾拉到自己身後，低聲問道：「蔣嬤嬤教妳的禮儀可還記得？」
葉朝雲擔心蘇心禾出身民間，不夠熟悉皇室禮儀，因而有此一問。
蘇心禾小聲道：「母親放心，我都記得。」
葉朝雲這才放下心來，溫和道：「一會兒跟著我，千萬不要行差踏錯。」

蘇心禾點點頭，乖乖地站在葉朝雲身側。

看臺入口處，御林軍們讓出一條主道，微風拂過、華蓋飄揚，身著明黃龍袍的年輕帝王，緩緩出現在眾人視野裡。

群臣與家眷們齊刷刷地跪下，蘇心禾也不例外，若不是此時抬頭可能被安上大不敬的罪名，她還真想看看古代的皇帝長什麼樣。

宣明帝沿著石階而上，步履穩健、氣宇軒昂，而禹王歐陽弘淵與平南侯李儼，則一左一右跟在他身後。

在眾人簇擁下，宣明帝走到看臺最高處，站定了以後才轉過身來。他目光一掃，沈聲道：「免禮。」

眾人應聲而起。

藉著起身的間隙，蘇心禾偷偷瞄了宣明帝一眼——看起來約莫二十七、八歲，雖然還很年輕，看上去卻有種異於常人的沈穩與威嚴。

宣明帝道：「來人，為皇叔與平南侯賜座。」

宮人連忙搬來座椅放在皇椅左右兩側，歐陽弘淵笑了一聲，直接坐下。

李儼則拱手對宣明帝一揖。「多謝陛下。」

說完，他才坐下。

歐陽弘淵摸了把鬍鬚，笑道：「陛下，咱們恐怕來得晚了些，聽聞方才已經有過一場預賽了。」

宣明帝問道：「預賽結果如何？」

歐陽弘淵瞥了李儼一眼，答道：「得啟王與李世子承讓，最終犬子獲勝了。」

宣明帝似是有些意外，道：「旻文勝出了？」

歐陽弘淵點頭，道：「不錯，僥倖罷了。」

他這話表面上聽起來謙虛，實際上卻有藏不住的得意。

「何止是僥倖勝出，簡直是所向披靡。」啟王歐陽頌臨人未至、聲先來，他快步拾階而上，走到宣明帝面前，躬身行禮。「參見皇兄。」

與他一起來的，還有李承允。

宣明帝見到歐陽頌臨與李承允，面上笑意更甚，道：「頌臨、承允，你們方才得了第幾？」

歐陽頌臨道：「臣弟不才，只得了第二。」

宣明帝若有所思地點點頭，道：「這麼說來，是承允落到最後了？」

李承允還未答話，歐陽頌臨便開口道：「是，承允原本第一，不料淮北軍太過『勇猛』，險些將平南軍的龍舟撞翻，平南軍才因此落到第三。勝負本來就在分毫之間，到了正賽時，結果猶未可知。」

歐陽弘淵扯開嘴角笑了聲。「聽啟王這意思，是李世子不服輸了？」

聞言，歐陽頌臨笑道：「皇叔這是哪的話，我不過是實話實說。」

李承允瞥了歐陽弘淵一眼，道：「勝敗乃兵家常事，勝不驕、敗不餒，方為長久治軍之道。」

此話一出，歐陽頌臨臉色不禁一僵。他幾個月前才在南疆添了一場敗績，如今聽到這話，總感覺被李承允戳了脊梁骨，但礙於情面，實在不好發作，只得冷哼一聲，道：「李世子說得不錯，是勝是敗，得看正賽的表現！」

宣明帝適時開口，道：「看來，今日的彩頭朕是選對了，不然怎麼會有如此精采的龍舟賽可看？」

歐陽頌臨笑著應聲。「皇兄英明。」

宣明帝大手一揮，道：「好了，你們都下去準備吧，一會兒可不要讓朕失望啊！」

李承允與歐陽頌臨沈聲應是。

看臺上座無虛席，朝中有頭有臉的官員幾乎都到了現場。

平南侯府的位置上佳，蘇心禾坐在葉朝雲身旁，恰好能將大半賽段收入眼底，比賽還未開始，李惜惜便緊張了起來。

賽程起點處，一列龍舟已經就位，場面甚為壯觀。

吳桐早帶眾人上了龍舟，青松嚴陣以待，在預賽中受了傷的金大栓，也整裝待發。

淮北軍與王軍已做好了準備，何弘祖不屑地瞥了平南軍一眼，冷哼一聲。「手下敗將，還敢再戰?!」

平南軍的將士們心中憋著一股氣，都對這話置若罔聞，何弘祖見沒人回應他，只得無趣地閉上嘴。

歐陽旻文刻意站在李承允與歐陽頌臨面前，他面無表情地瞪了何弘祖一眼，那神情彷彿在說：若是拿不到首位，便有你好看！

何弘祖敢怒不敢言，使勁壓下胸中悶氣，等候開賽指令。

戰鼓聲聲狂響，彷彿撞擊在每個人的心上，就在鼓點越來越密之時，忽地戛然而止，一聲號角響起，龍舟賽正式拉開帷幕——

水浪翻白、波濤洶湧，一排龍舟在長寧河上競逐，其中以平南軍、淮北軍跟王軍的速度最快。

眾人目不轉睛地注視著賽況，就連沈著冷靜的宣明帝，視線也一直追隨著那三艘龍舟。

歐陽旻文神情緊張，李承允卻面無波瀾。歐陽頌臨靜觀賽況，還時不時看李承允一眼，似乎在觀察他的反應。

吳桐跟青松等人卯足了勁，平南軍沿著河道向前衝去。因為預賽失利，他們對待這一場正賽更加認真，還特地在開賽之前讓人潛入河中，將河下的情況摸了一遍，商量好在何處加速、在何處拐彎、在何處阻止敵人超越，賽程過半之時，終於取得領先的地位。

青松興奮地大喊：「弟兄們，衝啊！」

平南軍的將士們一想起方才吃過的酥山，便覺得不能讓世子夫婦失望，使出了渾身解數，將龍舟划得飛快，終於把淮北軍跟王軍遠遠甩在後方。

王軍見狀，不敢洩力，奮起直追，如此一來，淮北軍便落到最後一位。

何弘祖餘怒未消，又見之前的手下敗將遙遙領先，心中急躁，怒吼道：「都給老子快點！」

士兵們都知道他的脾氣，連忙加快划槳的動作，一起將龍舟往前推進，然而何弘祖還嫌不夠，又對著鼓手洪阿敖吼了一嗓子。「沒吃飯嗎？廢物！」

洪阿敖在賽前挨了他一巴掌，臉還腫著呢，被他這麼一訓，心中更是委屈，他賭氣似的重重地擂起大鼓，還越敲越快，划手們一開始還能跟上，誰知才划了兩丈不到，便有人跟不上了。

賽龍舟講究的是齊心協力，划手們快慢不一，讓龍舟失去平衡，一會兒左、一會兒右，前進得歪歪扭扭，反而慢了下來。

歐陽旻文見狀，大喊道：「這是做什麼？動作快些！」

這一聲讓淮北軍的將士們亂了陣腳，紛紛埋怨起身旁的搭檔來。

歐陽旻文急得跳腳，卻無計可施。

李惜惜遠遠看見他那副模樣，忍不住笑起來，道：「妳瞧那小王爺，恨不得自己上場呢！」

蘇心禾對此人毫無好感，連看都不願多看一眼，她的目光不由自主地落到李承允身上——他立在觀景臺上，身形挺拔、英姿勃勃，臉上卻喜怒不辨，讓人搞不清楚他心裡在想什麼。

隨著比賽進入後半段，現場的氣氛更加熱烈，平南軍的龍舟超越所有對手，避開一切障礙，在萬眾矚目下第一個衝過終點，順利奪魁！

看臺上傳來一陣陣歡呼，蘇心禾、李惜惜等人恨不得拍手稱快，就連面色淡漠的李承允也微微勾了一下唇。

第二十三章　意圖不軌

宣明帝朗聲笑道：「好！平南軍不愧為我大宣虎狼之師，不負眾望！」

李儼立即起身拱手作揖。「陛下過譽了。」

禹王歐陽弘淵臉色有些難看，但依然扯了扯嘴角，道：「陛下，比賽還未結束呢。」

宣明帝重新將目光投向長寧河，只見淮北軍與王軍依然你追我趕，勝負未分。

何弘祖見平南軍獲勝，急得汗流浹背，他心知歐陽旻文並不是什麼好相與的人，若是淮北軍落在最後，只怕會被狠狠責罰，事到如今，只能靠王軍上位了！

於是他心生一計，同周邊幾人低聲幾句，那些人立即會過意，握緊了手中的船槳。

下一刻，只見何弘祖猛地調轉船頭，划手們飛快地揮舞著船槳，淮北軍的龍舟，猝不及防地向一丈外的王軍撞去！

臨近比賽結束竟還有反轉，觀眾們不禁發出了驚呼。歐陽頌臨見李承允贏了，本來就臉色不好，如今見到淮北軍此舉，更是蹙起了眉。

歐陽旻文萬萬沒想到手下敢在啟王面前造次，差點氣得暈過去，忙對一旁的歐陽頌臨道：「堂哥莫怪，這都是那幫渾小子自作主張，我沒有授意！」

啟王歐陽頌臨看似好脾氣地笑了笑，語氣卻有些冷。「無妨，比賽時有些擦撞也正常。」

王軍的龍舟被撞歪了，將士們眼睜睜看著淮北軍超到自己前面，不禁憤憤不平。他們沒料到淮北軍會故技重施，將對付平南軍那套用在他們身上，於是眾人一合計，不顧後果地朝前面的淮北軍撞了上去。

「砰」的一聲，淮北軍的龍舟後側，被撞出了一個缺口。

淮北軍離終點只有兩丈之遙，正打算全力衝刺，這突如其來的一擊，不但讓水湧入龍舟，還讓船體劇烈搖晃，淮北軍節奏本就混亂，加上巨大的衝擊力，「撲通」一聲，船翻了過去。

看臺上傳來尖叫聲，長寧河水流湍急，隊員落水相當危險，除此之外，隊員一旦落水，這支龍舟隊便失去參賽資格。

歐陽旻文看到這裡已是暴跳如雷，他匆匆下了看臺，直奔終點而去，可他一身華服繁複，險些跑得絆倒，看起來有些滑稽。

禹王歐陽弘淵也坐不住了。

雖說只是一場比賽，可自己麾下的淮北軍非但沒能獲勝，還得罪了啟王與他背後的王軍，在王軍的反擊下，他們顏面盡失卻又不能抱怨半句，那幫廢物簡直是愚蠢到了極點！

歐陽旻文趕到岸邊，見到淮北軍的將士們大多還在水中撲騰，他氣得破口大罵。「都是幹什麼吃的？一群酒囊飯袋，白養你們了！」

何弘祖等人好不容易爬上岸，被歐陽旻文這話一激，臉色更難看了。

李承允在歐陽旻文之後趕到岸邊，他見大多數人還在水中浮沈，立即下令救人。

青松與吳桐等人雖對淮北軍心存芥蒂，但到底不忍同袍受難，於是紛紛跳入水中，很快便將落水的淮北軍撈了起來。

宣明帝看得清楚，站起身來帶頭為平南軍鼓掌，其他人跟著鼓起掌來，現場叫好之聲如雷貫耳，歡呼如海嘯般襲來。

平南軍將士們臉上洋溢著笑容，還有人因為這直白的誇讚而紅了臉。

淮北軍們雖然諳水性，但多少被翻船的情形嚇懵了，不少人上岸後狼狽不堪地吐著水，一個個耷拉著腦袋，不敢抬頭。

歐陽旻文不但輸了比賽，還丟了人品與風度，面對看臺上熱烈的掌聲，他面上紅一陣、白一陣，恨不得找個地洞鑽進去。

蘇心禾既激動又驕傲，她的目光落在岸邊的李承允身上，卻見他唇角微揚，也露出了一抹極淡的笑。

原來他笑起來是這樣的啊……

蘇心禾還是第一次看到他的笑，很淡，卻又很真。

此時歐陽頌臨也趕到岸邊，他見平南軍已將所有人都救上來了，先是愣了愣，隨即大加讚賞，拉著李承允回了看臺。

歐陽旻文氣得要命，可只能受了李承允的人情，灰溜溜地跟在兩人後面，不敢吭聲。

宣明帝心情大好，道：「平南軍是當之無愧的魁首，承允，玉龍山是你的了！」

李承允謝恩。「多謝啟王爺與小王爺承讓。」

歐陽頌臨虛扶他一把，笑道：「皇兄有所不知，預賽時平南軍便同王軍一般吃了淮北軍的『虧』，見淮北軍隊員遇險，承允能不計前嫌，立即救人，這份胸襟令人感佩。」

這番話不但讚了李承允的大度，還暗暗敲打了禹王府，教歐陽弘淵父子倆面上更加無光了。

宣明帝聽懂了話中之意，他瞧了歐陽弘淵一眼，道：「沒想到皇叔的『足智多謀』還傳給旻文了？」

歐陽弘淵連忙道：「老臣近日公事繁忙，無暇顧及龍舟賽一事，都是旻文一手安排。他年紀輕，許多事思量不周，給啟王與李世子添麻煩了。是老臣教子無方，多謝李世子不計前嫌，出手救人。」

李承允沈聲道：「同袍之義遠比這場比賽來得重要，換成他人也會這麼做的。」

宣明帝聽了這話，臉上笑意更盛。「承允所言，朕心甚慰，平南軍當賞！」

此話一出，歐陽弘淵跟歐陽旻文都面色微變。

宣明帝似乎不是只賞平南軍的龍舟隊員，而是要犒賞整個平南軍。

歐陽頌臨也挑了一下眉，但他很快就反應過來，笑意溫和道：「皇兄聖明。」

官員們齊聲附和。「陛下聖明！」

在場的平南軍將士個個激動不已，連忙叩頭謝恩。

精采的龍舟賽終於落幕，宣明帝離開之後，官員與官眷們也三三兩兩地散去。

葉朝雲站起身來道：「我去同長公主殿下打個招呼，你們去入口處等我吧。」

蘇心禾點頭應是。

見葉朝雲走了，李承韜便對蘇心禾與李惜惜道：「我去平南軍營帳看看，想必很熱鬧！」

李惜惜一聽，立刻拉住他。「我也要去！」

聞言，李承韜蹙眉。「妳一個姑娘家怎麼能混在男人堆裡！」

李惜惜不服，小嘴一噘。「我給那些男人買酥山的時候你怎麼不說話？」

「這……這能一樣嗎？」李承韜道：「妳還沒出閣呢！」

蘇心禾笑了笑，道：「平南軍能獲勝，也有你們倆的功勞。承韜，不如你帶惜惜去看一眼吧？」

李惜惜忙道：「你看，嫂嫂都這麼說了！」

蘇心禾忍俊不禁。這丫頭，只要是為她說話，她便一口一聲「嫂嫂」叫得順溜。

李承韜見蘇心禾同意了，便道：「那好，請嫂嫂稍等，我們去去就來。」

蘇心禾頷首。「快去吧。」

看臺上的觀眾幾乎散盡，蘇心禾獨自走到岸邊賞景。長寧河畔柳條依依，單是望著河水奔騰，也別有一番韻味。

歐陽旻文在後殿挨了歐陽弘淵一頓罵，黑著一張臉出來，才走沒幾步，便見到一個窈窕的身影立在岸邊，他定睛一看，眸色微凝。

——是她?!

歐陽旻文正在生李承允的氣，一見到蘇心禾，胸膛中的妒火更是呼之欲出。

李承允不過是個軍侯之子，哪裡比得上自己出身尊貴？可他卻能得陛下器重，父王也以他為榜樣來訓斥自己，他甚至能得如此佳人為妻，憑什麼?!

歐陽旻文的面色陰沈了幾分，拖著步伐向岸邊走去。

蘇心禾正低頭觀水，想看看裡面有沒有魚，卻瞥見一張被水折射得扭曲的臉，她驚得轉過身去，見是歐陽旻文，臉色瞬間冷了下去。

她退開了一步。「見過小王爺。」

歐陽旻文似笑非笑地看著蘇心禾，道：「世子妃怎麼一人在此？」

蘇心禾淡聲答道：「夫君去營帳了，很快就會回來。」

歐陽旻文勾起一抹不懷好意的笑。「世子妃第一次來長寧河，怎能讓妳獨自一人呢？我來陪妳等吧。」

蘇心禾不慌不忙道：「對面有御林軍駐守，若有什麼事，打聲招呼便可，就不勞小王爺費心了。」

歐陽旻文卻笑了。「區區幾個御林軍，我還不放在眼裡。」

這世子妃不過是個沒靠山的江南商戶之女，若自己當真對她做些什麼，她還敢聲張不成？況且岸邊河堤高聳、垂柳障目，恰是方便掩護。

想到這裡，歐陽旻文便大著膽子走上前。「美人兒，雖說我向來憐香惜玉，但妳也別敬酒不吃吃罰酒！妳……啊！」

歐陽旻文話未說完，身子就突然一歪，「撲通」一聲直接栽進水裡。

這突如其來的意外讓蘇心禾掩不住訝異。

歐陽旻文的衣袍被水浸濕，瞬間變得十分沈重，他在水中浮沈，驚恐大叫。「救命……救命啊！」

蘇心禾見腳邊有一顆不知哪裡來的石子正在打轉，她下意識地轉過頭，就見李承允站在一丈開外，面如寒霜。

歐陽旻文抱住旁邊一根船槳才定下神來，他嗆了好幾口水，一抬頭就看到李承允，頓時面色煞白。「是你?!」

李承允不急不徐地走到蘇心禾身邊，確認她沒事後，才慢悠悠地轉向歐陽旻文。「小王爺，好端端的，怎麼落水了？」

歐陽旻文又氣又怕，卻還梗著脖子道：「李承允，你居然敢謀害皇室子弟，該當何罪?!」

李承允氣定神閒地開口。「小王爺有什麼證據？我不過是聽到小王爺呼救才過來看看，若小王爺不喜，我們便先走了。」

歐陽旻文見狀，頓時急了。「你們別走啊！我、我不諳水性，會出人命的！」

李承允冷冷地說道：「那小王爺可要抱緊船槳了。對了，方才小王爺不是說不把御林軍放在眼裡嗎？且看看他們會不會把您放在眼裡，前來營救。」

說完，李承允便拉著蘇心禾離開，留下歐陽旻文泡在水中鬼哭狼嚎。
李承允身材高大腿又長，走得飛快，蘇心禾要跟上他實在吃力，本想出言提醒，但見他面色緊繃，似乎極其不悅，只得硬生生將話嚥下去。
此刻的李承允正壓抑著怒氣。
歐陽旻文竟敢打她的主意？簡直不知死活！只將他推到水裡，真是便宜他了，這樣的人，合該剝光了架在火上烤才是！
李承允怒氣沖沖，越走越快，直到出了長寧河畔的看臺，才聽見身後之人怯怯開口。
「夫君……」
他轉過頭去，臉色依然不好。「怎麼了？」
蘇心禾硬著頭皮道：「我、我手疼……」
李承允垂眸一看，她那柔若無骨的小手、水蔥似的手指，被他無意識地捏紅了。
他眸色微頓，連忙鬆開她，面帶歉意，卻一言不發。
蘇心禾偷偷看向李承允，卻見他連耳根都紅了。
這一幕，恰好被沿階而下的李儼跟葉朝雲收入眼底。
李儼皺眉低聲道：「光天化日之下，對新婦拉拉扯扯，成什麼樣子！」
葉朝雲卻不冷不熱道：「這兒媳不是侯爺親自選的？承允待新婦熱絡些，有何不可？」
李儼動了動唇，到底沒說什麼，繼而邁開步伐朝臺階下走去。

這兩人的到來破壞了現場的曖昧，李承允與蘇心禾趕忙向兩老見禮。
李承允的臉色已經恢復正常，但不知怎的，剛剛牽著蘇心禾的那隻手，還有些微微發燙。
蘇心禾站在他身旁，低低埋著頭。
看了李承允一眼，李儼道：「營帳那邊都安頓好了？」
李承允道：「回父親，安頓好了，他們晚些便會啟程回南郊大營。」
聞言，李儼點了點頭，道：「操練這些日子，努力總算沒白費，明日起玉龍山便可啟用了，你打算如何安排？」
李承允如實答道：「孩兒打算與眾將商議之後，再做定奪。」
思索片刻之後，李儼道：「也可以問一問你兄長的意思，在南疆時，操練新兵一事皆由他負責，從未出過任何差錯，他今日去南郊大營了，晚些時候就會回來。」
聽到李儼提起李信，蘇心禾便默默瞧了李承允一眼，他的面色明顯冷了幾分，不鹹不淡地應了聲。
明明是五月，蘇心禾卻覺得這父子倆恍若兩個大冰塊，站在這兒便讓人發冷。
李儼望向蘇心禾，道：「心禾，聽聞妳今日帶著承韜與惜惜犒賞將士們了？」
此話喜怒不辨，蘇心禾只能答道：「回父親，也算不得犒賞，不過是見將士們辛勞，才請承韜與惜惜幫忙買了些吃食送去，若父親覺得不妥，那兒媳下次……」
「父親，」李承允忽然開口道：「此事是我准的，若父親要怪，便怪我吧。」

只見李儼眼睛一瞪，道：「我何時說過要怪你們了？從嚴治軍與愛兵如子並不衝突，在將士們受挫時，心禾能主動鼓舞士氣，理應褒獎，何來怪罪?!」

李承允低聲道：「是。」

對著兒子不悅地「哼」了一聲後，李儼換上一副慈祥面孔，對蘇心禾道：「心禾，這次妳做得很好，龍舟隊奪冠，妳功不可沒。」

蘇心禾忙道：「父親言重了，兒媳不過盡了綿薄之力，不足掛齒。平南軍隊伍能奪冠，多虧父親平日教導有方，以及夫君這段日子的用心。兒媳見夫君一直在研究長寧河岸的地勢，一本《龍舟記》都快翻爛了，如今總算得償所願，可喜可賀。」

聽了這話，李儼才勉強點了頭，對李承允道：「這次的龍舟賽，籌備時間甚短，能一舉奪魁，實屬不易，你辛苦了。」

李承允垂眸道：「都是孩兒分內之事。」

讚美了一句，李儼又立即補充道：「今日雖獲勝，但切莫驕傲自滿，要時刻自省，可明白？」

「是，孩兒明白。」

李儼見他態度謙和，便繼續道：「此次能拿下玉龍山，你們當記首功，可想要什麼獎賞？」

此時李承允的神色已緩和了許多，道：「多謝父親，孩兒無所求。」

李儼「嗯」了一聲，又問：「心禾呢？」

蘇心禾心思飛轉，小聲開口道：「父親，兒媳有個不情之請。」

此話一出，葉朝雲不禁有些訝異，李承允也面露意外。

李儼頷首道：「妳講。」

蘇心禾杏眼微彎，淺笑道：「今日乃是端午佳節，理應全家團圓，兒媳想舉辦一場家宴，不知父親與夫君可否賞臉？」

葉朝雲的眸子亮了幾分，有些期待地看向他們父子倆。

李儼思量了一會兒後，道：「今夜宮中並未設宴，應當有閒暇回府用飯。」

蘇心禾笑著道：「多謝父親。」

她看向李承允，小心翼翼地問：「夫君呢？」

那雙清澈的美目寫滿了期待，李承允不由自主地點了點頭。

蘇心禾鬆了一口氣，笑道：「那好，一會兒回府我便開始準備。」

葉朝雲臉上有了笑意。「蔣嬤嬤，心禾才嫁進來沒多久，對府中諸事還不夠熟悉，妳去幫襯一把。」

蔣嬤嬤笑著應是。

蘇心禾福身。「還是母親思慮周全。」

葉朝雲點了點頭，看蘇心禾的目光更加柔和了。

「父親、母親，原來您們都在這兒啊！教我們一陣好找！」李惜惜提著裙裾興高采烈地奔去。

李承韜跟在她後面，故作老成地訓斥道：「李惜惜，妳好歹是個姑娘家，走路就不能注意些嗎？」

聽他這麼說，李惜惜回頭朝他做了個鬼臉，道：「你不過比我早出來一點，憑什麼事事管著我？」

葉朝雲微微蹙眉。「妳三哥說得沒錯，妳如今哪有半點大家閨秀的樣子，別教人笑話了。」

李惜惜笑了笑，不以為然道：「我是父親跟母親的女兒，誰敢笑話我？再說了，看臺上的人都走光了，此處又沒有別人。」

葉朝雲看著皮猴似的女兒，實在有些無奈。

幾人邊走邊聊，李承韜說道：「父親、母親，方才營帳裡可熱鬧了，大夥兒都在慶祝龍舟賽得勝呢！」

李儼點了點頭道：「將士們辛苦了多日，今天便讓他們好好休息，晚上既要設家宴，也是時候回府了。」

話音剛落下，兩輛馬車便被趕了過來，但李儼習慣騎馬，逕自去了前頭，接過副將遞來的轡繩。

蘇心禾小聲道：「夫君今日也累了，還是乘車吧？」

他的傷口表面已經癒合，但裡面的傷可沒那麼容易好，能不騎馬還是別騎。

李承允明白她的擔憂，輕輕點了一下頭。「好。」

第二十四章　合力辦宴

葉朝雲將他們的對話收入耳中，轉身準備上車，可走到一半，卻發現李惜惜和李承韜站著不動。

她問道：「你們兩人打算如何回去？」

李惜惜笑著道：「母親先上車，我同二哥、嫂嫂共乘一車便好。」

忙了大半日，她的肚子有些餓了，也不知蘇心禾那百寶箱似的食籃裡還有沒有好吃的。

葉朝雲淡淡地掃了李惜惜一眼，道：「惜惜，過段時間，妳不是想去嘉宜縣主的生辰宴嗎？」

李惜惜愣了一下，忙不迭地點頭。「是啊！但菲敏的生辰宴打算安排在城外的茉香園，要在那邊住一夜，您同意嗎？」

葉朝雲道：「確實不同意，不過方才長公主同我提起了此事……」

李惜惜一聽這話，連忙湊到葉朝雲身邊，道：「那母親現在可同意了？」

葉朝雲回道：「茉香園並非皇家地界，母親不讓妳去，也是擔心妳遇到危險，妳可知道到時候有什麼安排？」

李惜惜連連點頭道：「我聽菲敏提起過，安排了許多有趣的玩意兒，若母親想聽，我便一一告訴您。」

葉朝雲「嗯」了一聲，道：「那妳先上車，路上慢慢說給我聽，我再考慮看看。」

李惜惜心頭一喜。要是能說服母親讓自己出城遊玩，放下那些吃食也值得！

她手腳俐落地上了葉朝雲的車，乖乖坐定。

葉朝雲又轉過頭看了李承韜一眼。

李承韜忙道：「我不叨擾母親跟惜惜了，我與二哥、嫂嫂擠一擠就好，人多熱鬧嘛！呵呵……」

若與母親一輛車，少不了會被她催促自己回去讀書習武。

葉朝雲忽然道：「你不是一直想騎你二哥的馬嗎？」

李承允微怔，道：「啊？以前確實是……」

他學習馴馬時，便想試一試李承允的烈火，可那已經是兩年前的事了。

葉朝雲便對李承允道：「承允，既然你要乘車，不如將烈火借給承韜試一試吧，免得他回頭又到我跟前鬧。」

李承韜一頭霧水，他什麼時候到母親面前鬧了?!

他正要開口，卻被自己的親娘一個眼神逼退，默默打了個激靈。

雖然不明就裡，李承韜也只得附和道：「是……不知二哥可否將烈火借給我試一試？」

李承允看著母親與弟弟，總覺得眼前的情況有種說不出的古怪，但他只能道：「那好，青松，將馬牽來。」

片刻後，青松將拴著烈火的轡繩送到李承韜手上，李承韜接過轡繩，忍不住伸手摸了摸烈火，烈火卻發出了輕蔑的嗤聲。

等會兒該不會被甩下來吧……李承韜心裡有點發毛。

安頓完兄妹倆，葉朝雲意味深長地看了蘇心禾一眼，道：「時辰差不多了，早些出發吧。」

蘇心禾垂眸道：「是，母親。」

葉朝雲滿意地點點頭，轉身上了馬車。

車輪徐徐轉動，兩旁的景色逐漸向後退去，賽舟結束後的長寧河恢復了平靜，潺潺流動的河水，在日光照耀下閃著粼粼波光，蘇心禾欣賞了窗外的景致一會兒，便放下車簾轉過頭。

李承允背靠著車壁，雙目闔上，像是在閉目養神。

蘇心禾靜靜瞄了他一眼，目光落到他手邊的食籃上。她本想取點吃的，又怕吵醒他，只得乾等，希望他早些醒來，或換個姿勢，好離那食籃遠一些。

李承允似是感知到了什麼，下意識睜開眼，正好迎上蘇心禾有些急切的目光。

四目相對，蘇心禾連忙斂起了神色，若無其事地看向別處。

李承允問道：「妳要這個？」

蘇心禾側目看去，就見他將食籃遞了過來。

她連忙伸手接過食籃，小心翼翼地問道：「吵醒你了？」

李承允搖頭道：「未曾。」

蘇心禾遂放下心來，打開了食籃。

馬車顛簸得有些厲害，蘇心禾覺得有些噁心，連忙從裡面翻出一粒酸梅塞到口中。

酸梅酸甜可口，頓時壓下胃腹的難受，也讓蘇心禾的臉色好了不少。

李承允長眉微蹙。「身子不適？」

蘇心禾搖搖頭，低聲道：「不過是平常甚少乘車，有些反胃罷了，吃一點酸食就好。」

李承允問道：「來的時候也如此？」

「倒沒有。」蘇心禾笑道：「與惜惜一路上說說笑笑的，便忽略了身子的不適。」

李承允道：「若回府還是不適，就傳府醫診治。不過，惜惜頑皮，妳不嫌吵？」

蘇心禾唇角微揚，道：「我倒覺得惜惜性子率真，有她在時總是很熱鬧，讓我想起在臨州的好友。」

李承允點了一下頭，道：「那就好。」

話題結束，李承允低頭看了蘇心禾的手一眼，她半張的手掌中，明顯可見一道紅痕。

「晚上的家宴，妳打算如何操持？」

「我打算下廚做兩道拿手菜，其餘的交給府中廚子。」

蘇心禾接管後廚以來，發現有幾個廚子不錯，只不過他們老是做些中規中矩的菜式，讓人吃多了膩味。「夫君可有什麼交代？」

李承允沈默了片刻，道：「妳的傷還沒痊癒，讓廚子動手便是。」

蘇心禾微微一愣，隨即笑著抬手給他看。「我的傷已經好了，不礙事，不過是疤痕未消，有些難看罷了。」

說著，蘇心禾感到一絲惋惜。這副身體畢竟是原主的，自己沒好好照顧，總覺得有些過意不去。

李承允聽罷，若有所思地「嗯」了一聲，道：「會好的。」

蘇心禾笑著點頭道：「不好也沒關係，反正傷在手心，並不明顯……不知夫君的傷如何了？」

「好了。」雖是簡簡單單兩個字，語氣卻頗為認真。

蘇心禾知道他不願多談此事，便道：「那就好。對了，夫君可知大家喜好什麼口味？」

李承允眉頭微擰，憑著記憶答道：「惜惜嗜辣，承韜來者不拒，母親口味清淡，父親則……」

話說到一半，李承允便頓住了，他還真不知道自己的父親偏好什麼口味。

父親在吃食一事上從不講究，也不允許他們有所追求，唯恐子女們貪圖享樂，墮了鬥志。

蘇心禾小聲問道：「父親如何？」

李承允答道：「我只知他不喜甜食。」

蘇心禾微微頷首，道：「好，我記下了。」

成婚敬茶奉點心的時候，李儼便說過自己甚少進甜食，這對父子這方面倒也相像。

馬車駛入城中主道，李承允抬手撩起車簾，不遠處，一座大氣的府邸映入眼簾。

蘇心禾不禁問道：「那是什麼地方？」

李承允道：「啟王府。」

蘇心禾點頭道：「原來是啟王爺的府邸。」

李承允似乎想到了什麼，揚聲道：「停車。」

車夫應聲勒住轠繩，讓馬車停了下來。

李承允說道：「我忽然想起一件要事，得去一趟啟王府，妳先回去吧。」

蘇心禾有些意外，連忙問道：「那夫君還回來用晚飯嗎？」

今日的家宴，想必母親相當期盼，若是李承允不回府，那她的心思便白費了。

李承允見她秀眉微蹙，似乎是有些緊張，便唇角微揚道：「會回去的。」

蘇心禾這才放心地笑著說道：「那好，我先回府置辦家宴，等候夫君返家。」

李承允下了馬車，逕自向啟王府走去。

啟王歐陽頌臨曾在平南軍中與李承允並肩作戰，一同出生入死，兩人交情不錯。離開平南軍後，他才替宣明帝掌管王軍。

李承允同看門的司閽表明來意，很快便得管家相迎。

管家笑著將李承允帶入府中，道：「王爺才回來不久，一聽世子爺來了，很是高興，讓小的立即迎您去書房。」

李承允道了聲謝。

到了書房門口，管家便依禮退下，歐陽頌臨已經換上一身便服，笑著迎了出來，道：「承允啊承允，之前我邀了你好幾次，你都推說公務繁忙，今日怎麼突然過來了？」

李承允道：「實不相瞞，我有一事相求。」

歐陽頌臨一聽此話，更是意外。據他所知，李承允一向獨來獨往，不會平白無故欠下人情，便道：「承允請說，只要是本王做得到的，一定幫忙。」

李承允沈默了片刻後，道：「記得啟王爺在軍中時曾經提到一種藥，能癒合生肌、療傷祛疤？」

歐陽頌臨回道：「你說的是玉肌膏？」

李承允點頭。「是。」

歐陽頌臨含笑打量他，道：「之前我要贈你這藥，你還不肯收，怎麼，如今娶了妻，擔心滿身的疤痕嚇著她？」

李承允面上微熱，卻未反駁。

歐陽頌臨見他不語，笑意更濃了，道：「來人，取一盒玉肌膏來。」

小廝應聲而去，片刻後，玉肌膏就到了李承允手上。

李承允收好玉肌膏，躬身一揖道：「多謝啟王爺。」

歐陽頌臨擺擺手，不甚在意地開口。「你若真的感激本王，今晚便留下與本王暢飲一番，那玉龍山讓你奪去了，本王心裡可鬱悶著呢！」

李承允不自覺地勾了勾唇，道：「今晚已經有約，實在不好推託，改日我再請啟王爺。」

說罷，李承允又是一揖，果斷轉身離開。

「欸！你怎麼說走就走啊？」歐陽頌臨又好氣又好笑。「早知道就不這麼爽快給你藥了！」

蘇心禾回到平南侯府後，便直接鑽進後廚。

端午家宴，自然得好好籌劃一番，雞、鴨、魚、肉必不可少，再添四道熱菜、兩道涼菜、一道湯、一道主食，不算飯後甜點，共計十二道菜，既不鋪張浪費，也不會過於寒酸。

蘇心禾在熱菜中挑了魚跟豬蹄，打算親自下廚，其他菜便交給廚子與廚娘們。

展望一見到蘇心禾，便滿臉堆笑地湊了過來。「世子妃，後廚乃污穢之地，怎能讓您紆尊降貴，親手下廚呢？若污了您的手，豈不是小人的罪過？」

蘇心禾不以為意，只道：「雖說『君子遠庖廚』，但若無庖廚，何來飯食？我不覺得後廚乃污穢之地，這話龐掌事以後不要再說。」

此話一出，在後廚幹活的人神情都亮了幾分，不禁對這位出身平凡的世子妃多了幾分敬意。

龐展望本想阿諛奉承一番，卻沒想到馬屁拍到馬腿上了，只得道：「是……您若有什麼需要，只管知會一聲，小人定然為您鞍前馬後！」

蘇心禾道：「將我要的材料速速備來。」

龐展望忙不迭點頭，轉身便使喚起菊芳，菊芳取了表單後，不消片刻便將蘇心禾要用的食材送了過來。

青梅幫蘇心禾清點了一下，笑道：「菊芳姊姊辦事果真俐落。」

菊芳甚少得人誇獎，有些不好意思起來，只道：「世子妃若還有什麼需要的，儘管吩咐。」

蘇心禾點點頭，她一轉身，便開始「對付」菊芳送來的活魚。

在大宣，南方喜食白肉，北方更喜紅肉，蘇心禾吃過府中廚子做的魚，多數是煮湯，實在不能凸顯出魚肉的美味，於是今日蘇心禾打算自己料理。

她用襻膊綁住寬大的衣袖，隨後拎起這條活魚掂了掂，約莫有三斤重，這體格恰好適合做松鼠鱖魚。

松鼠鱖魚講究頭仰尾巴翹、形似松鼠為上佳，蘇心禾手法俐落地處理好魚頭，又將魚身一翻，橫著用刀，緊緊貼著魚骨，將肥美的魚肉剔下。魚肉剔至魚尾處，要及時收刀，才能保證魚尾不斷。

蘇心禾動作從容、不緊不慢，從頭到尾，每一片魚肉都厚薄均勻，這刀工，連主廚老宋都嘆為觀止。

老宋忍不住問道：「世子妃這手法，只怕不是一日之功，敢問師承何處？」

蘇心禾淡淡笑了笑，道：「我父親是江南一帶的名廚，這身廚藝，都是父親教的。」

老宋點點頭道：「原來如此！」

蘇心禾剔好魚肉，又片起了花刀。片過花刀的魚肉，如張開的花瓣一般綻開，看起來相當豐美。

下一步，是入鍋之前最關鍵的一步——醃製。

黃酒去腥必不可少，除此之外，鹽與其他醃料也得提前放進去。

蘇心禾醃起魚肉以後，便將其靜置在一旁，正打算切些配料，卻見聽見李惜惜的說話聲。

她一抬眸，便瞧見了李惜惜的身影，正打算開口，就見葉朝雲也出現在門口。

蘇心禾連忙放下手中的活計，迎上前去行禮。「母親。」

葉朝雲點了一下頭，道：「在忙什麼？」

蘇心禾答道：「我準備做一道松鼠鱖魚，正在料理。」

葉朝雲才「嗯」了一聲，李惜惜便笑嘻嘻地說道：「今夜家宴，怎麼能讓妳一個人出風頭？我們也來幫忙了！」

此話一出，不僅蘇心禾詫異，滿後廚的人也都瞪大了眼。今年的端午到底有什麼特別的？居然能讓這麼多主子齊聚在後廚？

蘇心禾以為葉朝雲不放心自己操持家宴，便說道：「母親，您要不要看一看菜單？若有不合適的地方，我立即更換……」

葉朝雲搖了搖頭，道：「菜單妳決定便好，惜惜說她同妳學會了包粽子的方法，要過來幫忙，我正好閒來無事，便順道出來走走。」

李惜惜「咦」了一聲，道：「母親，您方才不是說想學包粽子嗎？」

「咳。」葉朝雲瞥了她一眼。「我何時說了？我不過是擔心心禾初來乍到，對後廚不熟，這才過來看看。」

蘇心禾心中如明鏡一般。在後廚一事上，母親只怕沒自己熟悉，她不過是想參與籌備家宴，卻又不好意思開口罷了。

於是她笑著說道：「母親跟惜惜來得正好，粽子還沒包完呢，若能得妳們相助，那就太好了。」

「不就是包粽子嗎，我很拿手！」李惜惜信心爆棚，不等丫鬟取來束袖的襻膊，便自顧自地挽起衣袖，坐到盛放糯米的木桶邊。

葉朝雲聽李惜惜吹噓包粽子的技法已久，也有些興趣，但見到一堆白生生的糯米，還有大片煮過的粽葉時，又有些遲疑。

蘇心禾耐心地為葉朝雲講解了一番，又當著她的面示範粽子的包法，葉朝雲聽得認真，道：「原來粽子是用蘆葦葉包出來的，從前當真沒注意過。」

聞言，蘇心禾笑道：「世間美食各有來處，烹飪美食也別有一番樂趣，母親可以試試，若是累了，休息便好。」

葉朝雲頷首，學蘇心禾將糯米塞進蘆葦葉，糯米滑溜溜的，在蘆葦葉窩成的漏斗裡調皮地散開，她用手指塞了塞，才將糯米塞回去。

粽子綁好以後雖然有些歪歪扭扭，但也算有了成果。

葉朝雲出身自高門大戶，自幼便飽讀詩書，琴棋書畫樣樣精通，卻從未行過庖廚之事，這次學會了包粽子，覺得頗有意趣。

蘇心禾讚嘆道：「母親學得真快，也不知道誰有口福，能吃到您包的粽子。」

葉朝雲聽了這些話，表情一向平淡的臉上逸出了幾分笑意。「還不知味道如何呢。」

蘇心禾自然捧場。「定然十分美味，一掃而空。」

婆媳倆相視一笑。

後廚眾人見高高在上的侯夫人與世子妃如此平易近人，心情也放鬆了不少。

蘇心禾走到案板旁，備起了松鼠鱖魚的配料。

泡過以後的冬菇有些膨脹，蘇心禾擠了擠水分，冬菇便結實了不少。她取下冬菇的菇柄，讓菇傘臥倒，一刀連一刀切成了薄片。

黑白相間的冬菇薄片十分醒目，蘇心禾將它們推到一旁的白瓷碗裡。

鮮嫩的冬筍、香脆的胡蘿蔔，還有圓潤飽滿的青豆，每一味都是松鼠鱖魚的必備配料。

待配料全部準備好以後，青梅燒的水也開了。「小姐，可以焯水了！」

她跟隨蘇心禾多年，兩人早有默契。

蘇心禾笑著應聲，將方才備好的配料依次倒入沸水中。

李惜惜包粽子包到一半，見蘇心禾將花花綠綠的東西放入鍋中，好奇地望了過去，葉朝雲卻道：「行事當認真，好好包妳的粽子，不然可能會煮散。」

聞言，李惜惜嘆了口氣。早知道不帶母親過來包粽子了，母親凡事較真，才包了兩個粽子，便比她包得更像樣了。

蘇心禾焯完了冬菇、冬筍與胡蘿蔔，便將一盤圓溜溜的青豆倒入鍋裡。用鍋鏟稍微一推，嫩綠色的青豆，在鍋中打了兩個滾，就變成了翠綠色。

煮過的青豆顏色容易發黃，蘇心禾將青豆撈出來以後，便迅速將其倒入涼水中。

老宋瞧得仔細，笑道：「世子妃做菜當真仔細周到。」

蘇心禾笑笑。「一道好菜講究色、香、味俱全，若是顏色不佳，便不美了。」

第二十五章　饞貓上身

待配料全部焯過水後，蘇心禾便取來醃製好的魚肉。處理過的魚肉，幾乎吸收了所有調味料的精華，稍稍撥動都會溢出汁水來。

蘇心禾問：「麵粉呢？」

青梅隨即將一碗麵粉遞了過來。「小姐，這些可夠了？」

蘇心禾笑著搖頭，道：「這麵粉便是松鼠鱖魚的『衣裳』，須穿得體面才好，去拿個乾淨的盆來。」

青梅還未答話，一旁的老宋便將自己慣用的木盆遞了過來。「世子妃，這個可好？」

蘇心禾見那木盆有些年頭了，卻依舊保持得乾乾淨淨，便知是他的愛用之物。對廚子而言，愛用之物向來捨不得外借，即便對象是主子也不例外，她感激地點頭。「多謝宋主廚。」

老宋不好意思地笑笑，連忙收回自己的視線。

其實他很想看蘇心禾是怎麼做松鼠鱖魚的，可礙於行規，便自覺地扭過頭。

蘇心禾猜到他心中所想，說道：「宋主廚若是有空，可以指點指點我，畢竟同一道菜，南北的作法可能不同，截長補短，才能讓菜做得更好。」

老宋一聽，頓時喜出望外，受寵若驚地問：「世子妃就不怕我等偷師嗎？」

蘇心禾笑著說道：「我又不開酒樓，怕什麼？況且諸位若是學會了，我日後想吃便不用自己動手了。」

此話一出，眾人都笑了起來。

葉朝雲甚少與下人們說笑，然而眼下氣氛輕鬆和諧，著實令她身心舒暢。轉眼間，她已經包了幾十個粽子，粽子擠在數個盤子上，讓她很有成就感。

一抬眸，葉朝雲就見李惜惜跑去灶臺邊，她不禁提醒道：「惜惜，妳的甜粽子還未包完，怎麼……」

「母親！」李惜惜忙不迭地朝她招手。「您快來看看！」

葉朝雲見她一臉興奮，疑惑地走了過去。「看什麼如此認真？」

話還沒說完，葉朝雲就睜大了眼。

偌大的木盆中，麵粉如雪花般厚實又蓬鬆，蘇心禾拎著魚尾，直接將魚肉扔進盆裡滾了兩圈，魚皮便裹滿麵粉，好似穿了一層雪白的衣裳。

李惜惜忍不住問道：「好端端的魚為何要放入麵粉裡打滾？沾了這麼多麵粉，只怕口感爽滑不起來了。」

蘇心禾笑了一下，也不解釋，反而用手剝開劃出的魚片，將更多麵粉撒到魚肉上。

軟軟的魚肉裹上一層麵粉之後，便挺了起來，看起來白白胖胖的。

蘇心禾提著魚尾，兩大片魚肉便像兩串白色的小樹，枝椏呈放射狀，上面沾滿麵粉，彷彿積雪。

子。

「宋主廚，幫我燒油。」

老宋積極地應了聲。「好咧！」

抬手俐落地倒了半鍋油下去後，老宋又幫忙加了些柴火，火舌逐漸竄了上來，溫度一點一點由下往上滲透，油香逐漸被拱了上來，縈繞在廚房中，悄無聲息地勾了勾每個人的鼻子。

蘇心禾對前來圍觀的葉朝雲與李惜惜道：「母親、惜惜，請後退一步，免得熱油燙人。」

葉朝雲聽罷，連忙拉李惜惜後退，但眼睛仍然直勾勾地盯著鐵鍋。說不上為什麼，一向冷靜自持的她，居然生出了一種微妙的期待。

李惜惜也目不轉睛地盯著鍋裡，既興奮得搓手，又緊張得如臨大敵。

蘇心禾看準了火候，將盛魚的盤子送到鍋邊，她一手拎著魚尾，迅速將裹好麵粉的大片魚肉推入油鍋裡，「滋啦」一聲，魚肉便被炸開了花。

被炸過的魚肉不但色澤金黃，還迸發出驚人的香氣，一瞬間襲捲了整個後廚。

葉朝雲看得發怔，李惜惜則忍不住嚥了嚥口水，問道：「炸好就能吃了嗎？」

蘇心禾忍著笑。「還早呢！」

油炸，只是烹煮松鼠鱖魚的第一步。

蘇心禾將魚肉翻了個面。花刀的成敗，在油炸時便能檢驗出來，如今這魚炸得高聳金黃，便是成了。

將炸好的松鼠鱖魚撈起，蘇心禾將其瀝乾油，放入盤中仔細擺好。

李惜惜湊近一看，見魚肉炸得挺了起來，便道：「這麼看來，還真的有幾分像炸毛的松鼠。」

蘇心禾笑道：「如今雖然像樣了，卻還沒有靈魂。」

濃郁的茄汁醬，才是松鼠鱖魚的點睛之筆。

蘇心禾重新熱鍋，油沸之後，便將提前備好的配料依次扔進鍋裡爆香。

由於此處沒有番茄醬，她只能用新鮮的番茄烹煮。番茄與配料共同炒製後，濃郁的醬汁便被熬出來了，鍋裡一片紅潤，看起來嬌豔無比。

蘇心禾加入鹽與糖，又加了些黃酒、胡椒粉等一起熬煮，這些料單獨品嚐時雖然各有滋味，可一組合在一起，便能千變萬化。

醬汁要綿密，還得加入些許澱粉，勾了芡之後，蘇心禾又從隔壁的熱油鍋中舀起一勺沸油倒進醬汁，鍋裡傳來的爆破聲進一步刺激了眾人的感官，讓所有人都倒吸了一口氣。

好香！

蘇心禾舀起一勺醬汁，對炸好的松鼠鱖魚迎頭澆下——

濃郁鮮紅的醬汁順著魚肉慢慢滑了下去，瞬間點亮整個盤子，炸得金黃的松鼠鱖魚，被賦予了鮮活的橙色，泛起誘人的油光。

李惜惜已經嚥了好幾輪口水，道：「我能嚐嚐嗎？」

蘇心禾還未答話，葉朝雲就道：「妳二哥還未回來，怎能提前動筷？」

李惜惜一聽，頓時洩了氣，嘟囔道：「我餓了……」

蘇心禾笑道：「既然惜惜餓了，我們便快些出菜吧。」

老宋聽罷，笑著應聲。「大夥兒都聽見了吧？動作快些，大小姐餓啦！」

見眾人紛紛應和，李惜惜反而害羞起來，嘀咕道：「也、也沒餓到那個程度……」

蘇心禾笑著將松鼠鱖魚推到她面前，道：「妳若是想早些出餐，便先帶人去花廳收拾一番，這道松鼠鱖魚已經能上桌了。」

李惜惜本就惦記著這道料理，一見到蘇心禾讓她安排上菜，便來了精神。「好，我這便讓人將碗筷擺上！」

說罷，她隨手一指旁邊的菊芳，道：「妳隨我去吧。」

李惜惜領著菊芳出去後，葉朝雲便說道：「心禾，妳看這些粽子夠了嗎？」

蘇心禾把手弄乾淨後走過去，她一靠近糯米桶，便吃了一驚——整整一大桶糯米，竟然被用得一乾二淨！

她指著面前幾座「粽子山」，不敢置信地問：「母親……這些都是您跟惜惜包的？」

一旁的蔣嬤嬤笑道：「大小姐才包了幾個便看熱鬧去了，這些都是夫人包的，還不許老奴等人幫忙呢！」

蘇心禾問道：「母親可累著了？」

葉朝雲淡淡地說道：「我幼年練筆時，每日要寫上千個字，比包粽子累多了，不過幾十個粽子而已，不知不覺就包完了。」

蘇心禾不由得瞠目結舌。

後廚緊鑼密鼓地準備起晚飯來，葉朝雲起身道：「我回房更衣，餘下的事便交給妳了。」

蘇心禾頷首道：「母親放心。」

松鼠鱖魚完成之後，蘇心禾來不及休息，青梅便將豬蹄送了過來。

一盆白花花的豬蹄都是精華的蹄尖，已經焯好了水，用蔥、薑、黃酒過了一遍，看上去乾淨清爽、瑩白透亮，毫無肉腥味。

蘇心禾十分滿意，笑道：「妳的手藝越來越像樣了，要不要改行做廚娘？」

青梅一聽，腦袋搖得像撥浪鼓。「不不不！這豬蹄奴婢偶爾伺候一回還行，平常還是伺候小姐的好！」

蘇心禾無語。拿我跟豬蹄比，真是謝謝妳啊。

青梅問：「小姐，您打算如何烹煮這一鍋豬蹄？」

蘇心禾用筷子輕輕戳了戳半熟的豬蹄，道：「方才那道松鼠鱖魚是甜口的，這豬蹄便做成香辣的吧！」

豬蹄再次沒入清水之中，隨著水溫逐漸升高，色澤沈了幾分，看起來更有分量。

蘇心禾掏出一個自製網兜，往裡面塞了些紅色的顆粒，口一封再扔進去。

青梅好奇地問道：「小姐，您剛剛放進去的是什麼？」

「紅麴米。」

「紅麴米？」青梅撓了撓頭，似乎沒聽過這種東西。

老宋解釋道：「紅麴米是用粳米或糯米釀成的，有活血化瘀、健脾消食之功效，擱到鍋裡煮湯，能幫助肉類上色。」

青梅若有所思地點了點頭。

蘇心禾選擇紅麴米，也是因為這樣熬出來的醬色紅而不黑，能讓豬蹄看起來更豐嫩。

她一面燉煮豬蹄，一面準備炒料。

油溫一上，蘇心禾便抓了一把冰糖撒入鍋中，翻炒幾下之後，冰糖便與熱油融為一體，散發出焦甜的香味，豆瓣醬便在此時派上用場。

這豆瓣醬是蘇心禾在臨州時親手釀製的，比外面買的好上許多，一勺豆瓣醬下鍋，鐵勺便迅速劃圈打散豆瓣醬，與糖色的醬汁一道熬煮，又香又辣，還帶著絲絲的甜味，一個勁兒地往人鼻子裡鑽，青梅連忙扭過頭用帕子捂嘴，打了個噴嚏。

蘇心禾笑道：「若是太嗆鼻，就抹點水在鼻下。」

青梅聽話地點點頭，用帕子沾了些水抹在鼻子下方，果然隔絕了濃郁的嗆香味。

鍋中的醬料越熬越濃，蘇心禾又加入桂皮、白芷與香葉等物，這些東西單看並不起眼，但放到醬料中時便能提香。

蘇心禾見醬料熬煮得差不多了，便澆入一瓢清水，清水一入鐵鍋，便讓醬汁變成了醬湯，豔紅波紋在鍋中微漾，很是誘人。

此時，豬蹄已燉煮好了。這鍋豬蹄未加醬油，單靠紅麴米上色，燉成了好看的乳粉色。

蘇心禾將豬蹄倒入鮮紅的醬湯裡，又讓青梅加了些柴火，醬湯被燒得沸騰起來，「咕嚕咕嚕」地冒著泡，拚命往豬蹄裡鑽。

粉色的豬蹄很快被紅潤的醬湯徹底浸染，熬出好看的醬紅色。

用大火收汁時，醬汁逐漸濃縮，豬蹄塊塊油亮，令人垂涎三尺。

一道香辣豬蹄就此完成。

蘇心禾將擺好盤的香辣豬蹄遞給青梅，道：「可以上菜了。對了，惜惜怎麼還沒回來？」

此時此刻，李惜惜正獨自坐在花廳裡的餐桌之前，身心面臨極大的煎熬。

那道松鼠鱖魚威風凜凜地擺在桌上，頭尾雙翹，中間那段魚肉，一瓣瓣恍若綻開的花，油光瀲灩、飽滿多汁。

李惜惜嚥下第十八次口水了。

菜已經擺上桌好一會兒了，怎麼其他人還不來？

她心想，這道松鼠鱖魚可是油炸過的，也不知道等久了會不會蔫了、滋味不美了？

這個想法一冒出來，李惜惜不禁有些焦慮。

松鼠鱖魚這道菜是她親自看著做出來的，還沒嚐一口呢，怎麼能眼睜睜地看著它走向衰落？

於是李惜惜掃了旁邊的菊芳一眼，道：「妳去後廚看看其他菜什麼時候上來，順便告訴我二嫂，花廳這兒一切就緒了。」

菊芳應聲退下。

李惜惜見花廳中除了自己以外並無他人，那顆不安分的心，蠢蠢欲動。她拿起面前的筷子，緩緩伸向了那道松鼠鱖魚，就在即將觸到魚肉之時，她又不安起來。

李惜惜腦海裡彷彿有兩個小人兒，一個小人兒說：父親與二哥常年在外征戰，好不容易回京吃一頓團圓飯，妳卻在眾人到齊之前偷吃?!怎麼對得起他們?!

另一個小人兒又說：不過是吃塊魚肉罷了，有什麼大不了的？父親跟二哥都不愛甜食，就算他們過來，這松鼠鱖魚也是妳的！

第一個小人兒不服氣，繼續道：既然遲早是妳的，何須此時偷吃？若是這事被人看見了，妳的面子往哪兒擱？

第二個小人兒極力反駁道：這兒哪有人呢?!吃一塊而已，又看不出來……

腦內經過一番激烈的拔河，李惜惜的食慾終歸打敗了理智，她躡手躡腳地挾住一塊魚肉，輕輕一掰——「滋啰」一聲輕響，魚肉便與魚身脫離，穩穩被她挾住。

李惜惜面上一喜，迫不及待地將這塊松鼠鱖魚送入嘴裡——

香濃的茄汁味瞬間蔓延到整個口腔，酸酸甜甜、黏而不膩。魚肉外表炸得酥脆，嚼起來「嘎吱嘎吱」作響，既保留了魚肉的鮮，又增添了一股韌勁，最難得的是，最裡面的魚肉保留了恬淡、綿軟的口感，令人回味無窮。

然而李惜惜吃完這一口松鼠鱖魚，就有些後悔了。

松鼠鱖魚表層澆了醬汁，原本是一片鮮豔的橙紅色，如今被她扒下一塊，魚腹處便多了一塊白色。

那塊白色的面積雖然不大，看來卻十分刺眼。

李惜惜思量片刻，趁著四下無人，找來一個瓷勺，小心翼翼地舀起一勺醬汁，澆到露白的魚肉上。

澆完後，她還有些不放心，又用勺子多抹了一層醬汁上去。

「李惜惜，妳在偷吃？」

背後冷不防多出了一個人，嚇得李惜惜差點把勺子扔了，她扭過頭，見是李承韜，便氣鼓鼓道：「你瘋了嗎？嚇我一跳！」

李承韜繞到椅子前坐下，似笑非笑道：「妳方才在幹什麼？」

聞言，李惜惜連忙放下勺子，故作鎮定道：「沒有。」

「沒有？」李承允笑嘻嘻地抬起手，指了指她的嘴角。「那妳嘴角怎麼有油？」

李惜惜微驚，連忙掏出手帕擦拭嘴角，誰知什麼都沒有。

她氣得瞪大了眼。「李承韜，你詐我?!」

李承韜靠在椅背上，恣意地用雙手枕著自己的頭，笑道：「兵不厭詐，誰讓妳不好好讀兵書？」

只見李惜惜不屑地「哼」了一聲。「我又不用上陣殺敵，倒是你，三天兩頭不去上學，要是被太學趕走，那你可就丟人了！」

聽了這話，李承韜的面色稍稍緊了緊，又將話題拉回來，道：「妳別東拉西扯了，妳明明在偷吃，被我發現了還不敢承認。」

李惜惜下巴一揚，道：「你有什麼證據證明我偷吃？再說了，就算我真的偷吃，那又如何？」

「是啊，確實沒什麼大不了，母親最多斥責妳目無尊長，罰妳在家學規矩，不讓妳去嘉宜縣主的生辰宴罷了。」李承韜笑了笑。

李惜惜一愣，咬牙切齒道：「李承韜，你卑鄙！」

被她罵了，李承韜也不在意，嘿嘿笑道：「妳若乖乖地叫聲『三哥』，讓我心情好一些，也許我就不同妳計較。」

「哪有你這樣的三哥？」李惜惜不肯屈服。「我吃了便吃了，敢做敢當！」

既然此事被李承韜發現了，她索性破罐子破摔，又拿起筷子掰下一塊魚肉，豪邁送入口中。

「嘎吱嘎吱」的聲音傳進李承韜耳裡，他不禁蹙起眉道：「妳還吃？」

李惜惜嚥下美味的魚肉，小嘴上滿是油光。「你都要告狀了，我偷吃一塊跟偷吃十塊有分別嗎？」

李承韜無法反駁。

於是，李惜惜掰下第三塊魚肉，扔進嘴裡。眼下這松鼠鱖魚正是好時候，熱而不燙、焦脆鮮香，吃了一塊，還想吃下一塊。

見李惜惜吃得恣意，李承韜忍不住問：「真有那麼好吃？」

李惜惜斜他一眼，道：「當然，我親眼看著二嫂做的，外面的肉被炸成了脆脆的殼，淋上這酸甜的醬汁吃，香極了！」

這話說得李承允兩眼發光，腹中饞意大增，他忍不住拿起筷子，伸向了松鼠鱖魚。

誰知李惜惜卻一把按住他的手，道：「李承韜，你不是要告我的狀嗎？怎麼還『同流合污』？」

李承韜乾笑兩聲，道：「惜惜，我剛才是同妳開玩笑呢。」

懷疑的眼光在他臉上梭巡，李惜惜挑眉道：「你確定？」

李承韜舉手發誓。「我確定！我想過了，妳如今還在長身體，多吃點也正常，我身為兄長，怎能因此怪妳呢？」

見李承韜如此認真，李惜惜便道：「罷了罷了，誰讓你是我三哥呢？咱們美食同享，誰都不許說啊！」

萬一被發現了，有個墊背的，總比一個人受罰要強！

瞧李惜惜答應了，李承韜便笑著點頭。「好！」

李承韜學李惜惜從魚腹邊上掰下一小塊魚肉，還特地在醬汁裡滾了滾，才張嘴接下。

這酸甜香脆的口感瞬間俘虜了李承韜的心，他旁若無人地大口咀嚼，只覺得嘴裡滿是香氣。

怪不得李惜惜欲罷不能，這松鼠鱖魚也太美味了！

李惜惜見李承韜也吃了起來，便放開手腳，兩人你一塊、我一塊，頃刻之間，最邊邊的一條魚腹就消失了……

——未完，待續，請看文創風1284《禾處覓飯香》2

菱昭著

朝朝暮暮，
相知相伴

8/6
出版

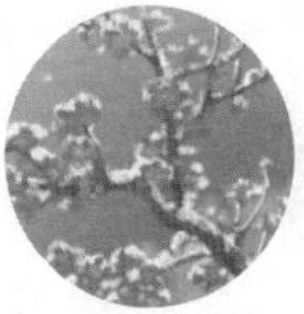

不可能吧？老天爺良心發現了，居然這麼眷顧她嗎？
她重生已經很不可思議了，沒想到連未婚夫也重生了！
原來上輩子他也沒能善終，跟她死在了同一天，
這下可好，有人能一起商量，她不用孤軍奮戰了，
何況她還得知了一個驚世秘密，這回他們的活路更大了吧？

文創風 1280-1282《姑娘這回要使壞》全三冊

身為姑蘇首富唯一的女兒，青梅竹馬的未婚夫裴行昭更是江南首富獨子，
沈雲商本以為自己應該享受榮華富貴，一輩子無憂無慮到老的，
萬萬沒想到，她紅顏薄命，只活到二十歲就香消玉殞，且是被人毒死的！
只因他們招惹來了二皇子那表面仁善、內心狠毒的煞星，
對方以權勢及彼此的家族性命相逼，硬生生威脅他們小倆口退婚，
小竹馬被迫娶了二皇子的親妹妹，成了人人稱羨的駙馬爺，
而她則嫁給了二皇子的摯友，讓京城許多女子心碎嫉妒，
兩樁婚姻，四個被拆散的人都不幸福，唯一開心的只有荷包滿滿的二皇子，
可她至死都沒能明白，二皇子死死拿捏住她，究竟是想從她這裡得到什麼？
她猜是出嫁前母親鄭重傳承給她的半月玉珮，難道……那玉珮有何秘密？
無論如何，幸運重生的她決定了，這回她要盡情使壞，為自己搏一條活路！
這一次不管二皇子怎麼威脅逼迫、使盡下三濫的手段，她都堅決不退婚，
裴行昭生是她的人，死是她的鬼，誰想要他，就得從她的屍體上踏過去，
何況她吃慣了獨食，誰想從她手裡搶，她就是死也要咬下對方一塊肉！
當然，她心裡清楚，胳膊擰不過大腿，所以得找個能讓二皇子忌憚的人！

途圖 著　揮灑自如敘情高手

8/13 出版

吃下她親手做的料理，就會洩露內心的秘密……
老天爺就是這麼不公平，不僅讓她重活一世，還成了超能力者，
她可得好好發揮這個優點，撫慰人心、收穫幸福人生！

文創風 1283-1285《禾處覓飯香》全三冊

江南，蘇心禾穿越而來，成為當地一位名廚的寶貝獨生女；
京城，李承允自北疆隨大軍歸家，繼續當他的平南侯府世子。
看似八竿子打不著的兩人，卻因一樁娃娃親走到了一起。
前世身為小有名氣的美食部落客，蘇心禾的廚藝不在話下，
加上生得貌若天仙，怎麼看都是被人疼寵的命，
誰知從侯府的下人到城裡的路人全說她家挾恩逼娶，
活像她玷污了他們心中的帥氣大明星——李承允似的。
罷了，在她看來，這表面圓滿、實則破碎不堪的平南侯府，
比她這個在單親家庭長大的小姑娘更需要救贖，
就讓她揮動料理魔法棒，滋潤每個人乾枯的心靈……

同場加映 ●●●●●●●●●●●●●●● **7冊折扣後再減200元**

文創風 1220-1223《小虎妻智求多福》全四冊

穿成大靖朝將門千金，寧晚晴卻發現原主去世的案情不單純，
為了讓東宮成為家人的靠山，她決定嫁給草包太子趙霄恒，
孰料備嫁時又起風波，前世身為律師的她連上山燒香都能遇到案件，
她當場戳穿神棍騙局，再搬出太子的名號，將犯人送官嚴辦！
這些大快人心的事全傳到趙霄恒耳裡，他挑著眉問她一句——
「還沒入東宮就學會拉孤墊背，以後豈不是要日日為妳善後？」
趙霄恒不呆耶！她幫百姓主持公道，他替她撐腰豈不是剛剛好～～

莫顏著

穿到古代衝事業，
女子也能闖出一片天

8/20
出版

虞巧巧最看不慣欺男霸女的惡人，
尤其這些惡人錢還很多，只要一掏出銀子，有罪都能變無罪，
她的刺客生意專門教訓這種人，懲奸除惡順便賺銀子，一舉兩得！

文創風 1286-1287《娘子出任務》全二冊

虞巧巧身為特勤小組的探員，敢拚敢衝，是國家重點栽培的人才，
她彷彿可以看見前途一片美好，卻因為一次穿越，全部化為泡影！
如果穿成個官府捕快，至少離她的本職沒有太遠，她可以在古代繼續衝事業，
可她穿成了平凡人家的姑娘，每天刺繡做女工，不憋死才怪！
好唄！既來之則安之，那自己「創業」總行了吧？
她靠著俐落的身手和大剌剌的性格，網羅了一票手下，
創立「刺客公司」，專接懲凶罰惡的案子，
管他是紈袴子弟還是市井流氓，只要對方夠壞，你付的銀子夠多，她就接！
於是她有了兩個身分，平時是乖巧的姑娘虞巧巧，
私底下則是刺客公司的頭頭「黑爺」，不論好人壞人聽到這威名都嚇得發抖，
唯有一人例外——笑面虎于飛，他是衙門捕快中的佼佼者，
破了不少大案，也建了不少奇功，
這男人似乎把「黑爺」列為頭號追捕對象，讓她的每個任務都變得棘手起來……

同場加映

文創風 1210-1211《國師的愛徒》全二冊

司徒青染身分高貴，乃大靖的國師，受世人膜拜景仰。
他氣度如仙，威儀冷傲，連皇帝也要敬他三分。
他法力高強，妖魔避他如神，唯獨一個女妖例外……
桃曉燕出身商戶，家裡富得流油，
從現代帶來的經商天分，讓她輕易贏得下一任家主位置！
街頭巷尾無不知曉她能幹，可這樣的她，卻被勞什子國師當成了妖?!

2024 暑假書展

姊妹淘Chill一夏

狗屋端出回饋好禮，邀妳共度今夏饗宴

第一波 書迷分享會

抽獎辦法 活動期間內，請至 f 狗屋天地 回覆貼文，回答完整者可參加抽獎。

得獎公佈 9/6(五)於 f 狗屋天地 公佈得獎名單

獎項 5 名《娘子出任務》全二冊

第二波 購書享禮遇

抽獎辦法 活動期間內，只要在官網購書並成功付款，系統會發e-mail給您，並附上抽獎專用之流水編號，買一本就送一組，買十本就能抽十次，不須拆單，買越多中獎機率越大。

得獎公佈 9/11(三)於狗屋官網公佈得獎名單

獎項 10名 紅利金 200元

3 名 文創風 1288-1290《今朝有錢今朝賺》全三冊

暑假書展 購書注意事項：

(1)請於訂購後三日內完成付款，最後訂購於2024/8/25前完成付款才算有效訂單喔！
(2)購書滿千元(含)以上免郵資。未滿千元部分：
郵資65元(2本以下郵資50元)／超商取貨70元(限7本以內)／宅配100元。
(3)特賣書籍因出書時間較久，雖經擦拭、整理，仍有褪色或整飾痕跡，故難免不如新書亮麗。
除缺頁、倒裝外無法換書，因實在無書可換，但一定會優先提供書況較良好的書給大家。
若有個人原因需要換書，需自付來回郵資。
(4)各書籍庫存不一，若遇缺書情形可選擇換書或退款。
(5)歡迎海外讀者參與(郵資另計)，請上網訂購或是mail至love小姐信箱
(love@doghouse.com.tw)詢問相關訊息。

狗屋有權修改優惠活動的實施權益及辦法。

軟萌小軟糖，餘生給你多點甜／途圖

2021年9月出版

登唐入室

她向來柔柔弱弱、不與人爭，
因此，他沒想到她竟會為了他與人吵架，
她說，他在的一天，她便安心當將軍夫人；
倘若他為國捐軀了，她為他守寡便是！
她這麼理所當然的一番話，他聽著聽著，竟有些心醉了……

文創風 986 1

一穿過來就是大婚之日，她的小心臟實在承受不住這般大的驚嚇呀！
她唐阮阮，個性就跟軟糖一樣，軟軟的、甜甜的，誰都能捏一下，
重點是她唯一拿得出手的長項就只有做零食，除此之外啥都不會，
這般沒才能的她竟是天選之人？這中間是不是有什麼誤會啊？天大的那種！
莫名其妙讓她穿越過來，要她救夫婿一家、救大閔朝，是否太為難她？
偏偏她這人又不愛與人爭，上天叫她嫁，她也只能嫁了，連回個嘴都不敢，
幸好這被賜婚的新郎官似也有滿腹委屈，撂下話就甩頭走人，真是可喜可賀啊！
待她緩過勁來，再好好想想該怎麼當這個救夫救國的將軍夫人吧……

文創風 987 2

說起已故的公公鎮國公，那是當今聖上的伴讀兼好友，忠君愛國的好漢，
但好人不長命說的就是這種人，據說三年前在跟北齊議和時，他因貪功送了命，
而且當初死在無人谷的還有夫君的大哥，就連二哥都身受重傷，斷了右臂！
秦家父子四人瞬間折了兩個半，死的不僅被潑髒水，活的還伴君如伴虎，
從此夫君秦修遠便一肩挑起鎮國公府的重擔，殺得北齊軍聞風喪膽，掙下軍功，
按照原本的設定，新婚之夜唐阮阮的原身一命嗚呼，接著他會被奪兵權、誣謀反，
皇帝下令秦府滿門抄斬後，北齊趁機舉兵進犯，大閔從此生靈塗炭、民不聊生，
還好，她來了。既然她是天選之人，那麼她會好好守護這忠勇世家、好好寵愛他！

文創風 988 3

雖然她只會做些零食、小點，但她既來之則安之，每天待在小廚房裡煮東煮西，
還別說，她唐阮阮經手的東西，沒有一樣不令人垂涎三尺、讚不絕口的，
如今不單牢牢抓住夫君的胃，就連上至婆婆、下至奴僕都愛極了她，
但也並非所有秦家人都喜歡她，喪夫後有憂鬱症傾向的大嫂就沒給過她好臉色，
原來朝廷文武官向來不合，以左相為首的文臣看不慣武將做派，時常口誅筆伐；
而武將們又覺得帝都繁華全賴他們浴血奮戰，文臣們只懂得耍嘴皮子，
於是她這個內閣首輔之女就被指婚給了鎮國將軍秦修遠，用來調解文武之爭，
糟的是，原身差點成了左相的兒媳，而秦家懷疑公公和大哥冤死是左相搞的鬼，
所以她這個跟左相有那麼點關係的文臣之女，便一直無法得到大嫂的喜愛，
都說家和萬事興，希望有朝一日她的美味吃食能夠順利修補妯娌間的關係啊……

文創風 989 4 完

他當初不滿皇帝賜婚，所以不肯與她圓房、故意給她難堪，
後來他習慣了每日回來都要看一眼她在不在小廚房裡，心裡盼著有無新吃食嚐，
再後來，他看到她用心對待他身邊的人、用心對待他，他怎能不心悅她？
聽見他的表白，知道他如今一心護著她、想對她好，唐阮阮心裡是滿滿的歡喜，
秦修遠以前吃了太多苦了，所以她希望餘生能讓他多嚐點甜，
而參加朝廷一年一度舉辦的美食令，便是她要送給他的第一道甜，
因為過往奪冠的彩頭都是些奇珍異寶，可今年皇上放話說會允諾一件事，
她曉得他心裡一直想替公公和大哥洗刷冤屈，因此，這回的彩頭她勢在必得！

流浪貓狗介紹所

為流浪貓狗加油 和貓寶貝 狗寶貝

廝守終生(一定要終生喔！)的幸福機會

對人來說，貓寶貝狗寶貝只是生活的一部分，但妳（你）對牠們來說，卻是生活的全部，領養前請一定要考慮清楚——

▲ 熱情四射的活力寶貝——米魯

性　　別：男生
品　　種：米克斯
年　　紀：2個月大
個　　性：活潑親人、很好動
健康狀況：白血、愛滋、貓瘟都檢測過關，確認領養才會打第一劑預防針
目前住所：新北市永和區

本期資料來源：陳愛媽

『米魯』的故事：

今年五月出生的米魯，八月底就滿三個月了。牠是永和愛媽阿嬤進行TNR（誘捕、絕育、放回原地）任務時，意外在車子引擎蓋中發現的，當下救援出來後便編制收留進中途。

好在米魯年紀小，尚未因為在外流浪而磨去純真的性情，不僅沒野性，甚至極親人，幫牠洗澡、除蚤根本兩三下就解決，平時愛在自己的籠子內玩耍，不會隨意往大貓面前湊。某天晚上出來放風時，看見好幾箱的罐頭，竟會忍不住撲上去抓咬，被人阻止也不願罷手，模樣相當軟萌可愛，也可看出吃貨本色。

擁有一身超人般魅力的米魯，在這個夏天即將熱情開鬧啦！負責中途米魯的薛大姊表示，儘管目前詢問度不高，但還是期待可以遇見疼愛牠的爸媽，來電0936626150洽詢絕對耐心解答，因為米魯的喵生新篇章希望就由您開啟！

認養資格：

1. 認養人須年滿27歲，有穩定的經濟能力，居住地限雙北。
2. 必須同意施做門窗基本防護，且願意安排米魯結紮。
3. 須同意簽認養寵物切結書。
4. 須同意送養人日後之追蹤探訪，對待米魯不離不棄。

來信請說明：

a. 個人基本資料：姓名、性別、年齡、家庭狀況、職業與經濟來源等。
b. 想認養米魯的理由。
c. 過去養寵物的經驗，及簡介一下您的飼養環境。
d. 若未來有結婚、懷孕、出國或搬家等計劃，將如何安置米魯？

風 文創
1283

禾處覓飯香 1

國家圖書館出版品預行編目資料

禾處覓飯香 / 途圖著. --
初版. -- 臺北市 : 狗屋出版社有限公司, 2024.08
冊 ; 公分. --(文創風 ; 1283-1285)
ISBN 978-986-509-546-8(第1冊 : 平裝). --

857.7　　113009728

著作者　途圖
編輯　連宓均
校對　陳依伶
發行所　狗屋出版社有限公司
地址　台北市104中山區龍江路71巷15號1樓
電話　02-2776-5889～0
發行字號　局版台業字845號
法律顧問　蕭雄淋律師
總經銷　知遠文化事業有限公司
電話　02-2664-8800
初版　2024年8月
國際書碼　ISBN-13　978-986-509-546-8

本著作物由北京晉江原創網絡科技有限公司授權出版

定價290元
狗屋劃撥帳號：19001626
網址：love.doghouse.com.tw　E-mail：love@doghouse.com.tw